Hrsg. Brigitte Pons & Wichtel

WINTER WUNDER LICHTERFESTE

Literarische Schlittenfahrt von Island bis zur Osterinsel

Impressum:
© Karina-Verlag, Wien
VLB-5263700
www.karinaverlag.at

Texte: Wie jeweils angegeben
Layout: Karina Pfolz
Lektorat und Übersetzung: Brigitte Pons
Korrektorat: Andrea Schilken-Raulf
Coverdesign: Klaudia Zotzmann-Koch
Cover Innendesign: Karina Pfolz
Druck: Libri Plureos GmbH, Friedensallee 273,
22763 Hamburg
Gedruckt auf Naturpapier

ISBN: 978-3-903-1610-16

Hrsg. Brigitte Pons & Wichtel

WINTER WUNDER LICHTERFESTE

Literarische Schlittenfahrt von
Island bis zur Osterinsel

KURZGESCHICHTEN

GENUSSLICHTER

Geleitwort der Herausgeberin

Am Anfang stand ein Elch im Schnee und eine Zuckerstange baumelte an seinem Geweih. Mit Blick auf diesen ersten Entwurf des Covers übernahm ich das Genusslichterprojekt einer noch nicht näher bestimmten Winter-Anthologie.

Dies ist mein erstes Mal als Herausgeberin. Darum war ich zu Beginn unsicher, was das genau bedeuten würde. Ein wenig nervös machte es mich, doch ich wusste von meiner Mitarbeit an den vorangegangenen Genusslichter-Bänden, dass ich nicht alleine sein würde. Denn hinter dieser Reihe steht der Gedanke der Gemeinschaft, des Zusammenhalts unter uns Schreibenden und der gegenseitigen Unterstützung. Und genau so kam es auch. Danke dafür an alle beteiligten internationalen und weitgereisten »Wichtel«!

Schnell stand fest: Wir wollen den Begriff des Winters weiter fassen, als nur an Schnee und Weihnachten vor unserer eigenen Haustür zu denken. Denn was ist die Essenz der in Europa oft so dunklen und kalten Zeit? Es ist das Zusammenrücken, das Besinnen auf Traditionen, das gemeinsame Feiern und das Vertrauen auf das Licht, das die Tage wieder länger werden und den Kreislauf des Lebens neu beginnen lässt.

Dieser Gedanke findet sich weltweit und so entschieden wir, unser Projekt erdumspannend auszudehnen und die Welt zu uns einzuladen. Entstanden ist eine Sammlung, die sich zeitlich am europäischen Winterhalbjahr orientiert – locker, was sind schon ein paar Tage? – und die das Miteinander über Religionsgrenzen, Länder und Ethnien hinweg, die Gemeinsamkeiten und auch die Unterschiede feiert.

Und ja: Die Welt ist ein Dorf! So haben beispielsweise Grýlas Kochkünste in Island erstaunliche Auswirkungen auf das Schicksal der Figuren einer ganz anderen Geschichte in Brasilien.

Der Elch und die Zuckerstange haben es, wie Sie sehen, nun doch nicht aufs Titelblatt geschafft, dafür hat Klaudia Zotzmann-Koch uns ein stimmungsvolles und zum Inhalt noch viel passenderes Bild gezaubert. Blüten aus den vertretenen Ländern in perfekter Harmonie, fast wirkt es, als ob sie den Erdball in seiner fragilen Glaskugel tragen: gemeinsam.

Vor dem Hintergrund traditioneller Feste laden wir Sie nun ein zur literarischen Schlittenfahrt von Pol zu Pol, von Island bis zur Osterinsel, und dazu, mit uns in unterschiedlichste Geschichten ein- und begleitet von einem Augenzwinkern, einem Seufzen, einem Lächeln wieder aufzutauchen.

Steigen Sie ein und genießen Sie die Fahrt!

Ihre
Brigitte Pons

Nur eine Lichterkette

Mana Jay

England/Indien – Diwali & Weihnachten, Oktober

Diwali, hinduistisches Lichterfest, zwischen Ende Oktober und Mitte November.

»Gehen Sie dahin zurück, wo Sie hingehören!«

»Wie bitte?«

»Gehen Sie zurück!«

Wie der schief sitzende Stern an der Spitze der Weihnachtsbäume ihrer Kindheit schaukelte und schwankte Sim auf der Leiter, in einem Wirrwarr aus Lichterketten und Ästen, versuchte den Ursprung der sehr energischen Worte zu finden, die ihr entgegengeschleudert wurden. Und dann war da sie: eine zierliche grauhaarige Dame, die von der anderen Seite der Hecke zu ihr herüberblickte, in einer Kombination aus moosgrünem Tweedrock und Jacke.

»Sie wollen, dass ich wieder nach London gehe?«

Vielleicht war sie verärgert, dass eine Fremde im Vorgarten von Ama und Grandpa George (GG) herumwerkelte. Vielleicht war sie ihre Freundin gewesen und war traurig, dass sich jemand anderes um ihr Grundstück kümmerte.

»Ich will, dass Sie aus meinem Land verschwinden und zurück in Ihr eigenes gehen!«

Und … Oh! Oben auf der Leiter klappte Sim der Mund auf.

Madame Moss drehte sich mit hörbarem Schnaufen um, schüttelte ihren Kopf und murmelte nicht gerade leise vor sich hin: »Verdammte Asiaten, kommen hierher in ihrer einheimischen Kleidung, mit ihren einheimischen Sitten, hängen Lichter auf für ihre heimischen Feste. Geht zurück in euer Heimatland!«

Sie stürmte in ihr makelloses weißes Haus und schlug die Tür zu, wie um ihrem gerade verspritzten Gift noch mehr Nachdruck zu verleihen.

***

Ammamma (Ama) und GG verliebten sich. Es war nicht irgendeine Art von Liebe. Ihre Liebe war die eines Hollywood-Blockbusters. GG war Engländer. Ama war Telugu-Inderin, ihre Familie wurde durch Idi Amins ›Afrikanisierung‹ Ugandas aus Ostafrika vertrieben. Damals, 1973, waren das ›Farben‹, die man einfach nicht zusammen an die Wände von Doncaster, GGs Heimatstadt, malte. Ama erlebte eine zweite Vertreibung; ihre Familie in Manchester brach jegliche Verbindungen ab, als sie ihre Herkunft verriet, indem sie einen Gora – einen weißen Mann – heiratete.

Sie zogen nach Poplar, London, um sich zu einzufügen. Natürlich gelang ihnen das nie.

»Scheiß Paki!«

»Pakis sind hier nicht erlaubt!«

»Lass deine dreckigen Hände nicht in meine Nähe.«

Ama war keine Pakistanerin. Sie war auch nicht schmutzig. Ihre Haut war einfach nur braun. Glitzernd, schokoladenbraun, duftend nach Vanille, Jasmin und einem Hauch von Kokosnuss.

***

Sims Blut geriet in Wallung, als sie hörte, was ihre geliebte Ama alles durchgemacht hatte.

Im Moment brodelte ihr Blut nicht. Da waren keine Worte. Überhaupt keine Entgegnung. Ihre typische Schlagfertigkeit und ihr Mut schienen verschwunden zu sein, ersetzt von einer kalten, schweren Reglosigkeit.

Mit bleiernen Gliedern stieg sie die Leiter hinunter. Das Rascheln der kahlen Winterbäume und die klare Sonne ließ sie an der Haustür zurück, ging den schummrigen Flur entlang, blieb am verstaubten Spiegel des Garderobenschranks stehen. Sie war noch nicht dazu gekommen, ihn von den Jahren der Vernachlässigung zu reinigen.

GG und Ama hatten ihr geliebtes Haus verlassen, um in einer Mietwohnung in der Nähe von Ma und Pops zu leben, während Amas Kampf gegen den Krebs, und als sie ihm erlag, brachte GG es nicht fertig, in ihr ›Liebesnest‹ zurückzukehren. Ja, er nannte es bis zum Ende so.

Sim war überzeugt, dass er ein Jahr später an einem gebrochenen Herzen starb. Er überließ ihr geliebtes gemeinsames Zuhause - sein Mausoleum der Erinnerungen – ihrem kleinen ›zwitschernden Engel‹, Simran.

Und hier, an diesem Ort der Verehrung, an dem Gefühle Unterschiede überwanden, während sie dem Lieblingsfest ihrer geliebten Ama, Diwali, gedachte, wurde Sim mit etwas zum ersten Mal in den zweiundzwanzig Jahren ihres Lebens konfrontiert: Rassismus.

Sie starrte auf ihr Spiegelbild im schmutzigen Glas, und obwohl sie ein Staubtuch über eine Schulter geworfen hatte, brachte sie es nicht fertig, ihre Arme zu heben und es sauber zu wischen.

»Du bist deiner Großmutter wie aus dem Gesicht geschnitten«, stellte jeder, der sie beide kannte, fest. Es war keine dieser belanglosen Bemerkungen, die Leute benutzen, um eine Unterhaltung zu beginnen oder voranzubringen. Sie sah wirklich genau wie Ama aus.

Nur nicht ganz so wie eine indische Ama. Großvater Georges und Pops DNA hatten Amas satten Kakaoton verwässert, der Sims Haut eine beständige olivfarbene Sonnenbräune verlieh. Wie bei Italienern, Griechen, Zyprioten, Spaniern, Engländern, wenn der Winter ihre Farbe ausgelaugt hatte, und gelegentlich sogar bei Indern. Ja, Sim ließ sich am besten als Chamäleon Ama beschreiben! Geboren und aufgewachsen in London, an einer Privatschule unterrichtet, frischgebackene Hochschulabsolventin des Central St Martins, Gothic, stolz bisexuell … alles Attribute, die leicht auf ihren jungen, vorurteilsfreien und privilegierten Schultern ruhten. Aber in diesem dämmrigen Flur, gekleidet in Amas altem Salwar Kameez[1], kam das Indische in Sim in voller Stärke heraus. Ein Attribut, das sie unbewusst nie wirklich außerhalb des Hauses gezeigt hatte. Bis heute nicht. Ein Attribut, das offensichtlich umstritten war. Selbst im Jahr 2025.

***

»Was wir brauchen, ist eine Tasse gezuckerter Tee und Kekse!«

Amas Lösung für Kleinkinder-Wehwehchen, Teenager-Dramen, Prüfungsängste, romantische Verwicklungen … ihr Allheilmittel. Als sie auf dem

---

[1] Traditionelle indische Kleidung, bestehend aus einer fließenden, plissierten, schmal gesäumten Hose und einer langen, schmal geschnittenen Tunika

Boden ihres Wohnzimmers saß und an einer Tasse Tee mit Kardamom und Ingwer (ohne Zucker) nippte, inmitten von Amas kostbaren, kostbaren Fotoalben, fühlte Sim ihre Großmutter näher als je zuvor.

»Komm schon GG, keine Fotos mehr!« Sie schaute ihr sechzehnjähriges Ich an, das finster in eine Kamera blickte. Manchmal war sie so genervt von ihm gewesen. Knips. Knips. Knips. Eine Erinnerung nach der anderen. Gesichert. Dank sei Gott, für ihn und sein großes Zoomobjektiv.

»Simmo, hilf mir, die Lichter aufzuhängen!« Grapschende Hände klammerten sich an Amas weichen Seidensalwar, während sie über ihre Schulter blickte, die Arme über den Kopf gehoben, um eine endlose Lichterkette anzubringen. Ihre Augen funkelten warm, als sie auf die eifrig zu ihr aufblickende Vierjährige hinabschaute. Jeder Raum im Haus war erleuchtet. Während sie sich selbst auf diesem Bild betrachtete, wunderte sich Sim, warum sie nie die fehlende Beleuchtung an der Außenseite hinterfragt hatte.

»Oh Liebling, sei nicht traurig, es ist wunderschön!«

»Neiiiin! Es sieht gar nicht aus wie deins.«

»Es soll nicht aussehen wie meins. Es soll aussehen wie deins, meine Süße.«

Ama hockte auf dem Boden neben einer halb ausgestreckten, fünfjährigen Sim mit glasigen Augen und roter Nase. Ein kunstvolles Rangoli[2] mit ver-

[2] Bodenkunst mit farbigem Pulver, Blumenblättern, Reis, Kieselsteinen usw. Aufwendige Muster, die das Haus während der Festtage schmücken. Sie stehen für Glück und Positivität und heißen Lakshmi, die Göttin des Reichtums und des Glücks, zu Diwali willkommen.

schlungenen Wirbeln lag neben einem verschmierten, quadratischen, das mit fast runden Punkten und nicht ganz geraden Linien übersät war.

»Oh nein, nein! Nicht gucken! Du bekommst deine Geschenke am Diwali-Tag.« Ama stand mit gespreizten Beinen an der Tür zum Hauswirtschaftsraum. Die siebenjährige Sim wurde mitten im Sprung erwischt, als sie versuchte, an ihr vorbeizukommen. Ama wollte die Tür abschließen und den Schlüssel verschwinden lassen. Das war das einzige Mal, dass eine Tür im Haus ihrer Großeltern für Sim verschlossen worden war. Na ja, abgesehen von der gleichen Tür zur Weihnachtszeit. »Denn auch der Weihnachtsmann braucht ein wenig Stauraum!«

»Es ist einfach die sonnigste Blume der Welt!« Ama streichelte die Girlande aus Ringelblumen, die auf dem Kaminsims lag. Sie waren überall im Haus, die Ringelblumen.

»Sie bringen Fröhlichkeit herein«, sagte sie immer.

»Können wir auch zu Weihnachten welche aufhängen, Ama? Der Weihnachtsmann kann nach dem ganzen Hinein- und Herausklettern aus den Schornsteinen vielleicht etwas Aufmunterung gebrauchen.«

Ihr Lachen schallte durch das Wohnzimmer, genau wie die kleine Messingglocke, die sie wenig später zum Gebet läuten würde. Es gab besondere Gebete am Diwali-Tag.

»Natürlich können wir das!«

»… dann rettete Lord Rama[3] Sita aus den Klauen des bösen Rakshasa Ravana[4]. Sie kehrten in ihr Königreich Ayodhya zurück, zum Klang von geschlagenen Trommeln und Gesang, die Straßen gesäumt mit Diyas, irdenen Öllampen, und Menschen, die den Sieg des Guten über das Böse bejubelten.«

Die achtjährige Sim schmiegte sich auf der blumengemusterten Couch an Amas Seite und blickte mit leuchtenden Augen zu ihr empor, reiste auf den Flügeln ihrer Worte in ein imaginäres Land.

»Gibt es immer noch zehnköpfige Dämonen, Ama?«

»Ich denke nicht. Aber wenn du älter wirst, könntest du welchen mit nur einem Kopf begegnen. Denk daran, dann nicht die Güte deines freundlichen und liebevollen Simmo-Herzens zu verlieren. Es wird manchmal sehr schwer sein, das Richtige zu tun, aber versprich mir, dass du es versuchen wirst.«

»Ich verspreche es.«

Sie wandte ihr das Gesicht zu und Ama drückte einen sanften Kuss auf ihre Stirn, eine liebevolle Hand legte sich auf ihren Hinterkopf.

»Oh, schau nicht so traurig. Wir werden bald die Weihnachtsdekoration herausholen!«

Die neunjährige Sim saß niedergeschlagen im Schneidersitz neben einem riesigen Pappkarton und

---

[3] Lord Rama gilt als Inkarnation eines der Hauptgötter des Hinduismus, Vishnu, und wird als höchstes Wesen betrachtet, das den idealen Menschen darstellt.

[4] Zehnköpfiger Dämon, König der Insel Lanka. Der Legende nach entführte er die Frau von Lord Rama, Sita. Später wurde er von Lord Rama erschlagen, der Lanka mithilfe einer Affenarmee (Vanaras) angriff und seine geliebte Frau rettete.

rollte die Lichterkette auf, die seit einer Woche im Haus blinkte.

»Aber es sah so magisch aus.«

»Und es wird wieder magisch aussehen, in ein paar Tagen.«

»Warum können wir die Lichterketten nicht einfach bis Weihnachten hängen lassen?«

»Weil wir auf diese Art zwei Dinge zu feiern haben. Santa hätte gern sein eigenes besonderes Fest, meinst du nicht?«

»Ich nehm's an.« Sie schmollte mürrisch, während Ama die sorgfältig in weiches Papier eingewickelten Steingutlampen wegräumte. »Weißt du, Weihnachten und Diwali sind genau das Gleiche, Ama.«

»Denkst du das?«

»Ja, es gibt Lichter, leckeres Essen und Familienzeit, und ich muss brav sein, um meine Geschenke zu bekommen! Der einzige Unterschied ist, dass meine Geschenke an Weihnachten vom Weihnachtsmann kommen, aber an Diwali gebt ihr alle mir Geschenke.«

Und da war es wieder, Amas ansteckendes Lachen, das durch den Flur schallte: »Du hast Recht, mein Simmo-Käfer … Diwali ist wohl gar nicht so anders als Weihnachten.«

Versunken in Erinnerungen, umgeben von GGs Foto-Kunst, eingekuschelt in die Wärme von Amas handgestrickter Zopfmusterdecke, schlief die zweiundzwanzigjährige Sim im sanften Schein der Lichterketten ein. Sie leuchteten drinnen *und* draußen.

***

Und im Nu ging Diwali vorbei, mit Lichtern, Ringelblumen, irdenen Öllampen, YouTube-Gebeten, gekauften Süßigkeiten, Ma und Pops, einer ignorierten (und zum Glück nicht wieder auftauchenden) mürrischen Nachbarin – und ohne Ama und GG.

Sim war versucht gewesen, die Beleuchtung einfach bis Weihnachten hängenzulassen. Die Arbeit hatte wieder begonnen. Sie hatte so wenig Zeit und Geduld. Aber …

»Du musst die Lichter von Diwali abnehmen.« Das war das Einzige, worauf GG je bestanden hatte. Er verlor nie seine kindliche Vorfreude auf große Feste, Augenblicke, die er auf einem Film nach dem anderen festhielt. Der erste Influencer seiner Zeit! Und so nahm sie die Lichter ab und entging glücklicherweise jeder unangenehmen Begegnung mit Madame Moss!

***

Sim schaute hinauf zu den aufziehenden Wolken, als sie aus dem Bus stieg. Sie hüpfte von einem in zerfetzte ausgewaschene Jeans gekleideten Bein auf das andere, zog die Ärmel ihres abgetragenen kohleschwarzen und mit Lammfell gefütterten Kapuzenpullis über die leicht tauben Fingerspitzen und betete, dass sie trocken heimkommen würde. Sie rannte über den glitschigen Fußgängerüberweg und schlitterte in die kleinere, ebenso glitschige Nebenstraße, die nach Hause führte. Ja, das Haus von Ama und GG war von einem Fest zum nächsten ihr Zuhause geworden.

Sie rückte gerade ihre unordentlich sitzende schwarze Beanie-Mütze zurecht, als der erste Regentropfen fiel. Wie üblich ohne Regenschirm unterwegs, ging sie, den Kopf gesenkt, die Arme fester um sich geschlungen, weiter.

Ein dumpfer Schlag. Schwer. Scheppern. Laut. Sim blickte auf und sah sich um, drehte ihren Hals in diese und in jene Richtung. Nichts. Dann: Metallquietschen auf Stein und ein schmerzhaftes Wimmern und Stöhnen. Sim spähte über die vordere Hecke des Hauses neben ihrem. Dort lag sie, ausgestreckt auf dem regendunklen Boden, eine metallene Klappleiter schräg neben ihr, darüber halb befestigte Lichterketten schlaff an der Hauswand ... Madame Moss (MM).

»Oh Gott!« Sim stürmte durch das Tor und kniete sich neben MMs liegende Gestalt. »Geht es Ihnen gut?«

»Meine Hüfte tut weh, aber ich glaube, meinem Ego geht es wohl schlechter.«

»Kommen Sie, ich helfe Ihnen auf!«

»Danke, meine Liebe. Das ist wirklich nett.«

Die Horizontale schien eine unheimliche Wirkung auf MMs Persönlichkeit zu haben.

Sim hatte fast Angst, sie wieder in die Senkrechte zu bringen. Auf halbem Weg dorthin sagte sie: »Ich glaube, ich muss eine kurze Verschnaufpause einlegen.«

Während sich MM gegen die Hauswand lehnte, machte sich Sim daran, die Leiter aus dem Weg zu räumen. Als sie sich wieder aufrichtete, blieb ihr Blick an der verunglückten Weihnachtsbeleuchtung hängen. Sie schaute hinüber zu ihrem eigenen Haus, das immer noch kahl war. Die Zeit hatte sie überholt. Ama und GG hätten ihre Lichterketten schon vor mindestens einer Woche angebracht. Und mit diesem kam ein weiterer Gedanke: ›Es wird manchmal sehr schwer sein, das Richtige zu tun, aber versprich mir, dass du es versuchen wirst.‹

Der Regen hörte auf.

Sim holte tief Luft, schloss kurz die Augen, klappte die Leiter auf und machte damit weiter, die Lichter an ihrem Platz zu befestigen.

»Das hätten Sie nicht tun müssen, Liebes, aber danke!«

»Kann ich Ihnen hoch und ins Haus helfen?«

»Ich glaube, das schaffe ich jetzt. Das war mehr ein Schock als alles andere. Ich danke Ihnen. Ich will Sie nicht aufhalten.«

»Also gut. Wenn Sie etwas brauchen, rufen Sie einfach.«

MM lächelte ein verwirrtes Lächeln und damit ging Sim zum Haus nebenan. Mit dem Schlüssel im Schloss drehte sie sich um, um ein letztes Mal zu prüfen, ob mit MM alles in Ordnung war, und sah sie immer noch auf dem Boden sitzen, weiß wie ein Laken.

»Sie sind keine Asiatin.«

»Bin ich. Ein Viertel asiatisch. Drei Viertel englisch. Ich nehme an, indische Kleidung bringt das eine Viertel richtig zum Vorschein.«

»Sie ... Sie hätten mir nicht helfen müssen.«

»Nein, musste ich nicht. Aber der Geist meiner indischen Großmutter wäre zurückgekommen, um mich heimzusuchen, wenn ich es nicht getan hätte.«

»Sie … ich … meine … Sie haben meine Beleuchtung befestigt.«

»Es ist nur eine Lichterkette, nichts weiter.«

***

Übersetzung: Brigitte Pons

Lunas große Liebe

Mischa Bach

Niederlande u. Ruhrgebiet – Sinterklaas, November

12. November - 5. Dezember: von Intocht bis Pakjesavond

All die Menschen am Kai, große und kleine, manche verkleidet mit Bischofsmützen, andere mit bunten Baretten auf dem Kopf, die sangen und gespannt aufs Wasser geschaut hatten, eingehüllt von der Musik der Band und verbunden durch die gemeinsame Vorfreude, und sie auf den Schultern von ihrem Papa, gleichzeitig Teil der Menge und ihr doch ein Stück enthoben – war das der Moment, als es angefangen hatte? Es war jedenfalls das, woran sich Luna zuverlässig erinnerte, wenn sie an ihren ersten Intocht dachte.

Das war in Alkmaar gewesen, dort hatten sie an ihrem vierten Geburtstag Freunde der Familie besucht und sie hatte sich mit der gleichaltrigen Lieke angefreundet. Hieß es, denn für Luna war dieser Tag vor allem damit verbunden, in der Menge an der Kade zu stehen und auf Sinterklaas' Ankunft mit dem Stoomboot zu warten. Unter großem Jubel war es endlich aufgetaucht und hatte angelegt – von den Problemen auf der Reise, über die der Reporter vor Ort auf Niederländisch berichtete, verstand sie genauso wenig wie von der Begrüßungsrede des Bürgermeisters, dessen Amtskette in der Herbstsonne glitzerte, aber das machte nichts. Die Begeisterung der Menschen brauchte keine Worte, um sie mitzureißen und die farbenprächtige Parade, bei der Sinterklaas auf seinem Schimmel Amerigo durch die Stadt ritt, begleitet von fröhlichen Zwarten Pieten, die Peppernoten in die Menge warfen und im Vorbeigehen Kinder- und Erwachsenenhände schüttelten, machte auch so großen Eindruck auf sie. Sogar das Fernsehen war vor Ort und zeichnete die herrlichen Ereignisse auf!

Ganz erfüllt war sie von all dem gewesen, hatte danach nächtelang geträumt von Sinterklaas und den Pieten, die ihr wie freundliche Clowns erschienen waren. Und dann kam gut drei Wochen später der Nikolaus in ihre Kindergartengruppe daheim im Ruhrgebiet. Er mochte einen ähnlichen Bart haben und auch einen schönen, roten Mantel tragen, dazu eine Bischofsmütze auf dem Kopf und einen goldenen Stab in der Hand, aber was war das für ein kümmerlicher Auftritt, ganz ohne Pferd, Boot oder Bürgermeister? Und als Begleitung hatte er bloß diesen blassen Kerl namens Knecht Ruprecht, der einen Sack schleppte, aus dem er irgendwelches Holzspielzeug zog.

Was für ein Glück, dass ihre Eltern entschieden, im nächsten Jahr wieder mit ihr zum Intocht zu reisen. Diesmal führte Sinters Weg von Spanien, wo der Goedheiligman das Jahr über mit den Pieten lebte, nach Sneek in Friesland. Zusammen mit Liekes Familie mieteten sie dort ein Ferienhäuschen für ein langes Wochenende, wo die beiden Mädchen den Vorabend des großen Tages mit dem Einstudieren von Sinterklaasliedjes verbrachten, bis sie heiser waren und vor Aufregung in der Nacht kaum schlafen konnten. Am nächsten Morgen gab es Milch mit

Honig für die Stimme und für jede eine Pietenmuts, wie die bunten Barette hießen, die Sinters fröhliche, aber auch etwas tölpelhaften Begleiter trugen. Die ihre, eine königsblaue, hatte Luna jahrelang aufbewahrt und immer wieder zu Intocht hervorgeholt, bis sie endgültig zerschlissen und ihr obendrein viel zu klein geworden war.

Da Sinterklaas nun einmal stets am ersten Samstag nach St. Martin in den Niederlanden anzukommen pflegte und Luna am 13. November Geburtstag hatte, waren bis zu ihrem elften Lebensjahr beide Ereignisse untrennbar miteinander verbunden und die Reise zu Intocht überlagerte jede andere Erinnerung an ihre Kindergeburtstage. Nachdrücklich eingeprägt hatte sich Luna dagegen das Erstaunen, als sie in Sneek erfuhr, Intocht in all seiner Pracht war nur der Auftakt einer ganzen Reihe aufregender Ereignisse, bei denen alle Kinder der Niederlande, ach was, alle Menschen des Landes mitmachten und mitfieberten. Bis zum Pakjesavond am 5. Dezember, dem holländischen Nikolausfest, das vom Aufwand her locker an Heilig Abend in Deutschland heranreichte, besuchte Sinterklaas mit den Pieten Kindergärten, Schulen und Einkaufszentren, sammelte Verlanglijstjes ein und sprach mit den Kindern. Die wiederum stellten zu Hause ihre Schuhe vor den Kamin, deponierten darin Möhren für Amerigo und fanden oftmals am nächsten Morgen Peppernoten oder Schokoladenbuchstaben und ein Gedicht darin. Manche sangen ganze Abende lang Sinterklaasliedjes den Kamin hinauf, damit die Pieten wussten, wo sie zu finden waren. Andere hatten weniger Glück und mussten sich mangels Kamin kreative Ersatzlösungen einfallen lassen, wie die Pieten ihnen die Geschenke zukommen lassen konnten, die sonst durch den Schornstein hineingelangt wären. Über all das und die Gedichte, die die Kinder zu Hause wie auch in der Schule vortrugen, die gemalten und geschriebenen Verlanglistjes und vor allem die Abenteuer der Pieten in den Niederlanden wurde sogar täglich im Fernsehen berichtet!

Das Sinterklaasjournaal gab es zu Lunas Glück auch im Internet und sie wurde sein treuester Fan. Anfangs brauchte sie die Unterstützung ihrer Eltern, um halbwegs folgen zu können – wie gut, dass ihre Mutter Kinderbücher aus dem Niederländischen übersetzte und ihr Vater für den WDR des Öfteren aus dem Nachbarland berichtete -, aber schon in der folgenden Saison, als das Sinterklaasjournaal in den Tagen vorm Intocht in Middelburg über allerlei Probleme auf der Anreise berichtete, kam sie bestens alleine klar und überraschte Lieke mit ihrem Wissen um Sinters nassgewordenes großes Buch. Als sich nach Intocht im Pietenhuis herausstellte, die Seiten waren beim Trocknen verklebt und das Buch schließlich sogar verschwand, war die Aufregung groß, standen darin doch die Namen aller Menschen in den Niederlanden! Luna fieberte mit und freute sich für sie, als sie kurz vor Pakjesavond im Journaal miterlebte, wie es in der Sesamstraße wiedergefunden wurde. Zugleich versetzte es ihr einen Stich ins Herz, dass ihr Name nicht im Buch von Sinterklaas, sondern nur in dem vom Nikolaus stehen konnte. Als Letzterer wieder zu Besuch in ihrem Kindergarten war, nahm sie ihren Mut zusammen und fragte, ob er ihren Namen von seinem Buch in das seines niederländischen Kollegen übertragen könnte. Was sie Schlimmes angestellt hätte, wollte Knecht Ruprecht prompt von ihr wissen, und als sie meinte, nichts, sie fand bloß im Nachbarland das Fest noch schöner und dort lebte doch auch ihre Freundin Lieke, die ebenfalls ein Riesenfan von Sinterklaas war, schüttelte Nikolaus erstaunt den Kopf.

Das war Luna seltsam vorgekommen: Wie konnte es sein, dass die beiden vom selben Schlag waren, aber der eine nichts vom anderen zu wissen schien? War vielleicht einer der beiden gar nicht echt?

Lieke, die sie bei nächster Gelegenheit fragte, fand das halb so wild. In den Niederlanden konnte man durchaus auch mal einem Hilfssinterklaas begegnen. So viele Menschen in der kurzen Zeit zu besuchen und zu beschenken, wie sollte das der Goedheiligman allein mit einem Haufen Pieten, die ja auch nicht alle die schlausten waren, sonst hinbekommen?

Luna leuchtete das ein, und als im nächsten Jahr zum Intocht in Niewendijk plötzlich Pieten ›zonder veer‹ auftauchten, also Pieten, die keine Federn an ihren Mützen trugen, weil sie neu und komplett unwissend waren, ergab das erst recht Sinn. Sie mussten eben noch lernen, Pieten zu sein, genau wie Luna gerade lernte, wie es war, zur Schule und nicht mehr in den Kindergarten zu gehen. Schade nur, dass sie nicht, wie die Pieten, kurz vor Pakjesavond ein Pietenexamen ablegen durfte.

Immerhin, mit all dem Wissen aus dem Sinterklaasjournaal und ihren Gesprächen mit Lieke überraschte es Luna nicht, dass der Nikolaus, der ihre Grundschule besuchte, ganz sicher ein anderer war als der aus dem Kindergarten, war er doch einen Kopf größer als der alte und hatte einen Engel statt Knecht Ruprecht an seiner Seite. Einem Mitschüler erschien das verdächtig. Er äußerte Zweifel, die das Duo in Erklärungsnot brachten.

»Ja, also, ähm«, fing der Engel an, während Nikolaus sich tief einatmend an einem Barthaar verschluckte und einen Hustenanfall bekam. Luna eilte ihnen zur Hilfe und warf ein, bestimmt sei der Knecht wie seine holländischen Kollegen Berufsanfänger gewesen und womöglich bei der Ruprecht-Prüfung durchgefallen, sodass kurzfristig der Engel für ihn einspringen musste.

Ein Moment herrschte überraschte Stille, selbst Nikolaus hielt Luft und Husten an, dann riefen die Kinder durcheinander:

»Frau Alaris lernt ja auch noch das Lehrerinsein« – »Der Hausmeister meckert doch immer über seinen Helfer« – »Oh ja, mein Papa musste gestern auch für seinen Kollegen ran!«

Danach war Nikolaus endgültig fertig mit Husten und nickte Luna gemessen zu, bevor er zu seiner Rede anhob.

Fortan galt Luna in ihrer Klasse als Expertin und steckte dort einige mit ihrer Begeisterung für Sinterklaas an. Zwei von ihnen, Mila und Mika, ein Zwillingspärchen, durften im nächsten Jahr sogar mit Luna und ihrer Familie nach Almere reisen, wo in diesem Jahr das große Fest zum Intocht stattfand. Sozusagen eigenes Publikum zu haben, das auf ihr Vorwissen und ihre Niederländischkenntnisse angewiesen wäre, machte die Vorberichterstattung im Journaal umso aufregender: Rare Piet, der per Flugzeug vorausreiste, zerstörte versehentlich Sinters großen Sessel, als er bei seiner Landung mit dem Fallschirm auf diesen stürzte. Sinters Seereise wurde derweil durch einen Zwischenfall mit lauter roten

Luftballons, die das Stoomboot in die Lüfte hoben, aufgehalten. Luna wollte sich gar nicht ausmalen, wie peinlich es wäre, wenn ausgerechnet in diesem Jahr Intocht ins Wasser fiel … doch es ging alles noch mal gut. Erst legte das Stoomboot an, dann legten Sinterklaas und die Pieten eine prächtige Parade hin.

Mika und Mila futterten Peppernoten, bis sie Bauchweh hatten, schienen aber nicht annähernd so großes Interesse an Liedjes und Rijmes zu haben wie Luna und Lieke. Und als Luna sie nach dem Wochenende in Holland mit in die Fachsimpeleien über die Ereignisse im Pietenhuis einbeziehen wollte, winkten sie ab: Das Sinterklaasjournaal war für sie unverständlich, wegen der Fremdsprache und auch, weil die Geschichte um Rare Piet, der nach seinem Faux Pas untertauchte, während Sinterklaas ihn vermisste und nach ihm suchte, für sie zu wild und kompliziert war. Obendrein hatte ihr großer Bruder hinter vorgehaltener Hand Andeutungen gemacht, möglicherweise gäbe es den Nikolaus genauso wenig wie die Zahnfee …

Auf den Nikolaus mit seinen wechselnden, blassen Begleitern mochte das zutreffen; deswegen kam er wohl nicht mehr zu Luna in die dritte Klasse. Luna focht das nicht an, dass Sinterklaas seinem deutschen Kollegen haushoch überlegen war, den Verdacht hatte sie von Anfang an gehabt. Lieke war froh, zum nächsten Intocht in Schiedam Luna wieder für sich allein zu haben und nicht mit diesen nervigen, dummen Zwillingen teilen zu müssen. Wild entschlossen, die gemeinsame Zeit in Holland und jeden einzelnen Tag bis Pakjesavond zu genießen, stürzten sie sich in den Sinter-Rausch.

Rückblickend fragte sich Luna, ob nicht damals etwas angefangen hatte, sich zu verändern. Hatte nicht in Schiedam bereits ein Hauch von Abschiedsmelancholie in der Luft gelegen? Oder kam ihr das nur so vor, weil sie kurz darauf die vierte Klasse übersprang und direkt aufs Gymnasium ging, und als Herbstgeborene so schlagartig von der Klassenältesten zur Jüngsten wurde? Plötzlich glaubte niemand in ihrer Umgebung mehr an den Nikolaus, genauso wenig wie an das Christkind oder den Osterhasen. Das waren bloß Geschichten, die man kleinen Kindern erzählte, nichts Echtes. Manche spielten zu Hause noch mit, weil sie jüngere Geschwister hatten oder es selbst so schöner fanden, aber das war nichts, was man an die große Glocke hängte. Als Luna stolz in ihrer neuen Klasse erzählte, sie werde ihren Geburtstag in Holland beim Fest zur Ankunft von Sinterklaas verbringen, neideten zwar einige die Extrareise im Spätherbst, aber die meisten schüttelten den Kopf: Ein Nikolaus, der irgendwo mit dem Boot ankam, was war denn das für eine schräge Idee, was wollte sie mit solchem Kinderkram?

Lieke war empört, als sie ihr davon berichtete. Die hatten ja alle keine Ahnung, waren einfach nur neidisch, diese doofen Deutschen, diese Moff. Als muffig und dumm wollte Luna weder sich noch ihre Klassenkameraden bezeichnen lassen, und außerdem, also, grundsätzlich betrachtet, so im Vergleich zum Osterhasen, an den sie doch auch früher beide geglaubt hatten, wären die Zweifel da nicht wenigstens nachvollziehbar? Auf gar keinen Fall, befand Lieke, und überhaupt: Wenn das alles erfunden wäre, wieso gäbe es dann Fernsehsendungen darüber? In dem Moment kam Tom, Liekes kleiner

Bruder herein, um sie zu holen. Wenn sie noch einen guten Platz an der Kade erwischen wollten, mussten sie jetzt wirklich los.

Das taten sie auch, und all die vorfreudigen Menschen um sie herum stecken sie noch einmal an, rissen sie ein letztes Mal mit, doch der Zweifel war gesät.

Das Sinterklaasjournaal verfolgte Luna in diesem Jahr mit kritischem Blick: Dass Vergeetpiet bei der Überfahrt die Peppernoten als Wegmarkierungen über Bord geworfen hatte, war das nicht übertrieben dumm? Auch dass Huispiets Schlüsselbund in den Teig in der Peppernotenfabrik in Harderwijk fiel, wo der nötig gewordene Nachschub gebacken wurde, sodass die Schlüssel hinterher in den Schuhen der Kinder landeten, war verdächtig. Allerdings schickten die Finder die Schlüssel zurück – musste dann nicht doch etwas an der Sache dran sein? Das Versteckspiel um Babypiet, den seine Pieteneltern heimlich mit zur Arbeit genommen hatten, wirkte ebenfalls erst einmal nachvollziehbar, aber als schließlich der Schimmel Amerigo zum Babysitter erklärt wurde, war sich Luna sicher, hier stimmte was nicht. In Deutschland würde so etwas jedenfalls nie passieren … aber hier gab es ja sowieso nur den Nikolaus, hierher war Sinterklaas noch nie gekommen.

Das Leben ging auch ohne ihn weiter, sagte sie sich. Ohnehin hatte sie niemanden, mit dem sie über ihre Zweifel und Fragen hätte sprechen können. Die Jüngste der Klasse zu sein war so schon schwierig genug und die Freundschaft mit Lieke mehr wert als ein Streit über Sinterklaas (den der Goedheiligmann bestimmt nicht gut geheißen hätte), also schwieg sie.

Das Sinterklaasjournaal verfolgte Luna heimlich weiter, ein bisschen so, wie man beim ersten Liebeskummer sein altes Kuscheltier aus Kindertagen als Seelentröster festhalten mag.

Irgendwann verblasste das, was ihre Mutter den Wachstumsschmerz ihrer Seele nannte. Dafür drängten andere Fragen in den Vordergrund: Wie funktionierte das alles? Wenn Sinterklaas eine Legende war, die Pieten märchenhafte Gestalten wie Elfen und Feen, wie konnte über sie alle im Fernsehen berichtet werden wie über Unwetter und andere Ereignisse in der realen Welt? Als Tochter eines Journalisten hatte sie gar nicht anders gekonnt, als sich in die Recherche zu stürzen, um alles über die Produktion der Sendung herauszufinden – und sich schließlich beim Sender um ein Schülerpraktikum vor Ort zu bewerben.

Es hatte eine Weile gedauert, bis sie alt genug dafür war, aber nun war sie hier, im Mediapark in Hilversum und konnte es immer noch kaum glauben, dass sie angenommen worden war!

»Soll ich dich nicht doch hinaufbegleiten?«, wollte ihr Vater wissen.

»Nicht nötig«, erwiderte Luna, »es hieß ja, ich solle alleine zum Aufnahmegespräch kommen.«

»Ich warte dann hier auf dich«, sagte er, und Luna nickte, den Türgriff bereits in der Hand.

Wenige Schritte nur trennten den Parkplatz von dem kastenförmigen Gebäude, in dem sie endlich die Wahrheit erfahren sollte. Ihr war fast feierlich zumute. Ein bisschen so, wie sie sich bei ihrer Konfirmation im Frühjahr gefühlt hatte. Als würde sie nun wirklich erwachsen.

Sie ging zur Pforte und bekam einen vorläufigen Besucherausweis. Ein junger Mann holte sie ab und begleitete sie hinauf zur Redaktion. Bevor man sie dort einließ, bliebe noch eine Sache zu tun, erklärte er ihr, und brachte sie in ein langweiliges, kahles Zimmer, wo ein Mann im Anzug mit einem kleinen Stapel Papieren vor sich auf dem Schreibtisch auf sie wartete. Er bedeutete ihr, sich zu setzen und hielt ihr einen Stift hin.

Vertrouwelijkheidsovereenkomst, las sie, sich setzend, und ihr wurde leicht schwindelig.

»Verschwiegenheitserklärung«, sagte der Mann im Anzug mit leichtem Akzent, »das bedeutet -«

»Ich weiß, was das bedeutet«, antwortete sie. Ihre Zweifel so leicht und so endgültig bestätigt zu sehen, quasi schwarz auf weiß, noch bevor sie die Redaktion betrat, damit hatte sie nicht gerechnet. Aber weil sie ein Teenager war, ließ sie sich nichts anmerken, nahm ihm den Stift aus der Hand und unterschrieb so leichthin, als ginge es um eine Petition für einen cooleren Pausenraum für die Mittelstufe, und las sich nicht einmal den Inhalt durch. Zugleich kämpfte sie mit den Tränen. Vorbei ihre kindliche Freude an Intocht, Sinterklaas und den Pieten, vorbei das Gefühl, selbst ein bisschen besonders zu sein, weil Teil dieses Festes im Nachbarland, von dem zu Hause kaum einer etwas ahnte, alles vorbei.

Der Mann im Anzug drückte ihr ein zweisprachiges Exemplar der Erklärung in die Hand und stand auf. Er deutete auf die Tür hinter sich, die sie bislang gar nicht bemerkt hatte, obwohl sie doch der Tür genau gegenüberlag, durch die sie hereingekommen war.

»Willkommen an Bord«, sagte er, stand auf und öffnete für sie.

Zögernd trat sie ein und wurde sogleich von der Moderatorin persönlich begrüßt. »Wie gut, dass du da bist«, sagte sie, natürlich auf Niederländisch. »Jeroen, unser Außenreporter, hat sich den Fuß verstaucht, ich kann hier nicht weg, aber jemand muss sie zum Pietenhuis begleiten und berichten!« Sie machte einen Schritt zur Seite und dann sah Luna sie: zwei Pieten, in voller Montur, die vorausgereist waren, um das Pietenhuis für die Ankunft von Sinterklaas vorzubereiten!

»Wir haben schon auf dich gewartet«, erklärte der kleinere der beiden ganz ruhig, als sei es das Selbstverständlichste auf der Welt.

»Aber …«, entfuhr es Luna, die verwirrt von der Moderatorin zu den Pieten und wieder zurückschaute. »Ihr seid ja echt!«

»Was denn sonst?«, fragte der größere.

»Du hast doch die Vertrouwelijkheidsovereenkomst unterschrieben«, erwiderte die Moderatorin, »dann sollte das doch wirklich klar sein.«

***

Ein ganz persönlicher Dank der Autorin zum Schluss: In Memoriam Dieuwertje Blok (1957 - 2025)

Auch wenn es sich manchmal so anfühlt, unsere Ideen entstehen nicht im luftleeren Raum. Ähnlich wie Luna, wenngleich erst als Erwachsene, stieß ich zufällig und nur dank meiner ins Nachbarland ausgewanderten Schwester auf den niederländischen Sinterklaas und all seine Aktivitäten zwischen Intocht und Pakjesavond. Doch wirklich kennengelernt habe ich ihn und die Pieten und vor allem, was sie den Menschen bedeuten, durch das Sinterklaasjournaal, das 22 Jahre lang von Dieuwertje Blok moderiert wurde. Dass sie, die so lang das Gesicht der Sendung war, verstarb, während ich diese Geschichte schrieb, war für mich ein Schock und so möchte ich an dieser Stelle »Danke, Dieuwertje« sagen, auch wenn wir uns nie direkt im Leben begegnet sind.

Dieses Jahr keine Suppe

Andrea Schilken-Raulf

Island – Jólasveinar – Dezember

Weihnachtstroll-Saison vom 12. Dezember bis zum Dreikönigstag

»Verdammt, hör endlich auf zu zappeln!«

Stekkjastaur, der mit langer, dürrer Gestalt seinem Namen »Pferchpfosten« alle Ehre machte, ließ schnaufend den schweren Sack von der Schulter gleiten und versetzte ihm einen Tritt. Der Sack zappelte weiter und grunzte.

Giljagaur lachte und schüttelte sich den Schnee aus den Haaren. Eisig kalt pfiff der Sturm über die baumlose Ebene. »Du bist wohl den Sommer über aus der Übung gekommen, was?«

Stekkjastaur funkelte seinen Bruder an. »Ach, und du etwa nicht? Fass lieber mit an, das Ding hier ist viel schwerer als fünf unartige Kinder zusammen! Außerdem geht in einer Stunde die Sonne auf, wir sollten uns beeilen, wenn wir nicht zu Stein erstarren wollen.«

»Ist ja schon gut«, murrte Giljagaur und griff sich eine Ecke des Sacks. Wenn er ehrlich war, wollte auch er schnell nach Hause. Sein Magen knurrte, normalerweise würde er jetzt in irgendeinem Kuhstall den Schaum von der frischen Milch stibitzen. »Überhaupt war es doch Gluggagægirs Idee, uns die Weihnachtszeit zu erleichtern. ›Wenn der Alte erst weg ist, haben wir die warme Bude ganz für uns alleine und können Milch und Würste und Essensreste klauen, so viel wir nur wollen, ohne abgefrorene Ohren und Eiszapfen im Bart!«, hat er gesagt. Und unartige Kinder für die Weihnachtssuppe kriegen wir da in Massen, hat er auch gesagt. Wieso hilft er eigentlich nicht mit?«

»Weil heute erst der 13. Dezember ist und er nicht vor dem 21. hinaus darf, das weißt du doch.«

***

Kurz vor Sonnenaufgang, es war schon bald Mittag, zerrten sie den Sack in ihre Höhle tief unter dem Berg. Das Zappeln hatte fast aufgehört, dafür klang das Grunzen sehr schmerzerfüllt, als sie ihn auf den harten Steinboden fallen ließen. Die kalte, muffige Luft hier drin war zum Schneiden. In der Herdstelle kokelte ein mickriges Feuer aus nassem Holz vor sich hin, das die Wände und Möbel mit einem schmierigen Rußfilm überzog. Giljagaur ließ sich mit einem zufriedenen Seufzer auf das durchgesessene Sofa fallen, dessen Sprungfedern sich in seinen Hintern bohrten. Es ging doch nichts über ein behagliches Zuhause.

»Wir sind wieder da!«, rief Stekkjastaur. »Gibt's was zu essen?«

Ihre Mutter Grýla, eine riesige, in schmuddelige Felle gehüllte Trollfrau mit langer, krummer Nase trat aus den Schatten.

»Essen? Habt ihr denn was mitgebracht?« Sie schlurfte näher und beäugte ihre Beute. »Hoho, da habt ihr wohl ziemlich fette Kinder erwischt, daraus lässt sich eine feine Suppe kochen!« Sie piekste mit einem knochigen Finger in den Sack, der ein erschrockenes Quieken von sich gab. »Leppalúði, mach mal ein anständiges Feuer und setz den Kessel auf!« Mit dem Fuß trat sie gegen einen schnarchenden Lumpenhaufen neben dem Kamin.

»Hm? Was?« Der Lumpenhaufen bewegte sich und gähnend rieb sich Leppalúði die Augen. »Hast du etwas gesagt, Grýla, meine Liebe?«

Grýla schnaubte, dass die Wände wackelten und der Berg ein leises Grollen von sich gab. (Die Seismologen in Reykjavik registrierten ein leichtes Erdbeben der Stufe 3 auf der Richter-Skala.)

»Deine Söhne haben etwas zu essen besorgt, du bist ja zu faul dazu. Aber Feuer machen, das wirst du wohl noch hinkriegen, oder?«

Mittlerweile waren auch die anderen elf Brüder ins Wohnzimmer gekommen und standen staunend um den Sack herum. Jólakötturinn, ihre Katze, schnupperte kurz daran, machte einen Buckel und fauchte.

»Sehr schön, ihr habt es also hinbekommen! Ich liebe es, wenn meine Pläne funktionieren.« Gluggagægir rieb sich die Hände, strahlte und breitete die Arme aus. »Mutter, Vater, Brüder – im Sack ist zwar nichts zu essen, aber wenn wir es geschickt anstellen, wird diese Weihnachtszeit so gemütlich wie noch keine vorher! Helft mir mal beim Auspacken!«

***

Verdammt, was war das heiß hier drinnen im Einkaufszentrum! Stekkjastaur kratzte sich den schwitzenden Kopf unter der roten Bommelmütze. Gar kein Vergleich zu den Jahren vorher, in denen er zur Weihnachtszeit durch Eis und Schnee und Sturm gestapft war. Und dann noch die ganzen Kinder, die auf seinen Schoß zu krabbeln versuchten – wenn die wüssten, wer unter dem roten Mantel steckte, würden sie heulend die Flucht ergreifen. Die meisten der kleinen Kröten hätte er im letzten Jahr noch ohne mit der Wimper zu zucken in seinen Sack gesteckt, ungezogene Kinder waren zu Weihnachten ein Festmahl bei ihnen zuhause.

Seine Brüder Giljagaur und der kleine Stúfur hielten sich unauffällig im Hintergrund – na ja, wenn man zwei buckelige Trolle in dreckigen Lumpen zwischen all den gutgekleideten Menschen denn als »unauffällig« bezeichnen konnte. Aber vor Weihnachten waren die Menschen so sehr damit beschäftigt, rechtzeitig alle Geschenke zu kaufen, dass sie tatsächlich nicht großartig auffielen.

Während Stekkjastaur sich also die Weihnachtswünsche der Kinder anhörte (Eintrittskarten für ein Taylor-Swift-Konzert, einen Lego-Todesstern oder das neueste Eifohn – bei Odins einem Auge, was sollte das sein?!), sah er aus dem Augenwinkel, dass Stúfur sich in Richtung eines Restaurants davonschlich. Auch Giljagaurs lange Nase zuckte verdächtig und es dauerte nicht lange, bis er im Café verschwand. Genauso schnell war er aber wieder draußen, von drinnen war lautes Schimpfen zu hören. Angewidert wischte er sich weißen Schaum aus den Mundwinkeln und ging zu Stekkjastaur hinüber. Ein kleines Mädchen mit rosa Pudelmütze auf dem Kopf trat ihm vors Schienbein und zeterte: »Du musst dich hinten anstellen für den Weihnachtsmann, ich war zuerst da! Außerdem riechst du komisch!«

Giljagaur schob sie kurzerhand zur Seite und flüsterte seinem Bruder ins Ohr: »Geh bloß nicht in den Laden da drüben – der Milchschaum ist aus Sojamilch!«

Ein lautes Poltern aus dem Steakhaus ließ sie aufschrecken. Breit grinsend, die Pfanne mit den angebrannten Essensresten noch in der Hand und mit bekleckertem Bart huschte Stúfur an ihnen vorbei. Sie konnten gerade noch »SO lecker!« hören, dann war er auch schon weg, einen zeternden Koch auf seinen Fersen.

Kurz darauf ertönte melodischer Glockenklang und eine süße Frauenstimme erklärte, dass in einer halben Stunde das Einkaufszentrum schließen würde.

Stekkjastaur drückte dem verdutzten Giljagaur einen ebenso verdutzten kleinen Jungen in die Hand und stand auf.

»Mach du weiter, ich gucke mal, ob man hier auch normale Milch bekommt.« Er nahm die rote Bommelmütze vom Kopf und stülpte sie seinem Bruder über die Ohren. »Damit dich niemand für einen bösen Troll hält!«

***

Währenddessen hatte die restliche Trollfamilie tief unten in der Höhle ganz andere Probleme.

Die ersten zwei Tage hatte ihr Gast schlotternd neben der Feuerstelle gehockt, die kaum Wärme abgab. Zum Glück hatte sich Katze Jólakötturinn nach anfänglichem Misstrauen schnurrend an ihn gekuschelt, das half ein wenig gegen die klirrende Kälte.

Am dritten Tag hatte er die Brüder gebeten, ihm von ihrem Ausflug ins Einkaufszentrum etwas Anständiges zum Anziehen mitzubringen, er sei die stinkenden Lumpen leid. Vielleicht hätte er sich etwas genauer ausdrücken sollen, aber zur Not taten es auch der knallrote Jogginganzug und die bunt geblümte Kittelschürze, die Pottaskefill neben sauber abgeleckten Kochtöpfen aus seinem Sack zog.

Am vierten Tag beschwerte er sich darüber, dass es nichts zu essen gäbe, ob sie ihn hier etwa verhungern lassen wollten? Askasleikir, der Essnapflecker, hatte Mitleid mit ihm und brachte an Tag fünf etliche Teller mit, auf denen noch Essensreste klebten.

Als Grýla das sah, schäumte sie vor Wut. »Einem Fremden bringt ihr Essen mit und eure Familie lasst ihr hungern?! Wo bleiben die unartigen Kinder, ich will endlich Suppe kochen!«

Der Berg erzitterte unter ihrem Zorn (die Seismologen in Reykjavik verzeichneten ein Erdbeben der Stärke 5).

»Aber Mutter, genau das ist doch der Plan! Seit der Alte vor ein paar Jahren aufgetaucht ist, wird es immer schwieriger, unartige Kinder zu fangen.« Stekkjastaur deutete auf seinen grummelnden Magen. »Die Menschen vergessen sogar, uns Essensreste auf die Fensterbänke zu stellen. Das Einkaufszentrum ist wie ein Schlaraffenland, du glaubst gar nicht, was es da alles ...«

Grýla schnaubte. »Schlaraffenland, ja? Wenn ich morgen nicht etwas in den Kochtopf bekomme, kriegt ihr für den Rest der Weihnachtszeit Hausarrest, bis zum nächsten Dezember!«

***

Vor dem Einkaufszentrum zog Stekkjastaur seine »Arbeitskleidung« an, so langsam machte ihm der neue Job richtig Spaß. »Ok, dann wollen wir mal.« Er sah seine Brüder durchdringend an. »Nehmt alles, was ihr kriegen könnt, nicht nur die Reste aus den Kochtöpfen, sonst macht Mutter uns die Hölle heiß. Hurðaskellir, du sorgst mit deinem Türenzuschlagen für Ablenkung. Los geht's.«

Er zog sich die Mütze tiefer über die Ohren und stapfte hinüber zum Weihnachtsbaum, der mitten im Atrium stand und über drei Stockwerke bis zum Dach reichte. An das Geblinke der Lichter und das Gedudel der Weihnachtsmusik hatte er sich mittlerweile gewöhnt; am ersten Tag hätte er nach dem fünften Mal »Jingle Bells« fast in den dicken Jungen gebissen, der an seinem zotteligen Bart herumriss und erzählte, dass er statt einer neuen kleinen Schwester viel lieber einen Hundewelpen zu Weihnachten hätte.

»Ho, ho, ho!«, rief er und setzte sich auf dem roten Sessel zurecht. »Wer von euch lieben Kinderlein ist heute das erste?«

Hochzufrieden machte er es sich gemütlich, während seine Brüder die nächsten Stunden mit ihren Raubzügen verbrachten.

Auf dem Heimweg hatten sie schwer an ihren Säcken zu schleppen. Fleisch, Fisch, Obst und Gemüse hatten sie erbeutet und für Stekkjastaur auch einige Tetra-Paks mit richtiger Schafsmilch.

Hurðaskellir hüpfte lachend um sie herum, dass der Schnee in alle Richtungen stob. »Habt ihr gesehen, wie sich die dürre Kellnerin fast in die Hose gemacht hat vor Schreck, als ich ihr die Klotür vor der Nase zugeknallt habe? Und erst der Chef vom Supermarkt!« Er rutschte auf einer Eisscholle aus und blieb kichernd liegen. »Der hätte beinahe einen Herzinfarkt gekriegt, als ich den Turm mit den Suppendosen umgeworfen habe! – Hey, wartet auf mich!« Er rappelte sich hoch und eilte seinen Brüdern hinterher.

Am Eingang der Höhle kitzelte ein fremder Geruch in Stekkjastaurs Nase, ein bisschen streng und scharf, mit einem Hauch von Blumenduft, so als hätte im Frühling Jólakötturinn in ein Blumenbeet gepinkelt.

»Was ist das?« Er blickte seine Brüder fragend an, aber die zuckten genauso ratlos wie er mit den Schultern.

Im Wohnzimmer sahen sie ihren Besucher auf den Knien liegend mit einem alten Lappen den Boden bearbeiten. Hier drinnen war der Geruch besonders beißend.

Grýla saß grummelnd und kopfschüttelnd am blitzblank geschrubbten Tisch. »Der Kerl hat die Dosen mit dem weißen Pulver gefunden, die Skyrgámur letztes Jahr für Skyr-Becher gehalten hat. Danach war er nicht mehr zu bremsen!«

Ihr Gast im roten Jogginganzug hob den Kopf und strahlte sie an. »Das ist Scheuermittel, damit geht sogar der Ruß vom Fußboden ab!« Er beugte sich wieder hinunter und schrubbte mit Inbrunst weiter.

»Wir haben Jahrhunderte lang sehr gut mit Ruß auf dem Fußboden gelebt, vielen Dank auch!«, meckerte Grýla. »Lasst lieber mal sehen, was ihr heute mitgebracht habt.«

Die Brüder schütteten den Inhalt ihrer Säcke auf den Tisch und Grýla stocherte mit einem langen Finger darin herum.

»Was soll das alles sein?« Sie hob eine Tüte grüner Kugeln hoch. »Ro-sen-kohl«, entzifferte sie das Etikett. »Und das hier? Sch ... Schwei ... Schwei-nebauch?«

»Oh wie lecker!«, kam es vom Fußboden. »Damit kann man einen feinen Eintopf kochen!«

»Ach ja, kann man das?« Grýla erhob sich, ging zur Feuerstelle und schaufelte armeweise Holzscheite hinein. »Dann koch uns doch mal deinen feinen Eintopf!« Sie riss ein Streichholz an und warf es in die Feuerstelle, woraufhin die Scheite in lodernde Flammen aufgingen. (Die Seismologen in Reykjavik sahen erstaunt, wie ihre Instrumente einen völlig unerwarteten Vulkanausbruch anzeigten.)

***

Am nächsten Morgen war der Weg zum Einkaufszentrum ziemlich beschwerlich, alle kämpften mit ihren vollen Bäuchen. »Er mag ja etwas seltsam sein, aber kochen kann der Alte!« Skyrgámur schmatzte leise bei der Erinnerung an den leckeren Eintopf.

»Lass das bloß nicht Mutter hören«, erwiderte Pottaskefill, »die ist eh schon stinksauer, dass es gestern nicht ihr Leibgericht gab.«

»Die Ungezogene-Kinder-Suppe? Es ist doch echt langweilig, jedes Jahr in der Weihnachtszeit dasselbe zu kochen und das dann auch noch das ganze Jahr über essen zu müssen, mir hat's wirklich gut geschmeckt. Ich bin schon gespannt, was es heute gibt, zeig doch mal den Zettel, den er geschrieben hat, Stekkjastaur!«

Vor dem Einkaufszentrum gab es eine kleine Rangelei, wer heute mit rotem Mantel und Bommelmütze unter dem Weihnachtsbaum sitzen durfte. Nie im Leben hätte Stekkjastaur zugegeben, dass ihm der Job einen Heidenspaß machte, trotz »Jingle Bells« und »Ó helga nótt« den lieben langen Tag. Als Ältester setzte er sich schließlich durch, immerhin hatte er die meiste Erfahrung mit ihrem Ablenkungsmanöver.

Während er gerade dem kleinen Mädchen auf seinem Schoß zuhörte, das sich zu Weihnachten eine Barbie-Puppe wünschte, aber bitte die Fußballerin mit dem isländischen Trikot, sah er seine Brüder im Schatten eines Passbild-Automaten über dem Einkaufszettel beratschlagen. Schließlich huschte Gluggagægir, der Fensterglotzer, los und kam nach einer Weile zurück. Leider konnte Stekkjastaur nichts vom Getuschel seiner Brüder verstehen, ein etwas älterer Junge beklagte sich gerade lauthals über die Schule und wünschte sich zu Weihnachten, dass sie doch endlich abbrennen möge. Als Stekkjastaur wieder aufsah, waren seine Brüder verschwunden. Ach nein, nicht alle seine Brüder, Skyrgámur und Stúfur saßen hinter dem Vorhang im Passbild-Automaten, aus dem es unaufhörlich blitzte und kicherte.

***

Am nächsten Tag blieb zuhause die Küche kalt. Ihr Gast hatte Grýla überreden können, das Ende des Vulkanausbruchs abzuwarten, bevor sie die Feuerstelle wieder in Betrieb nahmen. Er wurde das Gefühl nicht los, dass der unerwartete Ausbruch mit Grýlas Kochkünsten zusammenhing. Frühmorgens hatte er zusammen mit Leppalúði draußen aus Eisblöcken ein Iglu gebaut, in dem sie nun den größten Teil ihrer Beute verstauten. »Ihr habt ja keinen Kühlschrank und bis Weihnachten ist es noch ein paar Tage hin, in einem Eishaus verdirbt uns nichts«, hatte er gemeint. »Außerdem wollt ihr nach Weihnachten doch auch noch leckere Sachen essen.« Und an die Brüder gewandt: »Ihr habt hoffentlich ein paar Dosen von dem Scheuerpulver bekommen, das hier«, er schüttelte die Dose, »ist fast leer und wir sind noch lange nicht fertig.«

Das kalte, köstliche Mahl bestand aus Hákarl und Harðfiskur, dazu gab es Rúgbrauð mit fingerdick Butter darauf. Der fermentierte Hai schmeckte etwas streng, aber nicht weniger lecker als der getrocknete Schellfisch. Auch Jólakötturinn bekam ihren Anteil. Mit gewaltigem Krachen zerbiss sie den Trockenfisch und schnurrte dabei so laut, dass die Teller auf dem Tisch klirrten. (Die Seismologen in Reykjavik vermuteten, dass die leichten Erdstöße zum langsam abklingenden Vulkanausbruch gehörten.)

Ihr Gast warnte sie davor, zu viel von dem dunklen, süßen Roggenbrot zu essen, das aus guten Gründen auch þrumari genannt wurde, »der Donnerer«, aber natürlich hörte niemand auf ihn.

***

»Hätten wir doch bloß auf den Alten gehört!«, stöhnte Gáttaþefur und hielt sich den Bauch, in dem es ordentlich grummelte. Eigentlich wollte er, wie es seine Aufgabe war, heimlich mit seiner langen Nase durch die Türschlitze schnüffeln und aus der Backstube einige Fladen Laufabrauð stibitzen. Vorsichtig schob er die Tür zur Bäckerei einen Spalt auf – oh, wie das duftete! Brote und Brötchen und Kuchenstücke in Hülle und Fülle! Hatte nicht neulich Stekkjastaur etwas von »Schlaraffenland« gesagt? Wie recht er doch gehabt hatte! Früher hatte er in den Menschenhäusern nur wenige Stücke Laufabrauð finden können, hier stapelten sich die Fladen bis fast unter die Decke. Ganz, ganz langsam schlich Gáttaþefur sich in die Bäckerei, streckte eine Hand aus ... aber das laute Gerumpel in seinen Innereien verriet ihn, sodass er gerade noch der wütenden Bäckerin entwischen konnte.

Seinen Brüdern ging es nicht besser, vor allem Stekkjastaur bereute seine Gier beim letzten Abendessen.

»Iiiiih, Mama, der Weihnachtsmann hat gefurzt!« Das kleine Mädchen mit den Häschen-Ohrenwärmern hielt sich angeekelt die Nase zu und flüchtete von seinem Schoß.

***

Ding-Dong-Dong »Liebe Gäste, wir schließen in einer halben Stunde und wünschen Ihnen ein frohes Weihnachtsfest!« *Ding-Dong-Dong*

Stekkjastaur blickte auf die riesige Wanduhr, die über dem Eingang hing. Es war doch noch nicht einmal Mittag!

Im Schutz des Passbild-Automaten sammelten sich langsam seine zwölf Brüder, alle offensichtlich genauso verwirrt wie er. Mit so viel weihnachtsmännischer Würde, wie er in seiner Panik aufbringen konnte, verabschiedete er sich von den letzten Kindern und ging zum Automaten hinüber. Erschrecktes Stimmengewirr empfing ihn.

»Wieso macht die Bude denn jetzt schon zu?«

»Das können die doch nicht machen, nicht an Heiligabend!«

»In einer Dreiviertelstunde geht die Sonne auf, wo sollen wir denn jetzt hin?«

»Ruhe!«, donnerte Stekkjastaur mit seiner tiefsten Weihnachtsmannstimme und seine Brüder verstummten. »Heute ist es nur knapp fünf Stunden hell, lasst uns so lange in diese Höhle gehen, wo die

Menschen ihre Autos abstellen, da kommt niemals Licht herein.«

»Du meinst die Tiefgarage?«, fragte Gluggagægir. »Da unten war ich vorgestern schon mal, da stinkt's ganz furchtbar!"

Stekkjastaur guckte ihn böse an. »Schlimmer als die Schwefelquellen am Mývatn-See kann das nicht sein – oder willst du lieber raus in die Sonne und zu Stein erstarren?«

***

Als sie endlich in ihrer Höhle ankamen, staunten die Brüder nicht schlecht. Ihr Vater Leppalúði, der sonst nie eine unnötige Bewegung machte, stapelte frisches Holz neben der Feuerstelle und ihre Mutter rührte unter Anleitung ihres Gastes in einem riesigen Kochkessel. Dabei trug sie die geblümte Kittelschürze und hatte auffallend gute Laune.

»Setz euch hin, meine lieben Kinder«, sie winkte mit dem Kochlöffel zum Tisch, »das Weihnachtsessen ist gleich fertig!«

Die dreizehn Weihnachtstrolle setzten sich an den langen, festlich gedeckten Tisch, Kertasníkir zog einige stibitzte Kerzen aus seinem Umhang und zündete sie an. Das flackernde Licht fiel auf Schüsseln mit Möndlugrautur, dem traditionellen Weihnachtsmilchreis, und einen großen Teller mit Sara-Gebäck, den unwiderstehlichen Kuchenstücken aus Mandeln, Buttercreme und Schokolade.

Askasleikir, der keinem Essgeschirr widerstehen konnte, machte große Augen und streckte eine Hand nach dem Kuchenteller aus. Grýla schlug mit dem Kochlöffel nach ihm. »Finger weg, die gibt es erst zum Nachtisch!«

Mithilfe von Leppalúði schleppte ihr Gast große Platten mit Hangikjöt, dem geräucherten Lammfleisch, vielen Fladen Laufabrauð und eine Schüssel mit Soße aus Skyr und Dill zum Tisch. Als zweiten Gang genossen sie geschmorte Schneehühner mit dicken Käsesoße und karamellisierten Kartoffeln.

Leppalúði deutete stolz mit der Gabel auf sich: »Die Hühner habe alle ich gejagt, jawohl!«

Grýla wischte zufrieden mit ihrer letzten Kartoffel einen Rest Soße vom Teller. »Das ist alles so lecker, dass ich dieses Jahr die Suppe gar nicht vermisse.«

Noch bevor sie den Milchreis vertilgten, war ihr Gast wieder in seine eigene Kleidung geschlüpft. Aus einem Sack hatte er etliche dicke Bücher gezogen und überreichte sie nun der staunenden Familie.

»Zu Weihnachten schenkt man sich hier auf Island Bücher und ich dachte, ›Der Herr der Ringe‹ und ›Harry Potter‹ würden euch gefallen, darin kommen viele Trolle und andere seltsame Wesen vor.«

Die Trolle blätterten aufgeregt in den Büchern und er setzte sich satt und zufrieden vor das flackernde Feuer. Stekkjastaur, der in seinem Milchreis die Weihnachtsmandel gefunden hatte, hatte er seine rote Bommelmütze geschenkt.

Der Weihnachtsmann kraulte die schnurrende Jólakötturinn, die sich auf seinem Schoß zusammengerollt hatte (Stärke 2 auf der Richter-Skala, die Seismologen in Reykjavik freuten sich über ruhige Feiertage), und überlegte, dass es vielleicht gar keine schlechte Idee wäre, auch nächstes Jahr die Weihnachtszeit bei Grýla und ihrer Familie zu verbringen.

17 Uhr 17, Malmö

Ivonne Keller

Schweden – Malmö – Lucia Fest

13. Dezember, Gedenktag der heiligen Lucia

Der Nebel hüllte die Straßen in ein milchiges Licht. Nur das ferne Hupen eines Lkws durchbrach die Stille. Hinter den Fenstern der Altbauwohnung im Fersens Väg flackerte Kerzenschein. In der Küche saß Elin Olsson am Tisch und biss so wütend in einen Keks, dass es krümelte.

Es war so unfair! Was sollte bloß diese dämliche Regel, nur die älteste Tochter einer Familie dürfe die Lucia spielen? So würde sie niemals zum Zug kommen!

»Natürlich wirst du das«, hatte Mama sie zu beruhigen versucht, »sobald Viktoria ausgezogen ist, bist du an der Reihe.«

Na toll, das konnte ja noch ewig dauern, ihre Schwester wollte ja sogar noch studieren. Irgendetwas musste Elin sich einfallen lassen. Missmutig spähte sie in den Flur. Jetzt gerade schritt Viktoria kronprinzessinnenmäßig am Wandspiegel vorbei und betrachtete sich bewundernd in ihrem weißen Kleid mit dem roten Band um die Taille. Der Kerzenkranz machte sich gut auf ihrem schwarzen Haar. Aber Elin würde das Outfit auch super stehen. Sie und Viktoria trennten nur elf Monate, sie waren schon lange gleich groß – wenn sie sich auch sonst kaum ähnelten. Snövit och rosenrött nannte

Papa sie. Er hätte bestimmt ein gutes Wort für Elin eingelegt, wenn er hier wäre. Aber er wohnte in Stockholm, sie sahen sich viel zu selten! Und Mama, die Elin vielleicht doch noch rumgekriegt hätte, war mit Oma beim Arzt, weil sie sich die Hüfte angeschlagen hatte. Beim heutigen Lucia-Fest in der Caroli-Kirche konnten sie nicht dabei sein.

»Nehmt ihr euch eben ein Uber«, hatte Mama gesagt und ihnen gleich eins bestellt. Um 17 Uhr 30 sollte der Wagen eintreffen. Das war in zwanzig Minuten.

Dafür, das weiße Lucia-Kleid unauffällig verschwinden zu lassen und damit Viktorias Auftritt zu verhindern, war es leider schon zu spät. Genauso verhielt es sich mit dem Kranz. Abgesehen davon hätte Elin dann ja selbst weder das eine noch das andere zur Verfügung gehabt. Seufzend nahm sie den nächsten Keks vom Teller und schob ihn sich an einem Stück in den Mund. Vielleicht sollte sie Reißnägel in Viktorias Schuhe stecken? Dann wäre ihre Schwester verletzt und müsste notgedrungen aufgeben. Elin kaute und schluckte. Bisschen zu brutal vielleicht. Dafür drohte mindestens eine Woche Hausarrest. Zumindest bei Strafmaßen waren Mama und Papa sich einig.

Viktoria tauchte in der Küchentür auf und breitete die Arme aus. »Und – wie gefalle ich dir?«

Elin zuckte mit den Schultern. »Mir würde es viel besser stehen. Überhaupt«, sie deutete auf ihr blondes Haar, »damit brächte ich noch viel mehr Licht in die Kirche als du.«

»Ich denke nicht, dass dir das Kleid passen würde.« Viktoria schaute vielsagend zum Keksteller.

Elin kniff die Lippen zusammen. Was bildete Viktoria sich eigentlich ein? Das war Bodyshaming.

Ihre Schwester nahm den Kerzenkranz vom Kopf und stellte ihn auf den Tisch, löste den Gürtel und öffnete gekonnt den Rückenreißverschluss ihres Kleides. Sie stieg heraus und legte beides achtsam über eine Stuhllehne. »Ich zieh mal lieber noch einen Body und eine dicke Strumpfhose drunter, sonst wird es zu kalt«, erklärte sie. »Lass bloß deine fettigen Griffel davon, hörst du? Bin gleich wieder da. Und mach dich auch fertig, der Überfahrer kommt gleich.«

Elin sah Viktoria hinterher, bis deren Zimmertür ins Schloss gefallen war. Dann wischte sie eilig die Finger an ihrer Jeans ab und schlüpfte aus Hose und Pulli. Hektisch stieg sie ins Kleid, zog es über die Hüfte und schlüpfte mit beiden Armen in die Ärmel. Hoffentlich brauchte Viktoria noch ein bisschen! Sie strich das lange Haar beiseite und streifte sich das Kleid über die Schultern. Dann langte sie unter ihre Brüste und ruckelte sie ein bisschen zurecht, ehe sie am Rücken nach dem Reißverschluss angelte. Gar nicht so einfach zu fassen, aber schließlich gelang es doch und sie zog ihn beherzt nach oben. Gut, es spannte ein wenig. Aber nachdem sie den Bauch eingezogen und sich etwas verrenkt hatte, war das gute Stück zu. Ging doch. Nun noch das rote Band um die Hüfte gebunden. Mal sehen.

Vor dem Flurspiegel betrachtete sie sich. Das Outfit stand ihr perfekt! So viel war sicher: Das Ding trug heute sie! Triumphierend sah sie Viktoria entgegen, die eben in hautfarbenem Body und passender Strumpfhose aus dem Zimmer trat.

»Tadaa!« Elin breitete die Arme aus und hielt erschrocken inne. Was war das für ein Geräusch?

Viktoria legte die Hände an den Mund. »Bist du noch ganz dicht? Ich hab dir gesagt, du sollst es nicht anrühren! Jetzt guck mal unter deine Arme! Der Stoff ist gerissen!« Sie heulte theatralisch auf. »Hab ich's doch gewusst, es ist dir zu klein! Ach, Elin!«

»Was kann ich denn dafür, dieses Ding ist ja schon Jahrzehnte alt!« Schon Mama hatte es getragen.

Viktoria legte die Hände an den Kopf, sie atmete dreimal hintereinander durch und schloss für einen Moment die Augen.

»Dreh dich mal um!«, kommandierte sie dann. »Wir müssen uns beeilen.« Sie ruckelte am Reißverschluss in Elins Rücken. »Zieh den Bauch doch mal etwas ein!«

Noch mehr? Elin hielt die Luft an.

»Das blöde Ding hat sich verklemmt!« Viktoria jammerte. »Das darf echt nicht wahr sein! Mama hat gemeint, ich soll besonders nett zu dir sein, weil du dich mal wieder zurückgesetzt fühlst, und jetzt haben wir den Salat!«

Elin hechelte flach. Es wäre wirklich gut, wenn dieser Reißverschluss nachgeben würde.

Es klingelte. Verblüfft wechselten sie einen Blick. Viktoria sah auf ihre Armbanduhr, sie stöhnte. »17 Uhr 17, das kann ja wohl noch nicht unser Fahrer sein!«

»Vielleicht doch.« Mama hatte die Anweisung gegeben, der Mann solle klingeln, damit sie nicht in der Kälte draußen warten mussten.

Ihre Schwester huschte zur Gegensprechanlage. »Hallo?«

»Hallo«, schallte eine Stimme an Elins Ohr, »bin ich schon da. Wetter schlecht. Mussen fahren.«

»Wir sind noch nicht so weit! Das Auto ist erst in einer Viertelstunde bestellt!«

»Bitte beeilen. Kommt Eisregen. Oder du rufst andere Uber.«

Sie und Viktoria starrten sich an. Besser nicht. Wenn sie Pech hatten, bekamen sie so schnell keinen Ersatz.

Elin trippelte zur Gegensprechanlage. »Kein Problem, wir kommen gleich. Gib uns fünf Minuten, okay?«

»Aber nix länger, bitte!«

Viktoria legte auf. »Wie stellst du dir das vor? Du kommst nicht aus dem Kleid, und ich kann es auch nicht mehr anziehen mit diesen Löchern! Das müssten wir mit Sicherheitsnadeln zusammenhalten!« Abermals verfiel sie in Geheule. »Du kriegst doch eh immer alles, was du willst! Da hast du schon den größeren Busen! Aber nein, außerdem bestimmst du, wohin wir in den Urlaub fahren oder welchen Film wir sehen, sogar, was Mama kocht, entscheidest du! Mir bleibt nur die Lucia! Und die hast du mir nun auch noch ruiniert!«

Elin stiegen Tränen in die Augen. Wie gemein Viktoria war. Sie gönnte ihr aber auch gar nichts! »Nun stecke ich schon mal in diesem Kleid, dann bin ich eben dieses Jahr die Lucia! Du kannst von mir aus das ganze nächste Jahr alles andere bestimmen. Okay?«

»Du würdest sogar endlich dem Sommertrip mit Papa nach England zustimmen? Und wir essen mal wieder Köttbullar?«

Das grenzte ja an Erpressung. Sie wusste nicht, was sie schlimmer fand!

Viktoria schob verlangend das Kinn vor. »Versprochen?«

»Meinetwegen«, stöhnte Elin.

Ihre Schwester schien besänftigt. »Na gut. Dann

viel Spaß gleich beim Arsch abfrieren!« Sie huschte in ihr Zimmer, während Elin versuchte, in ihre Steppjacke zu gelangen. Unmöglich. Sie bekam die Arme nicht weit genug auseinander. Genauer gesagt konnte sie sie nicht einmal heben.

Schon kehrte Viktoria zurück, sie trug jetzt Jeans und Rolli und schlüpfte in ihren warmen Mantel, setzte eine Wollmütze auf. Elin steckte ihre nackten Füße in die weißen Pumps. Taumelnd suchte sie die Balance. So hohe Schuhe hatte sie noch nie getragen.

Viktoria war schon an der Tür. »Was ist denn, wir müssen los. Der Typ fährt sonst ohne uns ab!«

»Könntest du mir die Jacke über die Schulter legen? Und … die Krone aufsetzen? Ich kann meine Arme nicht heben!«

Viktoria presste die Lippen aufeinander. Gnädig hängte sie Elin die Jacke über und holte die Krone aus der Küche. »Ich trag die mal solange. Du siehst aus, als ob du gleich umkippst.«

Elin verdrehte die Augen. »Geht schon.«

Während Viktoria leichtfüßig die fünf Stockwerke nach unten hopste, klammerte Elin sich Stufe für Stufe am Geländer fest. Unten angekommen stand Viktoria bereits beim Uber. Der Fahrer des schwarzen Toyota hatte die Beifahrerseitenscheibe heruntergelassen und hielt sich ein Handy ans Ohr, mit der anderen Hand tippte er auf seine Armbanduhr.

Es hatte zu nieseln begonnen. Die Kälte kroch Elin unters Kleid. Abschätzend betrachtete sie den nassen Bürgersteig. Hoffentlich war es nicht glatt, sie konnte sich jetzt nirgends mehr festhalten. Viktoria hielt ihr die Tür zur Rückbank auf. Die Krone hatte sie bereits dort abgelegt. »Jetzt mach schon!«, drängte sie.

Elin sparte sich den Kommentar, dass Viktoria als Ältere stets vorn sitzen durfte. Dabei wäre es gerade jetzt viel bequemer gewesen, etwas mehr Beinfreiheit zu haben. Beherzt stakste sie in Gänseschritten auf ihre Schwester zu. Sie hätte gern die Arme ausgebreitet, um das Gleichgewicht zu halten, aber das würde das enge Kleid womöglich komplett zerreißen.

Während sie sich beim Einsteigen abquälte und das rote Band noch einmal neu verknotete, telefonierte der Uberfahrer in gebrochenem Schwedisch. »Ich sehe, was ich kann machen, Gunilla. Bleibst du schön ins Bett.«

Viktoria schnallte Elin an und schloss die Tür, dann nahm sie auf dem Beifahrersitz Platz. Der Uberfahrer startete den Wagen. Er musterte Elin im Rückspiegel. »Heute Hochzeit in Caroli-Kirche?«

»Nein, heute ist Luciafest. Kennst du das?«

Er schüttelte den Kopf.

»Es ist ein schwedischer Brauch. Die weißgewandete Lucia sorgt mit einem Lichterkranz auf dem Kopf in dieser dunklen Jahreszeit für helle Stunden. Es ist kein religiöses Fest, trotzdem wird es oft in Kirchen gefeiert.«

Seinen Ursprung hatte es wohl in einem Heiligenfest, aber dem Knaben das jetzt zu erklären, war zu viel.

Viktoria hingegen wollte mal wieder mit ihrem Wissen glänzen. »Also, das ist so«, erklärte sie, »eine Italienerin – die heilige Lucia – hat sich Ende des vierten Jahrhunderts nachts in die Katakomben von Syrakus geschlichen und heimlich Essen zu Christen gebracht, die sich dort verstecken mussten. Damit sie beide Hände frei hatte, um alles zu tragen, hat sie sich einfach Kerzen auf den Kopf gesetzt. Und sie hat damit nicht nur Brot oder Wasser gebracht, sondern auch Hoffnung und Licht. Irgendwann wurde das auch hier im Norden zum Gedenktag, das hatte auch mit der Wintersonnenwende zu tun. Wenn wir das heute feiern, ist das jedenfalls so, als würde man sagen: ›Auch wenn es draußen stockdunkel ist und wenn alles stillsteht – das Licht kommt.‹ Verstehst du?«

Der Überfahrer nickte anerkennend. »Schöne Sache ist. Toll.«

Irgendwie brachte Elin es fertig, den Kranz zu sich heranzuziehen, den kleinen Schalter für die LED-Leuchten einzuschalten und die Krone aufzusetzen. Sofort verbreitete sie ihr warmes Licht.

Der Fahrer pfiff leise durch die Zähne. »Bin ich Hassan«, sagte er.

Elin und Viktoria nannten ebenfalls ihre Namen.

»Ist okay, wenn ich kurz fahre in Apotheke?« Er zeigte die Straße hinauf. »Ist gleich an Lilla Torg, dauert nix lange. Ist krank mein Nachbarin.«

Viktoria hob die Schultern. »Kein Problem, wir sind ja jetzt früher gestartet.«

Als der Mann nach kurzer Fahrt ausgestiegen war, zischte Elin: »Jetzt mussten wir uns so beeilen! Von wegen Eisregen! Da hätte ich mir auch noch eine Strumpfhose anziehen können!«

»Wie denn?« Viktoria senkte den Kopf, ihre Schultern zuckten.

Lachte sie etwa? Elin starrte auf den verwaisten Marktplatz mit seinen Fachwerkhäusern und gemütlichen Cafés. Wieso hatte sie nur so auf ihr Recht beharren müssen? Sie hatte sich das alles viel romantischer vorgestellt. Nicht so kalt und unbequem. Nachher in der Kirche war es garantiert auch nicht viel gemütlicher. Und jetzt saß sie hier in diesem

Scheiß-Uber und fror sich den Arsch ab. Genau wie Viktoria es prophezeit hatte.

Eben kam dieser Hassan aus der Apotheke, an seinem Handgelenk baumelte eine Papiertüte. Etwas prasselte aufs Autodach. Als ob Reiskörner aus einer Tüte herausrieselten. Feine Eiskörner rutschten die Windschutzscheibe entlang. Hassan eilte über den Platz, einmal geriet er ins Schlingern, fing sich aber noch auf. Schwer atmend ließ er sich auf den Fahrersitz fallen, das schwarze Haar übersät mit weißen Körnchen. Die Tüte stellte er im Fußraum vor Viktoria ab.

»Können wir denn noch weiterfahren?«, fragte ihre Schwester. »Es ist ja noch ein ganzes Stück.«

»Lass uns einfach wieder nach Hause umkehren!«, rief Elin. »Bei diesem Wetter kommt doch heute sowieso kein Mensch in die Kirche!« Sie würde es sich mit einer Tasse Tee und einem Buch in der Badewanne gemütlich machen und diesen schrecklichen Tag einfach wieder vergessen.

Hassan blickte zwischen ihnen hin und her. »Geht nicht so oder so. Ihr müsst mitkommen zu Gunilla. Sie braucht Medizin. Wegen der Eisregen kann ich nicht machen zwei Fahrten, sonst gibt Katastrophe.« Er ließ den Motor an.

»Aber …«, setzte Elin an.

Hassan legte den Gang ein. Sein Blick wechselte fragend zwischen ihr und Viktoria. »Oder ihr steigt aus. Geht ihr in schöne Café.« Er wies mit dem Kinn nach draußen.

Auf dem Kopfsteinpflaster sammelte sich schon eine dünne Eisschicht. Elin würde niemals in diesen Pumps mit heilen Knochen darüber gelangen.

Viktoria sah sie mahnend an. »Jetzt chill mal. Du hast völlig recht, in die Kirche kommt vermutlich kaum jemand. Und bestimmt gibt es bei Hassans Gunilla eine heiße Tasse Tee.«

»Und hat sie leckere Plätzchen. Beste wo gibt.« Hassan wackelte mich den Augenbrauen.

Elin sank kopfschüttelnd in den Sitz. Zwar bekam sie inzwischen wieder besser Luft – die Nähte unter den Armen hatten sich weiter gelöst – aber das machte ihren Aufzug ja nicht besser. Was sollte diese Gunilla von ihr halten?

Hassan setzte den Blinker und fuhr los. Sie erkannten den Turning Torso am Hafen – der verdrehte Wolkenkratzer war das Wahrzeichen ihrer Stadt. Schließlich kamen sie in Möllevången an. Hier gab es reihenweise Wohnblocks. Die Straßenbeleuchtung warf nur spärliches Licht.

Hassan half Elin beim Aussteigen, an seiner Hand hing die Medikamententüte. Er bot ihr den Arm, doch da kam schon Viktoria und hakte sie unter.

»Was tun wir hier?«, flüsterte Elin ihr zu. Hier war sie noch nie gewesen. Warum auch?

Ihre Schwester hob hilflos die Schultern. Sie sah ängstlich aus. Der dunkle Hauseingang, zu dem Hassan sie führte, wirkte auch nicht sehr vertrauenerweckend.

Im Hausflur roch es nach Curry und Zwiebeln. Aus einer der Wohnungen drangen Trommelklänge. Von den Wänden blätterte der Putz. Viktoria warf ihr einen unsicheren Blick zu. Dachten sie dasselbe? Was, wenn es gar keine Gunilla gab?

Vor einer Wohnungstür im dritten Stock blieben sie stehen. Ein verblichener Trockenblumenstrauß hing an einem fadenscheinigen Satinband. Hassan klingelte bei G. Persson, dann zog er ein Schlüsselbund hervor und entriegelte die Tür.

Stickige Heizungsluft schlug ihnen entgegen. Die Lämpchen auf Elins Kranz erhellten den Wohnungsflur. Ein mit Briefumschlägen übersätes Schränkchen sah aus, als würde es gleich zusammenbrechen.

»Hassan, bist du das?«, klang eine zittrige Frauenstimme aus einem Zimmer. Es folgte ein Hustenschwall.

»Ja, ich bin!« Er legte den Finger an die Lippen und zwinkerte ihnen auffordernd zu.

Viktoria zog ihr die Jacke von den Schultern, Elin streifte die Pumps ab. Dass sie nun barfuß und ihr Kleid rissig war, spielte mit einem Mal gar keine Rolle mehr. Feierlich nahm sie die Krone vom Kopf und setzte sie Viktoria auf. Die Kerzen leuchteten warm auf ihrem schwarzen Haar.

Sie nahmen sich bei den Händen. Im Eingang zum Schlafzimmer blieben sie stehen. Im Bett lag eine hagere Frau mit schlohweißem Haar. Sie legte die Finger auf ihre Brust. Ihre Augen leuchteten. »Wunderschön«, hauchte sie.

Elin und Viktoria sahen einander in die Augen und nickten sich zu. Zweistimmig stimmten sie das Lucia-Lied an.

Die Nacht ist groß und still, jetzt hört man es schwingen in allen Räumen. Wie von Flügeln. Seht, vor unserer Tür steht in weiß gekleidet mit Kerzen im Haar: Sankta Lucia, Sankta Lucia.

Die ganz und gar geheime Kniepersacksin

Ulrike Bliefert

Deutschland – Mecklenburg – Dezember 1911

Knieperdackse, jahrhundertealter Heischebrauch kurz vor oder an Heiligabend

Freitag, 15. Dezember 1911

»Markt und Straßen steh'n verlassen, still erleuchtet jedes Haus. Sinnend geh ich durch die Straßen ...« Heini Pöhls zitterte vor Angst, und die Klasse hielt den Atem an.

»Nicht zu fassen!«, zischte der Lehrer und wandte den Blick zur Decke, als spräche er mit dem Herrgott persönlich. »Kein Respekt!«

»Zuhause wusst' ich's noch …« beteuerte Heini wahrheitsgemäß, aber es war bereits zu spät: Alfred Stövers Hand schoss aus seiner Kitteltasche hervor und landete rechts und links auf Heinis Wangen.

»Das ist Eichendorff! Ei-chen-dorff!«

Jede Silbe ein Schlag.

»Sinnend geh ich durch … das Eichen … Dorf …«, stammelte Heini und kämpfte mit den Tränen. Er war sich im Klaren darüber, dass das nicht richtig war, aber gar nichts zu sagen würde Stöver womöglich noch mehr in Rage versetzen. Doch es half nichts. Weitere Schläge.

»Sinnend geh ich durch die Gassen!«, brüllte Stöver, »Na? Wird's bald?«

Heini versuchte verzweifelt, die Zeile nachzusprechen, doch alles, was er hervorbringen konnte, war ein ersticktes Schluchzen.

»Ach, so ist das!« Stöver breitete die Arme aus und bezog wie Pfarrer Mangold bei der Sonntagspredigt die Klasse mit ein. »Auch noch bockig! Unverschämt, faul und verstockt, oder?«

Die Klasse hielt den Atem an. Einige nickten folgsam.

Mit großer Geste wandte sich der Lehrer wieder Heini zu. »Na, dir werd ich Respekt vor uns'rem großen Dichter beibringen!«

Heini wusste, was jetzt kam. Stöver griff zu seinem gefürchteten Ochsenpesel. Er hatte den noch frischen Stierpenis im vergangenen Sommer selbst im Wittstocker Schlachthof abgeholt, ihn mit Hilfe zweier Ziegelsteine auf die passende Länge gezogen, gezwirbelt und getrocknet, und zum guten Schluss mit einer Trageschlaufe aus Hirschleder versehen. Seitdem lag der Ochsenpesel – für alle gut sichtbar und stets einsatzbereit – auf dem Lehrerpult: biegsamer als ein Stock und schwerer als eine Peitsche.

Heini biss sich auf die Unterlippe. Bloß nicht schreien, redete er sich zu, bloß nicht schreien.

***

»Ein Schandkerl ist das. Ein gemeiner Menschenschinder.« Ilsabe strich ihrem kleinen Bruder tröstend über den Kopf. »Und das alles nur wegen dem dummen Gedicht?«

Heini nickte, zog die Nase hoch und wischte die restliche Feuchtigkeit mit dem Jackenärmel ab.

»Setz dich doch.«

»Nee. Geht schon.« Er wagte es nicht, sich an den Gesindetisch zu setzen. Sein Hinterteil brannte wie Feuer.

Ilsabe holte einen Tiegel aus der Speisekammer, nahm eine der leeren Eierschalen, die sie nach dem Frühstück der gnädigen Herrschaften auszukochen und in einem Körbchen zu sammeln pflegte, und füllte ein wenig Salbe darin ab.

»So. Damit schmierst du deinen Noors heute Abend ein, und morgen früh auch noch mal, wenn's bis dahin nicht besser ist.«

»Danke«, Heini nickte und zog erneut geräuschvoll die Nase hoch. »Heißt das Pechsalbe, weil man die braucht, wenn man Pech gehabt hat?«

»Nee«, Ilsabe kicherte, »die heißt so, weil da Baumpech drin is. Ich nehm immer das Harz aus dem kleinen Fichtenwäldchen, weißt du? Gleich links auf dem Weg zur Müritz. Das riecht besonders gut.«

Heini hielt prüfend die Nase über den Tiegel. »Stimmt. Was is'n da sonst noch drin?«

»Sonnenblumenöl, Ringelblüten und Bienenwachs. Wieso willst'n du das wissen?«

»Weil: Wenn du heiratest, muss ich so ne Pechsalbe ja auch selber machen können.«

»Heiraten?« Ilsabe kicherte erneut. »Wie kommst'n du darauf?«

»Weil: Du bist ja nu schon fast siebzehn, und wo doch Mama und Papa tot sind …«

»Och, Heini, uns beiden geht's doch gut hier bei den von Lotzows.« Ilsabe steckte ihrem kleinen Bruder vorsichtig die gefüllte Eierschale in die Jackentasche. »Und wenn ich irgendwann mal heirate, koch ich dir trotzdem meine Heile-heile-Segen-Salbe. Das versprech ich dir!«

Als seine Schwester den Salbentiegel wieder in der Speisekammer verstaute, schnupperte Heini irritiert und zog die Nase kraus. »Was kochst'n du da?« Die Aussicht auf Ilsabes segensreiche Salbe hatte bei ihm offenbar wieder alle verfügbaren Sinne für die Außenwelt freigesetzt: Es roch ausgesprochen seltsam in der Küche. Heini lief zum Herd und war schon im Begriff, den Deckel des eisernen Kochtopfs zu lupfen, als Ilsabe energisch dazwischen ging. »Finger weg! Wird nicht verraten!«

Heini zog eine Flunsch.

»Nichts da!« Ilsabe war nicht zu erweichen. »Ab ins Bett mit dir und gute Nacht!«

Grummelnd trollte sich Heini die Stiege hoch zu den Gesindezimmern. Die von Lotzows hatten ihm nach dem Tod seiner Eltern die Schlafkammer zur Verfügung gestellt, die bis vor Kurzem noch der alte Hannes bewohnt hatte. Es gab zwar in ganz Mecklenburg noch kein elektrisches Licht wie in den großen Städten – und erst recht keine elektrisch betriebenen Geräte –, aber seit der Erfindung der Dampfmaschine hatte sich auf dem von Lotzow ´schen Gut vieles geändert. Der alte Hannes, der fünf Jahrzehnte lang als Dreschelfer sein Brot verdient hatte, wurde genau wie der Brunnenjunge und der Göpelknecht, der die Pferde an der Schrotmühle bediente, nicht mehr gebraucht. Ihre Gesindekammern standen seitdem leer, wobei »Kammer« übertrieben war: Den niedrigsten Arbeitern in der Gutshierarchie stand lediglich ein Strohsack als Bett zu. Trotzdem war Heini überglücklich gewesen, als die Baronin Ilsabe erlaubt hatte, ihren kleinen Bruder zu sich zu holen. Als Gegenleistung erwarteten sie lediglich, dass er allabendlich ihre Schuhe und Stiefel putzte und sonntags zur Kirche ging.

Unten in der Küche öffnete Ilsabe trotz der klirrenden Kälte das Fenster und nahm den Topf vom Herd. Der Brei aus zerrissenem Zeitungspapier, Wasser und Mehl war fertig, jetzt musste sie zusehen, dass er so schnell wie möglich abkühlte. Sie hatte alles von langer Hand vorbereitet: immer nur vier bis fünf Blätter, auf keinen Fall mehr! Mal war es das »Mecklenburger Tagesblatt«, mal »Der Sonntagsbote«, mal die »Norddeutsche Radsport-Zeitung«, die der gnädige Herr neuerdings abonniert hatte. Sämtliche Druckwerke wurden nach der Lektüre der Herrschaften von einem der Hausmädchen in handliche Stücke geschnitten und zwecks Weiterverwertung im Plumpsklo an einen Nagel gehängt. Ilsabe hatte immer nur gerade so viel davon mitgenommen, dass niemand stutzig wurde. Nachts, wenn alles schlief, wurde die Tagesausbeute sorgfältig in kleine Schnipsel gerissen und anschließend im Kopfkissen versteckt. Als sich Ilsabe einem der beiden zerschlissenen alten Bettlaken zuwandte, die normalerweise zur Herstellung von Putzlappen verwendet wurden, klopfte es leise an der Küchentür: Das konnte nur Jakob, der Pferdejunge sein!

»Und?«, wisperte Ilsabe, »Hast du's hingekriegt?«

»Jo! Bäter wat, as gornix!« Jakob strahlte übers ganze Gesicht und streckte Ilsabe sein Mitbringsel wie ein Blumenbukett entgegen: Drei Pinsel, die Stiele aus Kaminholz geschnitzt und an einer Seite mit je einem Büschel Pferdehaar versehen; sorgfältig mit Draht fixiert und in Form geschnitten.

»Bist `n richtiger Tausendsassa!« Ilsabe kniff den Pferdejungen übermütig in die Wange. »Wie hast du das denn geschafft?«

Jakob wurde rot und trat verlegen von einem Bein aufs andere. »Man möt sich to helpen weiten.«

»Da sagst du was!« Ilsabe klopfte Jakob noch einmal anerkennend auf die Schulter und ehe er sich's versah, hatte sie ihn zurück in den Flur geschoben und die Küchentür wieder zu gemacht. Jetzt konnte es endlich losgehen!

Der Leim aus Kartoffelmehl und Wasser stand bereits – gut verschlossen in einer Einmachkruke – in der Speisekammer. Als Erstes beklebte Ilsabe die alte Schultüte, die sie auf dem Dachboden gefunden hatte, mit einem Stück Bettlaken: Fertig war der hohe, spitze Hut, den die Knieperdackse zu tragen pflegten, und der restliche Stoff reichte gut für das passende weiße Gewand.

Aus dem abgekühlten Papiermaché eine Maske zu basteln war nicht ganz so einfach; vor allen Dingen durfte sie auf keinen Fall verrutschen: Das Privileg, in der Woche vor Weihnachten mit hölzernen Zangen bewaffnet als Knieperdackse durchs Dorf zu ziehen, war schließlich strikt den Jungs und jungen Männern vorbehalten! Ilsabe fand es schon von klein auf ungerecht, dass sie bei diesem Ritual nicht mitmachen durfte: Während die Jungs die Mädchen und jungen Frauen durchs Dorf jagen und mit ihren Zangen kneifen durften, gab es umgekehrt nichts auch nur ansatzweise Vergleichbares für die Mädchen. Das Ganze ging unter Lachen, Kichern und dem Absingen von allerlei Spottversen vor sich, und manche Mädchen rannten mit Absicht nicht schnell genug davon: Gekniffen zu werden war offensichtlich sowas wie Ehrensache, aber zurückkneifen? Nein, das war nicht erlaubt!

»So gemein«, flüsterte Ilsabe, während sie aus den Stoffresten ein Paar improvisierte Fausthandschuhe bastelte: Ihr war klar, dass ihre Hände sie sonst unweigerlich verraten würden. Sie hatte wirklich an alles gedacht! Diesmal würde sich eine leibhaftige Knieperdacksin unter die Knieperdackse mischen!

Die weiteren Vorbereitungen dauerten die ganze Nacht. Die Maske bekam nach dem Trocknen mithilfe eines Restchens Kalkanstrich den traditionellen weißen Untergrund aufgepinselt, und mit einer Mischung aus Kaminruß, Baumharz und Wasser malte Ilsabe zum Schluss – todmüde, aber glücklich – schwarze Ränder um die Augenschlitze und um die Mundöffnung ein fratzenartiges Grinsen.

Samstag, 16. Dezember 1911

Der Tag wollte einfach nicht enden. Schließlich war alles Geschirr gespült, Töpfe, Pfannen und Besteck säuberlich wieder an Ort und Stelle geräumt und die Köchin zog sich mit ihrem Strickzeug in ihre warme Stube zurück.

Ilsabes Herz klopfte bis zum Hals vor Aufregung! Ihre Verkleidung hatte sie in der vergangenen Nacht im winterlich verlassenen Gewächshaus versteckt. Jetzt gab es kein Halten mehr!

»Wo willst du denn hin?«

Ohje! Heini hatte Ohren wie ein Luchs, und das Knarren der Dielen hatte sie verraten. Statt zu antworten, fragte sie »Geht's deinem Hinterteil denn wieder besser?«, und als Heini nickte, schob sie ihn rigoros zurück in seine Schuhputzecke. »Und wenn du fertig bist: Ab ins Bett und geschlafen, verstanden?«

Die Knieperdackse hatten sich bereits bei Einbruch der Dunkelheit am Dorfkrug versammelt. Sie hatten riesige, selbst geschnitzte Zangen mitgebracht: kein Vergleich mit der lächerlichen kleinen

Gurkenzange, die Ilsabe sich ausgeborgt hatte. Aber keiner der Knieperdackse nahm daran Anstoß, dazu waren alle bereits viel zu aufgekratzt. Der Trupp würde später auf die pittoreske Gruppe aus Schimmelrieder und Pietschenknaller, Zägenbuckführer und Zägenbuck treffen, wobei sowohl Schimmel als auch Ziegenbock von in weiße Tücher gehüllten Jungs gespielt wurden. Die Rolle des Rugklaas mit der Rute und des Wiehnachtsmanns übernahmen traditionell zwei der Älteren, und dann ging es gemeinsam von Haus zu Haus, um Gaben zu erbetteln, begleitet von ausgesprochen ungezogenen Spottliedern. Natürlich gab's in jedem Haus ein Schnäpschen für alle. Allerdings: Dieser Teil des Rituals war für Ilsabe als heimliche Knieperdacksin viel zu gefährlich. Für die dämmrige Dorfstraße reichte ihre Kostümierung aus, in den erleuchteten Stuben jedoch würde sie sich viel zu schnell verraten, zumal sie Schnaps eklig fand, und die viel zu großen Stiefel, die sie bei einem der Hausknechte stibitzt hatte, würden unweigerlich auffallen.

Endlich ging es los: Die Mädchen rannten kreischend und lachend vor den Knieperdacksen davon – oder taten nur so – und quietschten laut, wenn sie gekniffen wurden.

Ilsabe konnte in den schweren Männerstiefeln kaum Schritt halten. Vom kleinsten Knieperdacks mit einer harmlosen Gurkenzange gekniffen zu werden, fand offenbar keines der Mädchen sonderlich aufregend, aber allein, dass Ilsabe endlich auch einmal hemmungslos grölend und johlend mit den Jungs durchs Dorf toben konnte, fand sie all die Mühe wert.

Kurz vor dem Schulhaus jedoch wurde die wilde Meute plötzlich aufgehalten: Lehrer Stöver stand mit ausgebreiteten Armen mitten auf der Straße. »Ihr geht nach Hause, wo ihr hingehört!«, herrschte er die Mädchen an. »Und ihr legt gefälligst eure gottlose Verkleidung ab!«, brüllte er den Knieperdacksen entgegen. »Schämt euch! Alle zusammen!«

Einen Moment lang war es totenstill. Kein Lachen, Grölen, Zangenklappern mehr. Während die Mädchen sich eingeschüchtert davonmachten, standen die Knieperdackse regungslos da. Vor ihren Maskenmündern bildeten sich Kältenebel und lösten sich kurz danach wieder auf.

»Heidenpack!«, zeterte Stöver weiter, und die Augen quollen ihm vor Empörung aus den Höhlen. »Steht in der Bibel etwa irgendwo geschrieben, dass man den kommenden Heiland mit solch abgrundtief unsittlichem Tun zu begrüßen hat?« Als er ausholte, um den mitgebrachten Ochsenpesel einzusetzen, hielt der größte der Knieperdackse seinen Arm mitten in der Bewegung fest.

»In der Bibel steht auch nirgendwo, dass Dorflehrer einem um Christi Willen jeden Spaß verderben müssen, oder?« Triumphierend riss er Stöver den Ochsenpesel aus der Hand und schleuderte ihn in den Straßengraben. Einige Knieperdackse lachten; der Bann war gebrochen. »Und in der Bibel steht auch nirgendwo, dass man böse, gemein und ungerecht sein darf!«, trumpfte ein weiterer Knieperdacks auf. »Oder seine schlechte Laune an Kindern auslassen«, »Und bei den Eltern Lügen erzählen!«, »Und schlechte Noten geben, wenn man einen nicht mag!«

Die Jungen rückten bedrohlich näher, keiner lachte mehr.

Als der erste von ihnen seine hölzerne Zange einsetzte, konnte von spielerischem Kneifen keine

Rede mehr sein. Danach gab es kein Halten mehr. Der nächste schlug einfach zu.

Stöver rannte um sein Leben, am Fichtenwäldchen vorbei und Richtung See, die Knieperdackse immer hart auf den Fersen.

»Schinder!«, brüllten sie und trieben den Lehrer unbarmherzig auf das Ufer der Müritz zu. »Grobschlachter!«, »Drillhans!«, »Schandkerl!«

Ilsabe blieb nichts anderes übrig, als mitzulaufen.

Als Stöver auf den zugefrorenen See flüchtete, blieben die Knieperdackse schlagartig stehen. Es war viel zu dunkel, um auszumachen, ob die Eisdecke schon über das seichte Ufer hinaus dick genug war und trug.

Doch Stöver rannte weiter. Als es knirschte, war es bereits zu spät: ein Geräusch wie eine zerbrechende Fensterscheibe, dann ein Schrei.

Die Knieperdackse keuchten, einige zogen ihre Masken ab und starrten wie hypnotisiert auf das Geschehen.

Stöver versuchte vergeblich, sich ans Ufer zu retten, doch keiner der Jungen machte Anstalten, einzugreifen.

»Dat dick End kümmt nah!«, brummte Jakob, der Pferdejunge ungerührt, und sein Bruder nickte bedächtig, »Straf möt wäsen.«

»Hilfe«, wimmerte der Lehrer, »jetzt helft mir doch, verdammt noch mal!«

Der größte der Knieperdackse schaute in die Runde. Niemand rührte sich. Schließlich blieb sein Blick auf Ilsabe hängen. »Der da ist der Leichteste von uns ...«

»Du kannst's ja mal versuchen, Kleiner.«

»Viel Glück!«

Die Jungen rannten davon, ohne sich umzuschauen.

Stövers schwache Hilferufe gingen in Stöhnen über.

Langsam, wie in Trance, stieg Ilsabe aus den Stiefeln und zog Hut und Maske ab. Dann griff sie entschlossen zu einem langen, dicken Birkenast, der am Ufer lag.

Stöver hob den Kopf; seine Lippen waren blau angelaufen. Er war leichenblass. Als Ilsabe näherkam, breitete sich auf seinem Gesicht ungläubiges Staunen aus. Und schließlich Angst.

Dienstag, 9. Januar 1912

»Die Ferien haben diesmal ja ein wenig länger gedauert, aber ich hab den Eindruck, dass ihr darüber nicht gerade traurig seid.«

Die Kinder lachten. Dass Pfarrer Mangold zum Jahresbeginn vor Eltern und Kindern eine erbauliche Rede hielt, war Tradition. Aber heute war nicht nur das Datum ungewöhnlich.

»Unser geschätzter Lehrer Stöver ist zwar inzwischen – dem Herrn sei Dank – von seiner Lungenentzündung genesen, aber er hat sich entschlossen, vorzeitig aus dem Schuldienst auszuscheiden.«

Heini presste die Lippen zusammen und warf einen raschen Blick auf seine Schwester, die zwischen den Müttern und Vätern seiner Mitschüler stand. »Wehe, du verrätst mich!«, hatte sie ihm eingeschärft. Es war Ilsabe egal, dass Stöver ihr striktes Stillschweigen auferlegt hatte. Natürlich wollte er auf keinen Fall zugeben, dass ihn ein weiblicher Knieperdacks bäuchlings auf dem Eis liegend an einem Birkenast aus dem Wasser gezogen hatte. Ein bisschen mehr Dankbarkeit wäre nett gewesen, fand

Ilsabe, aber andererseits war Stöver mit dem Gang der Dinge gestraft genug.

»... und das hier ist das Fräulein Lindemann«, erklärte Pfarrer Mangold am Ende seiner Ansprache.

Die apfelbäckige junge Frau an seiner Seite trat einen Schritt vor »Guten Morgen, Kinder!«, sagte sie und strahlte übers ganze Gesicht, »Ich bin ab heute eure Lehrerin.«

Und Heini strahlte zurück.

Anmerkung der Autorin:
Näheres zum Brauch sowie historische Fotos und ein Filmclip finden sich unter
https://buchholz-mueritzsee.de/knieperdackse/

Jesus ist ein Chamäleon

Thea Lehmann

Südafrika – Kapstadt – Vorweihnachtszeit

Dezember, Advent 1996

Das ganze Jahr 1996 über hatten die Südafrikaner in den Himmel gestarrt, um den Kometen Hale-Bopp zu sehen. Nun war er vom Nachthimmel verschwunden und die Kapstädter bewunderten abends die Weihnachtsdekoration über den Straßen. Solomon Mkeba wusste allerdings genau, wo der Komet sich befand, er studierte Astronomie und der Komet absorbierte seine Aufmerksamkeit komplett, bis zu dem Moment, wo ihm klar wurde, dass er pleite war.

***

»Sie bewerben sich für den befristeten Job?«

Die junge blonde Frau sah ihn entgeistert an. Damit hatte Solomon gerechnet. Er setzte sein freundlichstes Lächeln auf.

»Genau. Als Santa Claus für die Weihnachts-Foto-Präsentation im Einkaufszentrum.«

»Aber …«, in ihrer Stimme schwangen neben der Überraschung Verlegenheit und Ärger.

»Wenn Sie einen Jordanier für den Job hätten haben wollen, hätte das in der Anzeige stehen müssen, Miss …« Er suchte vergeblich nach ihrem Namen.

»Miller. Roos Miller.« Sie starrte ihn an. »Aber das wäre gegen das Gesetz.«

»Richtig«, bestätigte Solomon. »Wir haben die Apartheid abgeschafft in Südafrika. Alle Menschen sind gleich.« Sein Lächeln verstärkte sich.

»Aber Santa Claus ist …«

»… auch ein Mensch gewesen, nicht wahr?«, ergänzte er ihren Satz.

Sie war noch nicht geschlagen. »Ich melde mich bei Ihnen.«

»In ein paar Tagen ist der erste Advent, Roos. Wie lange wollen Sie warten?«

Die beiden Männer, die vor ihm zum Bewerbungsgespräch erschienen waren, hatten keine Chance, das war Solomon klar. Der eine hatte eine Alkoholfahne, der andere war so hibbelig, dass er keinesfalls auf kleine Kinder losgelassen werden konnte. Solomon öffnete die Tür zum Flur. »Ich sehe keine anderen Bewerber.«

Die junge Marketing- und Personalassistentin war etwa in seinem Alter und stand sichtlich unter Druck.

»Wir stehen kurz vor dem Jahrtausendwechsel. Da wollen Sie doch nicht alte Vorurteile bedienen«, sagte Solomon aufmunternd.

Sie atmete hörbar aus. Er las in ihrem Gesicht, wie sie die Vor- und Nachteile ihrer Entscheidung abwägte. Die Aufschreie der Konservativen, die Zustimmung der ANC-Kandidaten, die Reaktionen der Tagespresse.

»Also, Herr Mkeba, Sie wissen, dass das ungewöhnlich ist. Ich gebe Ihnen eine Chance. Wir versuchen es eine Woche lang, dann sehen wir weiter. Die Kinder und Eltern müssen ja auch mit Santa glücklich sein, darum geht es doch vor allem.«

Solomon zog die Augenbraue hoch. Darum ging es natürlich nicht. Aber er sagte brav: »Natürlich Roos. Ich kann gut mit Kindern.«

***

Drei Stunden später stand Solomon am Teleskop der Universität. Er hatte Hale-Bopp für seine Masterarbeit gewählt, denn so einen Kometen gab es nicht oft zu sehen. Vielleicht damals, im Jahre 0, als der Stern von Bethlehem heraufzog. Der Komet war seit einem Jahr sein Leuchtturm, an dem sich sein Studium und sein Leben ausrichteten. Die Hälfte seiner Nächte verbrachte er im Astronomical Observatory am Teleskop der Universität von Kapstadt, der UTC in Rondebosh. Akribisch verfolgte er die Auswertung der Daten, die weltweit zu diesem Kometen gesammelt wurden, der erstaunlicherweise zwei Schweife hinter sich herzog. Sakaninas Theorie von einem Satelliten, der den Kern umkreiste und dadurch die Schweife bildete, hielt er nicht für beweisbar. Er vermutete, dass der Kern selbst aus einer Ansammlung von Gesteinsbrocken bestand. Alles sprach dafür: die schwache Gravitation, der Schweif, die Bilder der Radioteleskope, aber er musste es beweisen können.

Morgens um vier legte er sich auf die Pritsche im Observatorium, um ein wenig zu schlafen. Fünf Stunden mussten genügen.

***

Um halb zehn stand er mit rotem Anzug, Bart, Stiefeln und Mütze im Einkaufszentrum bereit.

»Solomon, das ist Chantalle, sie fotografiert«,

stellte Roos vor. Die Fotografin riss die Augen auf und vermied es fortan, ihn anzusehen.

»Ho, ho, ho!«, intonierte er lächelnd und hörte sich an, wie er mit den Kindern und deren Eltern umgehen sollte.

»Bitte keine politischen Diskussionen, nur Small Talk. Sie nehmen die Kinder kurz auf den Schoß und lassen sich mit ihnen fotografieren.«

Dafür war eine weiße Schneelandschaft aus Plüsch aufgebaut, die so unglaublich kitschig und fehl am Platze wirkte, dass sich Solomon in dem albernen rot-weißen Kostüm völlig passend angezogen fühlte. Er war Santa in einer Schneekugel, während draußen der Hochsommer den Asphalt grillte.

Solomon dankte Gott für die Erfindung der Klimaanlage und setzte sich auf den mit rotem Samt bespannten Sessel. Der Bart und die mit weißem Wallehaar bestückte Mütze waren höllisch warm, der Schweiß lief ihm trotz Klimatisierung über die Stirn.

Um ihn herum schlenderten Familien und Touristen in Shorts und Badeschlappen. Einige blieben stehen und tuschelten aufgeregt, manche Kinder wollten gern zu ihm, aber die weißen Muttis zogen ihre Sprösslinge irritiert weg. Solomon beobachtete sie. Er entdeckte tatsächlich Lebkuchen in den Einkaufswagen, und Stollen, diese schweren Kuchen, die einem so lange im Magen lagen. Traditionen waren hartnäckig, das musste er anerkennen. In seiner Familie fand an Weihnachten ein großes Barbecue im Garten statt, bei dem alle zusammenkamen und gemeinsam kochten, sangen und beteten. Nicht mehr lange und er würde wieder dort sein. Solange er denken konnte, hatten sie an jedem Heiligen Abend unter freiem Himmel gesessen und die Sterne beobachtet und mit zwölf hatte er sein erstes Teleskop bekommen.

Ein kleiner Junge fixierte ihn aufmerksam. Solomon winkte ihm.

Er versteckte sein Gesicht im Sommerkleid seiner Mutter, die ihn schließlich vorwärts schob. Sie machte den Anfang und von da an ging es Schlag auf Schlag. Unzählige Kinder wurden Solomon auf den Schoß gesetzt und er lächelte freundlich in Chantalles Kamera.

Mittags, als die Sonne auf die Glaskuppel über ihm brannte, kam Roos vorbei. Er hatte seine fünfte Diet-Cola wieder ausgeschwitzt und verfluchte die Idee, sich auf diesen Job beworben zu haben.

»Wie ich sehe, kommen Sie gut an.« Roos sah sich um, staunte, wie viele Leute ihn ablichteten und wie viele Kinder sich mit einem dunkelhäutigen Santa Claus fotografieren lassen wollten – Kinder schwarzer und indischstämmiger Eltern. »Jedenfalls bei manchen unserer Besucher.« Roos schien zu grübeln, dann lächelte sie.

Solomon nickte matt. Ihm war heiß. Er brauchte eine Pinkelpause und bat sie, ihn kurz auf die Toilette zu lassen. Dort hielt er seinen Kopf in den Wasserstrahl und zog sein durchgeschwitztes T-Shirt unter der Santa-Claus Jacke aus, genau wie die Shorts. Hier, in der Herrentoilette, sah das Kostüm grotesk aus. Wie eine Comic-Figur kam er sich vor, ein Alien aus fernen Galaxien.

Zurück an seinem Platz war die Schlange noch länger geworden. Roos hatte offenbar einen Fotografen der Cape Town News angerufen, der nun ebenfalls Anweisungen gab.

»He, Kleine, kannst du Santa ansehen?«

Das Mädchen, das er eben auf seinen Schoß gehoben hatte, wandte ihm ihr Gesichtchen zu. Sie war sehr dunkel, genau wie er. »Bist du wirklich Santa Claus? Der, der die Geschenke bringt?«, fragte sie.

Salomon strahlte in die Kamera. »Wenn du fest daran glaubst, dann bin ich es.«

»Aber in meinem Weihnachtsbuch ist Santa Claus weiß. Da sieht er aus wie ein alter Bure.«

»Na, für die Weißen muss er eben aussehen wie ein Bure. Das ist doch klar«, sagte Solomon. »Du und deine Eltern, ihr seht nicht so aus, deshalb muss euer Santa Claus so sein wie ich.« Während er das sagte, kam es ihm so natürlich vor wie sein großer Zeh.

Sie sah ihn mit ihren großen, dunklen Kulleraugen an. »Ich heiße Imani.«

»Und ich …« Beinahe hätte er sich verraten. »Ich wünsche dir schöne Weihnachten, Imani!« Er stellte sie auf den Boden und sie flitzte zu ihrer Mutter, die schon die Geldbörse zückte, um das Foto zu erwerben.

Der Nachmittag verstrich mit gefühlt hundert Kindern, die auf seinen Knien saßen, und abends konnte er nicht mehr lächeln.

Solomon massierte seine Wangen, als er endlich wieder in Shorts und Shirt aus dem Umkleideraum kam. Roos stand vor ihm.

»Ich habe alles Mögliche erwartet, aber ich hätte nie gedacht, dass es so ein Erfolg werden würde.«

»Ich hätte nicht gedacht, dass es so anstrengend und schweißtreibend sein würde. Ich brauche unbedingt eine Dusche. Dieses Kostüm ist wie eine Sauna!« Er hängte sich den Rucksack über die Schulter.

»Sie werden sich daran gewöhnen!« Roos lächelte

ihm zu und reckte beide Daumen hoch. »Ich bin gespannt auf den Zeitungsartikel, er soll schon morgen erscheinen.«

»Wie wäre es mit einer kleinen Temperaturzulage?« Solomon hatte verstanden, dass er der Knaller war.

»Ich kann dafür sorgen, dass man Ihnen ein zusätzliches Klimagerät hinstellt, das Ihnen kühle Luft entgegen bläst.«

»Immerhin.«

»Und jetzt, was machen Sie jetzt?«, fragte Roos neugierig.

»Jetzt gehe ich zu meiner richtigen Arbeit ins astronomische Observatorium. Ich forsche über den Kometen Hale-Bopp.«

»Ah, der sagenhafte Komet mit den beiden Schweifen! Ich habe ihn im Februar mehrmals mit bloßem Auge gesehen! Von meinem Balkon in Tamboerskloof halte ich jeden Abend Ausschau nach ihm.«

Roos wurde Solomon sofort sympathischer. »Ja, momentan ist er zu nah an der Erde, als dass man ihn gut erkennen könnte. Dafür können ihn die Astronauten auf der Weltraumstation beobachten. Er hat einige Besonderheiten und wir versuchen, zu errechnen, wie seine Bahn verläuft, wann er wieder vorbeikommt und woraus er besteht.«

»Vielleicht nehmen Sie mich mal mit ins Observatorium. Da war ich noch nie.« Sie schien ehrlich interessiert.

»Vielleicht. Ich muss los.« Er war nicht der einzige Student, der Zeiten am Teleskop gebucht hatte, und musste sie gut nutzen.

***

Um halb zehn am nächsten Tag war der Foto-Platz bereits umringt von Menschen. Roos begrüßte mehrere Reporter und stellte Solomon vor. »Mr. Mbeka, unser Santa Claus.«

Einer der Männer ließ ihr kaum Zeit, auszusprechen, als er ihn schon anfuhr: »Was fällt Ihnen ein, diese christliche Tradition zu verhöhnen? Was soll der Blödsinn mit einem schwarzen Santa?«

Roos war nicht auf einen Angriff vorbereitet. Solomon schon.

»Sie wollen mir erzählen, Santa Claus war ein Holländer?«

»Jedenfalls war er weiß und das hier ist gegen die Tradition: Es gibt keinen schwarzen Santa Claus«, echauffierte sich der Fotograf.

Solomon zuckte mit den Schultern. »Ich bin der Beweis, dass es einen gibt.«

»Wir sind die Regenbogen-Nation. Schon vergessen?«, warf Roos ein.

»Das gilt nicht für christliche Traditionen!«, blaffte der Mann und verließ den Foto Spot.

Solomon winkte das erste Kind zu sich.

»Ich bin Rashid«, sagte der kleine Junge. »Wohnst du im Himmel?«

Solomon dachte an seine nächtliche Sternbeobachtung. »Genau da komme ich her. Hast du von dem Kometen Hale-Bopp gehört?«

Der Kleine nickte. Von Hale-Bopp hatten im Winter alle geredet. Ein Leuchten ging über sein Kindergesicht. »Du bist auf dem Kometen geritten? Das ist toll! Morgen komme ich dich wieder besuchen.«

So ging es den ganzen Vormittag weiter. In Solomons Pause kam Roos in den Umkleideraum, wo er nur mit seinen Shorts bekleidet am Fenster stand und sich Luft zufächelte.

»Oh, Entschuldigung.«

Sie wollte wieder hinausgehen, aber er rief sie zurück. »Was gibt's?«

»Die Cape Town News schreibt: Verfall der Sitten. Das Einkaufszentrum präsentiert einen schwarzen Santa Claus!« Sie hielt ihm die Tageszeitung hin.

»Ein kleiner Skandal ist kein schlechtes Marketing, oder?«

Roos zog die Stirn kraus. »Ein großer Skandal ist schon ein Problem. Wir müssen auch an unsere weißen Kunden denken.«

»Dann stellen Sie eben ein Albino-Rentier neben mich!«

Roos schüttelte den Kopf, aber sie lächelte trotzdem. »Sicher nicht. Vielleicht suche ich doch noch einen weißen Santa Claus und wir machen eine abwechselnde Belegung.«

Eine Gruppe strenggläubiger Farmer aus Stellenbosch und Umgebung empfing ihn und Roos nach der Pause mit Trillerpfeifen, Schildern und lauten Buh-Rufen. »Sakrileg!«, »Schande Gottes!«, »Blasphemie!«, »Die Bibel ist nicht verhandelbar!« und ähnliche Sprüche prangten auf handgeschriebenen Kartons, die vor allem brave Frauen, aber auch ein paar Männer hochhielten.

Roos versuchte, mit ihnen ins Gespräch zu kommen, aber der Wortführer, ein Mister de Kerkehof, war nicht zu beruhigen. »Entfernen Sie diesen Santa Claus, das ist eine Beleidigung unserer Weihnachtstraditionen!« Seine Stimme schallte weit, die Leute blieben stehen.

Jeden Moment, das zeichnete sich ab, würde der

Mob in den abgetrennten Fotobereich eindringen und Solomon herauszerren.

Der kleine Junge von gestern winkte ihm zu, und obwohl seine Mutter ihn zurückzuhalten versuchte, riss er sich los und kletterte auf sein Knie.

»Schön, dass du wieder da bist, Rashid«. Solomon beobachtete angespannt die Gespräche und das wilde Gestikulieren der Protestierenden.

»Warum streiten die Leute da?«, wollte der Junge wissen.

»Sie wollen keinen schwarzen Santa. Sie sagen, das ist gegen die Tradition.«

»Wieso bist du dann schwarz geworden?«

Solomon überlegte ein wenig. »Ich glaube, Jesus ist ein Chamäleon. Und Santa, als sein Abgesandter, auch. Er sieht immer so aus wie die Menschen, die an ihn glauben. Nur so kann er ganz nah bei seinen Anhängern sein.«

Rashid runzelte seine Stirn. »Das muss ich meinem Papa erzählen. Er glaubt nicht an Gott, meine Mama aber schon.«

Im Hintergrund gestikulierte Roos aufgeregt vor dem Wortführer der Gruppe. Passanten mischten sich ein. Das hier wuchs sich zu einem ziemlichen Konflikt aus, manche der Besucher versuchten, die Plakate herunterzudrücken, die Protestierer wehrten sich dagegen.

»An was glaubt denn dein Papa?«, fragte Solomon, um den Jungen von dem Tumult abzulenken.

»An den ANC und die Menschen«, sagte Rashid. »Mein Papa ist Lehrer.«

Solomon bekam die Antwort nur mit halbem Ohr mit, denn nun eskalierte die Situation. Roos wurde vom Wortführer angerempelt, einige Damen der Gruppe stiegen über die angedeutete Absperrung auf den weißen Plüschteppich und versuchten, ihn vom Sessel zu zerren. Er sprang auf, Rashid schützend in den Armen. Dessen Mutter hatte einerseits die Szene fotografiert, andererseits immer wieder auf ihren Sohn geschaut. Dankbar nahm sie Rashid in Empfang und drückte Solomon eine Karte in die Hand, die er achtlos in die Hosentasche stopfte.

»Das wird ein Skandal. Ich unterstütze Sie«, sagte sie und verließ eilig mit Rashid die Plaza.

Solomon schüttelte die Damen ab und stürmte auf den Wortführer zu, der immer noch Roos' Arm umklammerte.

»Hände weg von Miss Miller!« Er baute sich vor de Kerkehof auf und stach ihm seinen Zeigefinger in die Brust. Der Mann riss ihm die Mütze mit den weißen Haaren vom Kopf und warf sie auf den Boden. »Ziehen sie das Kostüm aus. Santa Claus ist nicht schwarz!«

Solomon hielt ihn am ausgestreckten Arm von sich fern. »Ich bin Santa. Ich bin schwarz. Also ist Santa Claus hier und heute schwarz.«

Endlich kamen zwei Männer von der Security gelaufen, drängten die streitenden Parteien auseinander und nahmen Roos und ihn in die Mitte. Solomon bückte sich, um die Mütze aufzusetzen. Er hätte nie gedacht, dass er das freiwillig tun würde, aber in diesem Moment musste er wieder Santa Claus sein und seine Identität verteidigen.

Ein weiterer Mann im Anzug tauchte auf und mithilfe der Security-Leute konnte er die aufgebrachten Protestierer beruhigen und dazu bewegen, das Shoppingcenter zu verlassen. Solomon stand unschlüssig am Eingang seines künstlichen Schneehügels.

»Das ist der Leiter des Centers«, flüsterte Roos ihm zu.

»Das war's dann wohl«, sagte Solomon resigniert.

»Nein. Bitte machen Sie weiter, Mr. Mkeba.« Der Anzugträger reichte ihm die Hand. »Die Zeit ist reif dafür. Halten Sie das durch? Es wird nicht der einzige Protest bleiben.«

***

Der Vorfall schlug so hohe Wellen, dass das Meer am Kap der Guten Hoffnung dagegen ein Spielplatz war.

Zwei Tage später titelten alle Zeitungen die Geschichte um den schwarzen Santa Claus und das Fernsehen fragte wegen Interviews nach. Chantalle hatte ihre Fotos an eine Nachrichtenagentur weitergegeben und exklusiv an ein Lifestyle-Magazin verkauft. Solomon verbrachte nun diverse Abende in Talkshows und Radiosendungen.

Seine Mutter rief aus Durban an und bat ihn, aufzuhören. »Du provozierst die Weißen, ich mache mir Sorgen um dich.«

»Mom, es ist bald Weihnachten«, beruhigte er sie und sich selbst. »Es wird nichts Schlimmes passieren.«

Abends wanderte Solomon durch die weihnachtlich geschmückten Straßen, die von Lichterketten in Form von Santa Claus mit Schlitten und Rentieren überspannt waren. Er fragte sich, ob Südafrika nicht eine andere Erzählweise der Geschichte brauchte.

Am nächsten Tag ließ er den Wallebart weg.

Imani, die ihn oft besuchen kam, genau wie Rashid, legte ihre Hand auf seine rasierte Wange. »Warum hast du den Bart nicht mehr?«

»Weißt du, Imani, bei uns ist ja Sommer und so ein Bart ist unheimlich warm. Wenn ich in einem anderen Land bin, wo es um diese Zeit kalt ist, dann lasse ich ihn mir wieder wachsen.«

Das fand Imani völlig verständlich.

Dann tauschte er die Stiefel mit roten Badeschlappen.

Chantalle zögerte, als sie ihn sah. »Fürchtest du nicht, dass du den Kindern die Illusion raubst?«

Solomon schüttelte den Kopf. »Nein. Ich glaube nicht. Santa ist doch kein Kostüm, Santa ist eine Haltung.«

»Wenn du dich da nicht täuschst.«

Die Proteste gingen weiter, die Sympathiekundgebungen auch. Teenager und Erwachsene kamen, um sich ein Autogramm zu holen, nachdem sie sich mit ihm hatten fotografieren lassen.

Roos bat ihn inständig, den Anzug und die Mütze anzulassen. »Ansonsten wird das hier zum rein politischen Statement.«

»Das ist es doch längst. Aber gut. Wir wollen die lieben Kleinen und ihre Eltern ja nicht völlig vor den Kopf stoßen.« Er lächelte ihr zu. Sie verstanden sich immer besser.

Inzwischen war er eine Berühmtheit in ganz Südafrika. Roos begleitete ihn zu den Presse- und Fernsehterminen und unterstützte ihn, wo sie konnte. Als Roos ihn eines Abends in ihrem Auto zum Studentenwohnheim fuhr, stand dort eine Gruppe von weißen Leuten mit Protest-Schildern. Zwei Männer hatten Schlagstöcke dabei.

»Oh Gott, wir müssen die Polizei rufen!«, stöhnte Roos.

»Nein. Bring mich ins Observatorium. Da gibt es eine Pritsche, auf der ich schlafen kann.« Jetzt wurde es ihm eindeutig zu viel! Mit weißen Schlägern wollte er sich nicht anlegen. Es wurde höchste Zeit, dass endlich Weihnachten und das Ende seiner Verwandlung kam.

Roos schüttelte energisch den Kopf. »Kommt nicht infrage. Du schläfst bei mir auf dem Sofa und zuvor essen wir was Ordentliches.«

Eine Weile umkreisten sie sich an diesem Abend wie zwei Planeten, aber dann saßen sie eng nebeneinander auf Roos' Balkon und die Gesetze der Gravität gewannen. Am nächsten Morgen fegte ein frischer Wind vom Tafelberg herunter und pustete den Staub aus allen Ecken.

Bei seinem nächsten Besuch kletterte Rashid auf Salomons Schoß und verkündete: »Du bist gar nicht der richtige Santa Claus, du bist ein Student von der Universität. Das hat mir meine Mama gesagt.«

»So, hat sie das?« Salomon suchte die Augen von Rashids Mutter. Sie lächelte entschuldigend.

»Er ist schon sieben Jahre alt, da darf er so was wissen.«

»Wenn Sie meinen. Aber nur wenn man an etwas glaubt, dann erfährt man auch die damit verbundene Magie.«

Sie sah ihn lange an. »Da ist was dran. Aber nun zu Ihnen. Sie studieren Astronomie, wie ich den Berichten über Sie entnommen habe.«

Rashid mischte sich ein. »Ich glaube ganz fest an Santa Claus, aber an einen, der so aussieht wie ich.«

Solomon nickte. »Da hast du vollkommen recht, Rashid. Jesus ist ein Chamäleon, das habe ich dir schon mal gesagt. Jeder Mensch und jedes Volk braucht ihn ein bisschen anders und Santa ebenso.«

»Sagt Ihnen das Mauna-Kea-Observatorium in Hawaii etwas?«, unterbrach ihn Rashids Mutter.

Solomons Kopf schnellte hoch. »Natürlich.«

Sie nickte. »Mein Mann arbeitet im Ministerium. Es gibt Stipendien für Studenten. Der Leiter der Sternwarte in Hawaii hat ihn angerufen, weil er Sie einladen möchte.«

Solomon sprang auf, Rashid purzelte von seinem Knie. Er hob ihn hoch und wusste nicht, was er sagen sollte. »Misses …« Ihre Karte fiel ihm wieder ein. Hatte er die noch in der Hosentasche? Er zog ein reichlich zerknautschtes Papier heraus. »Mrs. Benisha Naidu? Sie sind die Ehefrau von Kumal Naidu, im Department of Education?« Er schlug sich die Hand an die Stirn und schaute hinunter zu Rashid. »Du hast gesagt, dein Vater ist Lehrer. Oh mein Gott. Es wäre mein allergrößter Wunsch, Mrs. Naidu.« Er wandte sich der Mutter zu. »Das Teleskop würde ich unglaublich gerne benutzen, um Hale-Bopp zu sehen. Ich könnte meine Theorie zum Kern des Kometen und dem zweiteiligen Schweif überprüfen.«

»Dann rufen Sie morgen früh an.« Lächelnd nahm sie ihren Sohn an die Hand. »Komm Rashid. Santa muss noch viele Kinder glücklich machen.«

Als Roos vorbeikam, spürte sie sofort, dass etwas Gutes vorgefallen sein musste. »Du strahlst so. Hast du einen Engel gesehen?«, neckte sie ihn.

»Nein, viel besser!«, jubelte er und zog sich die Mütze vom Kopf. »Stell' dir vor, ich habe eine Einladung für ein Auslandssemester am Observatorium in Hawaii bekommen. Das ist das Beste, was mir passieren konnte! Ein Weihnachtswunder erster Güte!«

Roos fiel ihm um den Hals. »Manche Geschenke fallen einfach vom Himmel.«

»Wie du!« Solomon küsste sie.

Das Herz des Winters

Friederike Amara Sonnenberg

England – Stonehenge – Yule

21. Dezember, Wintersonnenwende, die längste Nacht des Jahres

Content warning: In diesem Text geht es um Trauer nach einem Suizid.
Zum besseren Verständnis: Es werden Neopronomen genutzt (dey/demm/deren, wie im Englischen they/them/their).

Yrsa war verdammt kalt. Das war schon fast das ganze Jahr der Fall, aber 4 Grad und Nieselregen verbesserten diesen Zustand wirklich nicht. Die Tatsache, dass sie an diesem unwirtlichen Dezembertag an einer Bushaltestelle mitten in einem Kaff in Wiltshire stand, konnte sie niemandem außer sich selbst vorwerfen. Schlussendlich war irgendwas fühlen trotzdem besser als das irrlichternde Nichtfühlen der vergangenen Monate. Nasses Laub wehte über den schmalen Bürgersteig. Sie war müde nach der langen Reise und wünschte sich nichts mehr als ein paar Stunden möglichst traumlosen Schlaf. Ächzend schob Yrsa sich ihren schweren Rucksack auf die Schultern und kramte die Wegbeschreibung aus der Tasche. ›The Haven‹ hieß das Haus, in dem sie Zuflucht suchte, ein passenderer Name war kaum möglich. Am Rand des Ortes entdeckte Yrsa es schließlich. Stabil sah es aus, mit seinen grob behauenen Steinen und dem tief gezogenen Dach. Hinter den Fenstern glomm warmes, goldenes Licht, und noch bevor sie richtig vor der Tür stand, wurde diese geöffnet. Nun kamen ihr plötzlich doch Zweifel. Bei ihrem Gedanken an eine Flucht vor der weihnachtlichen Besinnlichkeit und der Hoffnung, dass sich irgendetwas veränderte, hatte sie bisher nicht daran gedacht, dass ein Retreat mit anderen Menschen ja auch hieß, dass da andere Menschen SIND. Die Vorstellung, Fremden zu erzählen, was sie hierhergebracht hatte, war beängstigend. Zu oft hatte Yrsa das plötzliche laute Schweigen ertragen. Kurz überlegte sie, einfach auf dem Absatz kehrtzumachen, doch als hätte ihr Gegenüber ihre Gedanken gelesen, drang im nächsten Moment eine angenehme, ruhige Stimme durch den Nebel in ihrem Kopf.

»Herzlich willkommen in ›The Haven‹, du musst Yrsa sein. Mein Name ist Moira, wir haben dich erwartet.«

Yrsa atmete tief durch und straffte den Rücken. Wenn sie wollte, dass sich etwas änderte, musste sie sich auch darauf einlassen. Yrsa sah in ein altersloses Gesicht mit warmen Augen und ein paar verblassenden Sommersprossen. Sah die dunkelrote Tunika und den alt wirkenden Anhänger um Moiras Hals, der drei Mondphasen aus Halbmonden und Vollmond miteinander verband. Vor allem aber spürte sie, dass sie wirklich willkommen war und wie sich Tränen der Erleichterung in ihrer Kehle sammelten.

Moira streckte ihr die Hände entgegen und Yrsa ließ sich widerstandslos über die Türschwelle ziehen.

Moira gab ihr einen Moment Zeit, um durchzuatmen und die Tränen hinunterzuschlucken. »Ich zeige dir dein Zimmer, damit du erst einmal ganz in Ruhe ankommen kannst.«

Yrsa folgte ihr, vorbei an Zeichnungen von Landschaften, Pflanzen und Tieren, hinauf in den ersten Stock. Jede der hellen Holztüren trug eine fein gearbeitete Malerei eines Busches oder Baumes auf ihrem Blatt und Moira öffnete die, auf deren Holz sich die feinen, schützenden Zweige einer Weide zeigten.

»Die Weide steht in der keltischen Mythologie für Trauer und Heilung, sie soll Halt und Unterstützung geben. Ich hatte das Gefühl, dass du diese Qualitäten gerade gebrauchen kannst.«

Yrsa schluckte bei dieser treffenden Aussage erneut und sah sich um: honigfarbene Holzdielen, in der Mitte des Raumes ein weicher Teppich und nahe dem Fenster ein gemütlicher Sessel. Über dem Bett hing ein großes, gerahmtes Foto, das eine alte Weide neben einem Bachlauf im goldenen Licht eines beginnenden Tages zeigte und in Yrsa ein unbestimmtes Gefühl von Sehnsucht und Ruhe hervorrief.

»Ich hoffe, das Zimmer gefällt dir? In zwei Stunden treffen wir uns unten zum Abendessen, wenn du am Fuß der Treppe nach links gehst, kannst du es nicht verfehlen.«

Yrsa atmete tief durch, als sich die Tür hinter Moira geschlossen hatte. ›Das Herz des Winters‹ war ihr beim Scrollen durch die Tiefen des Netzes über den Bildschirm gekrochen. Die Überschrift hatte etwas in ihr widerklingen lassen und sie hierhergelockt: »Die dunkle Zeit des Jahres birgt uns in ihren Armen, wie die Erde die Saat des kommenden Jahres, wie die Höhlen und Baue die schlafenden Tiere und die tiefe Nacht die müde Sonne vor ihrer Wiedergeburt. Sie schenkt uns den nötigen Raum, um dem vergangenen Jahr nachzuspüren und zur Wintersonnenwende das neue Licht der Hoffnung, welches darauf wartet, in die Welt getragen zu werden. In unserem Dezember-Retreat nah dem sagenumwobenen Stonehenge wollen wir uns gemeinsam auf die Reise zum Herz des Winters aufmachen und erfahren, welche Saat wir nähren und was wir in Dankbarkeit zurücklassen wollen.«

Yrsa zog ihre feuchte Jacke aus, ließ sich in den Sessel fallen und blickte durch die regennassen Fenster hinaus in das schwindende Licht des Tages. Dort draußen erstreckte sich offenbar der Garten des Anwesens. Es war keine Umgrenzung sichtbar, lediglich ein Wäldchen weit entfernt zu sehen. Und das Hinterteil eines Schafs.

Sie beschloss auszupacken, bevor sie sich dem stellte, was ihr auf den Magen drückte: den anderen Menschen im Haus gegenüberzutreten. Immerhin hatte sie dieses schöne Zimmer, in das sie sich zurückziehen konnte, wenn ihr alles zu viel wurde. Zur Not würde sie eben die nächsten drei Wochen hier im Sessel sitzen, lesen und den Schafen zusehen.

Sie schlüpfte in eine weiche Leggins, ein dunkelgrünes Baumwollkleid, den grobmaschigen, weiten Pullover aus flaschengrüner Wolle und genoss die Wärme, während sie noch nach Stulpen und einem Paar dicker Socken wühlte.

Bevor sie sich zum Abendessen aufmachte, griff sie instinktiv zu der Kette mit dem kleinen, hölzernen Vogelanhänger um ihren Hals. Wren hatte sie ihr vor ein paar Jahren geschenkt ...

Wren, so mutig, laut und klar, so wortgewandt und voller Empathie. Oft bis über die Grenze des

Schmerzhaften hinweg. Wren, dey vielen Menschen so wichtige Impulse gegeben hatte und neben dieser großen Stärke oft zu sensibel war für die Welt. Yrsa richtete in ihren Gedanken ein paar Worte an Wren, wie es ihr in den letzten Monaten zur Gewohnheit geworden war. »Drück mir die Daumen, dass hier alle so nett und unaufdringlich wie Moira sind, ok?«

***

Am Fuß der Treppe nahm Yrsa all ihren Mut zusammen und betrat das Esszimmer. In dessen Mittelpunkt stand ein ovaler Tisch, umrahmt von zehn Stühlen, darauf ein Brett mit einem Laib Brot, Butter und Salz neben einem großen, dampfenden Topf, gläsernen Karaffen sowie duftende Bienenwachskerzen. Auch auf den Fensterbänken brannten Kerzen und um sie herum wanden sich Efeuranken und Stechpalm. An den Wänden hingen Zeichnungen und Aquarelle mit Naturmotiven.

Yrsa war so damit beschäftigt, den Windungen einer Spirale auf einem Bild zu folgen, dass sie kurz zusammenzuckte, als sie Moiras Stimme hörte: »Schön, nicht wahr? Spiralen helfen uns, den Weg in unser Innerstes und wieder hinauszufinden. Die anderen Gäste kommen sicher auch gleich. Alle sind heute erst angekommen und sicherlich ebenso erschöpft und nervös wie du. Falls es Dich beruhigt, bisher haben sich immer die richtigen Reisegefährten zusammengefunden und du darfst genau so viel oder wenig von dir preisgeben wie Du möchtest.«

Just in diesem Moment traten weitere Menschen durch die Tür und sahen sich unentschlossen um. Als alle Platz genommen hatten, ergriff Moira das Wort:

»Herzlich willkommen in ›The Haven‹. Ich freue mich, dass ihr hier seid und auf unsere gemeinsame Reise zum Herz des Winters. Heute habe ich das Essen vorbereitet, ab morgen wollen wir dies gemeinsam tun. Es wird uns nähren, ebenso wie die Erlebnisse der kommenden Wochen. Als Gemeinschaft wollen wir füreinander und uns selbst sorgen. Ihr alle bringt eure eigene Geschichte mit, einige mögen sie erzählen, andere nicht und beides ist in Ordnung. Dieses Haus ist ein sicherer Hafen und was wir uns gegenseitig anvertrauen, bleibt in diesem Kreis. Ihr dürft euch jederzeit zurückziehen. Wir werden schweigen, erzählen, zuhören, reflektieren, tanzen, ruhen, kreativ sein und genießen. Ihr seid eingeladen, das, was im Laufe des endenden Jahres zu schwer geworden ist, abzugeben. Es in die Erde zu legen, wo es wieder zu nahrhaftem Boden werden kann, es im Wasser davontreiben zu lassen oder es im Feuer zu transformieren. Am Ende werden wir die Sonnwendnacht durchwachen und miteinander die neugeborene Sonne im uralten Steinkreis von Stonehenge begrüßen. Wenn ihr Fragen habt oder euch etwas auf der Seele liegt, kommt bitte zu mir. Ich würde mich freuen, wenn ihr euch kurz vorstellen würdet, so, wie es euch richtig erscheint. Und nun greift zu! Es gibt Gemüsesuppe und frisches Brot mit Kräutern hier aus dem Garten.«

Sie füllten sich die Teller mit cremiger Suppe und Brot. Für ein paar Minuten war nur andächtige Stille zu hören, denn es schmeckte genauso gut, wie es gerochen hatte.

Yrsa spürte die wohltuende Wärme in ihrem Magen und hatte das Gefühl, nun ein Stückchen mehr anzukommen.

Schließlich hob Moira als Erste an, sich vorzustellen. Sie war mit den Sagen und Mythen des Landstrichs aufgewachsen, hatte von ihrer Großmutter den Umgang mit Kräutern und Tinkturen gelernt und von Kindesbeinen an mit den Wesen der Natur kommuniziert. All diese Schätze wollte sie mit anderen teilen, darum bot sie dieses Retreat an. Moira erzählte all dies mit großer Selbstverständlichkeit, und niemand schien an der Wahrhaftigkeit zu zweifeln.

Nach und nach folgten die anderen. Da waren John aus der Nähe von Inverness; die zarte Sheilagh aus dem County Derry in Irland; Ida und Astrid, Freundinnen aus Südschweden; Noa aus Amsterdam, eine schmale Person mit schüchternem Blick; Mikkel, Beleuchter am Nationaltheater in Oslo und begeisterter Hobby-Archäologe; Katja, Studentin der Religionswissenschaft aus Prag und schließlich Tim aus Oxford, ein pensionierter Lehrer. Yrsa selbst hatte ihren Namen genannt und nur knapp von einer großen Veränderung in ihrem Leben berichtet.

***

In den kommenden Tagen wuchsen all diese unterschiedlichen Menschen zu Yrsas großem Erstaunen tatsächlich unaufgeregt zu einer Gruppe zusammen. Der Umgang miteinander war achtsam, nachgerade vertraut, und Yrsa begann, sich selbst wieder mehr wahrzunehmen. Seit Wren, einer ihrer liebsten Menschen, im Frühjahr den endgültigen Schritt von dieser für demm nicht mehr auszuhaltenden Welt gegangen war, hatte Yrsa sich wie hinter Glas gefühlt. Merkwürdig substanzlos, eingefroren, abgeschnitten und ja, leer. Ohne Wren und deren morgendliche Grüße waren ihre Tage unstrukturiert geworden und jede Nacht war es ein Kampf, keine guten Wünsche in den Messenger zu schreiben, die Wren nicht mehr lesen würde. Eine Welt ohne Wren war falsch und kaum erträglich.

Doch hier, in diesem alten Haus inmitten der friedlichen Landschaft, begann ihr inneres Eis langsam zu tauen. Yrsa war sich der Ironie durchaus bewusst, denn draußen war die Welt von zartem Weiß gepudert und die Pfützen waren gefroren. Allein oder gemeinsam mit den anderen streifte sie in der Winterstille durch die frostigen Wiesen, aus dem Wäldchen brachten sie kleine Schätze mit, schöne Steine oder Zweige, und holten sich so die Magie der schlafenden Natur ins Haus.

Yrsa war besonders fasziniert von dem kleinen Flüsschen Till, das nur in der kalten Jahreszeit existierte und sich in den tief gelegenen Bereichen ausbreitete. Winterbourne, Winterfluss, wurden diese Art Flüsse genannt, die es so nur in Kreidelandschaften gab. Eine Zuflucht für Vögel, und Yrsa liebte es, an dem kleinen See Reiher, Enten, Grünspechte und manchmal sogar einen Eisvogel zu beobachten.

Im Inneren von ›The Haven‹ rollten sie aus dem Wachs von Moiras Honigbienen Kerzen, die mit ihrem süßen Duft auf den Fensterbänken sanft gegen die Dunkelheit flackerten, und wärmten sich am Kamin. Oft sangen sie dabei oder lauschten Erzählungen aus alten Zeiten, von Feen, Zauberinnen und vom kleinen Volk, ein stetiges Klappern von Stricknadeln war ein Teil der Hintergrundmusik. Zum Rhythmus von langsamen Trommeln tauchten sie tief in sich selbst, fanden dort, was die Seelen belastete, und konnten manchmal liebevoll einen Teil ihrer Lasten ablegen. Eingewoben in die Ruhe, die Geschichten und Klänge, wurde Yrsa allmählich weicher.

***

Eines Morgens war es Yrsa, als würde das stetige Kneten des Brotteigs, das Dehnen und Falten und immer wieder das Innerste des Teiges nach Außen kehren, auch in ihr etwas in Bewegung bringen. Wren hatte diesen endgültigen Schritt nicht leichtfertig getan und doch waren Yrsa in Gesprächen mit nahen und fernen Menschen immer wieder Wut und Vorwürfe über Wrens Entscheidung entgegengebracht worden, die ihr das Gefühl gaben, demm verteidigen zu müssen. Doch langsam, während der Teig durch ihre Finger glitt, begann sie zu verstehen, dass sie trotzdem den Schmerz, verlassen worden zu sein, fühlen durfte, ebenso wie die Hilflosigkeit, dass sie nichts dagegen hatte tun können. Dass sie kein Einverständnis gegeben hatte und gegen ihren Willen in dieser Situation war. Ihre Gefühle waren berechtigt und durften da sein. Diese Erkenntnis, die sich mit Klarheit und Kraft in ihr entfaltete, hob einen schweren Stein von Yrsas Brust.

Dort stand sie nun, mit den Händen in Brotteig, und plötzlich war der Moment da, auf den sie so lange gewartet hatte. Während Yrsa noch überlegte, ob sie deswegen lachen oder weinen sollte, spürte sie auf einmal eine unbändige Wut in ihrem Inneren. Sie blinzelte frustriert die Tränen aus den Augen, die immer überflossen, wenn ihre Gefühle es taten. Fluchend versuchte sie, die Teigreste in der Spüle von ihrer Haut zu waschen. Wie ein unruhiges

Tier lief sie durch die Flure und wusste nicht, wohin mit sich, wollte nur raus aus der Situation und wusste doch, dass es wichtig war, das neue Gefühl nicht zu ersticken. Auf einmal stand Moira neben ihr, und bedeutete Yrsa ihr nach draußen zu folgen. Vor dem Hackklotz blieben sie stehen, Moira drückte ihr die Axt in die Hand und ließ sie allein. Yrsa hackte ohne jedes Zeitgefühl wie eine Besessene auf die Scheite ein, brüllte ihren Schmerz und ihre Wut in die kahlen Bäume, bis sie weinend zu Boden sank. Kraftlos auf einmal, mit zitternden Armen und Beinen.

Irgendwann kam Moira wieder, half ihr hoch und ins Haus vor den warmen Kamin. Ihre Mitreisenden hüllten Yrsa in eine Decke und weinend ließ sie sich von ihnen halten. Niemand sprach ein Wort, gelegentlich reichte ihr jemand ein Taschentuch und später eine Tasse Tee, als ihr verzweifeltes Weinen in Schluchzen überging. Yrsa wurde von einer tiefen Müdigkeit übermannt und stieg von den anderen gestützt die Treppe hinauf, wurde in ihr Bett gelegt und hörte eine sanfte Stimme ein Schlaflied singen. Etwas in Yrsa war aufgebrochen, und das erste Mal seit Monaten fiel sie in einen tiefen, traumlosen Schlaf.

***

Als Yrsa erwachte, fielen Sonnenstrahlen ins Zimmer und ihre Uhr zeigte fast Mittag. Sie fühlte sich wund, aber gleichzeitig auch befreit und fast heiter. Als ein leises Pochen erklang, krächzte Yrsa ein vorsichtiges: »Herein.«

Vor der Tür stand Moira mit einem großen Tablett. »Ich dachte mir, dass du Hunger hast, nach deiner großen Anstrengung gestern, und einen heißen Tee brauchen könntest, Liebes.«

Yrsa war von der Fürsorge, die Moira ihr entgegenbrachte, so berührt, dass ihr Tränen in die Augen traten. Als sie Moiras Blick begegnete, lächelte sie. »Ja, ich danke dir. Ich bin einfach nur überwältigt von so vielen Gefühlen in den letzten Stunden und eurer Unterstützung.«

Moira erwiderte ihr Lächeln und stellte das Tablett ab, von dem ein süßer Duft nach Zimt und Äpfeln aufstieg. »Komm zu uns, wann immer du dich danach fühlst, Liebes.«

Yrsa entdeckte eine irdene Schale voll Porridge und Apfelkompott. Mit Genuss begann sie, den warmen Haferbrei zu löffeln, trank den Tee in langsamen Schlucken, während sie versuchte, die Gefühle in ihrem Inneren zu sortieren.

Wenig später schlug sie den Weg zum Wohnzimmer ein. Kurz war sie unsicher, wie sie ihren Mitreisenden nach ihrem gestrigen Zusammenbruch begegnen sollte. Dann jedoch erinnerte sie sich daran, wie eben jene Menschen sie liebevoll umsorgt hatten, spürte, dass sie bereit war, und trat ein. Kaum hatte sie den ersten Schritt durch die Tür getan, kamen Noa und Sheilagh zu ihr. Yrsa ließ sich von Noa in den Arm nehmen und fühlte sich angenommen und gesehen. Sie setze sich und blickte in die Runde.

»Ich würde euch gern erzählen, was mich hierhergeführt und gestern so aus der Bahn geworfen hat. Aber ich möchte keine schlimmen Erinnerungen wecken, falls das Thema Suizid für jemanden zu belastend ist.« Innerlich spannte Yrsa sich an, aber niemand schien gehen zu wollen.

»Ich möchte gern deine Geschichte hören, Yrsa, und bin dankbar für dein Vertrauen«, antwortete John. Die anderen nickten, also begann Yrsa zu erzählen, von Wren, deren Tod, von ihrem eigenen Schmerz und ihrer Wut. Sie sprach über den Abschiedsbrief und Wrens letzte Wünsche für die Beerdigung, wie schwer es ihr gefallen war, sich darum zu kümmern, und warum sie trotzdem so dankbar war, diese letzten Handlungen der Liebe erfüllen zu können. Über all die ungesagten Worte, die sich in ihr aufgestaut hatten und ihr die Luft nahmen, während sie versuchte, zu funktionieren und über das Gefühl, gleichzeitig zu viel und zu wenig zu sein, mit ihrer brennenden Sehnsucht nach Leben und Ruhe. Niemand wertete, niemand erhob Vorwürfe oder äußerte Unverständnis über Wrens Entscheidung. Alle waren einfach da, hörten zu, ließen ihr den Raum, den sie brauchte. Als sie geendet hatte, kam Moira zu ihr hinüber.

»Danke, Yrsa, dass du deine Geschichte mit uns geteilt hast. Gern würde ich ein Abschiedslied für Wren singen und dich einladen, zu fühlen, was du während der Trauerfeier nicht konntest, weil du dich so um Wrens letzte Wünsche gesorgt hast.«

Yrsa nickte stumm und so setzten sie sich alle gemeinsam in einen Kreis. Moira nahm ihre Rahmentrommel und begann einen langsamen Rhythmus zu schlagen, bevor ihre warme Stimme den Raum erfüllte: »Set sail, set sail / Follow the twilight to the West / Where you may rest […]«[5] Nach und nach fielen die anderen in der wiederkehrenden Zeile ein und ihre Stimmen trugen Yrsa, die sich in der

---

[5] Chant »Set sail« aus »The pagan book of living and dying« vom Reclaiming Collective

Melodie des Lieds sanft wiegte und zulassen konnte, wie ihr die Tränen die Wangen herunterrannen, während sie an Wren dachte. An all das Schöne, an all die Albernheiten und schlechten Wortwitze, an all die dunklen Momente, in denen sie nichts weiter hatte tun können, als da zu sein. Als das Lied vorbei war, erhoben sich alle und nahmen sich in die Arme, Yrsa in ihrer Mitte. Moira brach die Stille schließlich: »Lasst uns das Essen vorbereiten, wir alle können jetzt etwas Erdung vertragen.« Bald war die Küche erfüllt von Wärme, Lachen und dem Duft der zubereiteten Speisen und Yrsa spürte tief in sich, dass es genau so gut war.

Es waren nur noch wenige Tage bis zur Sonnenwende. Sie nahmen die Dunkelheit bewusst wahr, kamen zur Ruhe, während darunter langsam eine Vorfreude in ihnen allen aufstieg, wie Yrsa sie aus ihrer Kindheit kurz vor Weihnachten in Erinnerung hatte.

***

Am späten Nachmittag des 21. Dezember wanderten sie gemeinsam durch die frostigen Wiesen und sanften Hügel nach Stonehenge.

Zu den Sonnenwenden durften sich Menschen dort versammeln, um die jahrtausendealten Feste und Rituale miteinander zu feiern. Die großen Steine hoben sich in der Dunkelheit gegen den Abendhimmel ab, und Yrsa spürte die Kraft, die diesem Ort innewohnte. Jetzt, in der längsten Nacht des Jahres, war die Stimmung feierlich und ruhig. Um sie herum saßen Menschen, in tiefer Meditation und stummer Zwiesprache, gelegentlich kam hier und dort Bewegung auf, wenn jemand sich die Winterkälte aus den Knochen schütteln wollte. Sie alle würden hier in dieser Nacht wachen, beten, der Sonne danken für ihre Wärme und ihr Licht und sie bitten, erneut aufzugehen.

Als sie die ersten Strahlen der Morgensonne durch die uralten Steine fallen sah, holte Yrsa mit einem tiefen Schluchzen Luft und wurde von einer archaischen Freude überrollt. Ihr pures Glück darüber reihte sie ein in die vielen Generationen vor ihr, die seit Anbeginn der Menschheit das wiedererstarkende Licht in Freude und Demut willkommen geheißen hatten.

Über ihr begann ein Vogel zu singen. Unfassbar laut und voll strahlender Klarheit und Kraft. Yrsa hob überrascht den Kopf, sah in die kleinen schwarzen Knopfaugen des braunen Winzlings und vor Trauer und Dankbarkeit liefen ihr die Tränen über die Wangen. Ein Zaunkönig, ein Wren! Dieser frühe Morgen barg mehr Wunder und Geschenke, als ihr Herz fassen konnte.

Und dort, auf dem großen, stillen Feld von Avebury, den Gesang des Zaunkönigs im Ohr und die leuchtenden Strahlen der wiedergeborenen Sonne auf ihrer Haut, wusste Yrsa, dass sie das Herz des Winters gefunden hatte. Der Zusammenhalt, die Wärme, das Zulassen von Nähe zu sich selbst und zu anderen. Und Vertrauen, dass der Kreislauf des Lebens weitergehen würde. Sie würde weiterleben, auch wenn die Trauer bleiben, sich verändern und wie die Wellen des Meeres mal stärker und mal schwächer über sie fließen würde. Die Sonnenwende hatte Yrsa Hoffnung geschenkt, so wie sie alle beschenkte, die sich auf ihren Zauber einlassen konnten. In den Gesichtern um sich sah sie dieselbe tiefe Freude über das Wunder und fühlte eine stille Verbundenheit.

Nach und nach schienen sich auch die anderen aus ihrer Gruppe auf den warmen Kamin zu freuen und so wanderten sie gemeinsam heim nach ›The Haven‹. Moira ging hinter ihnen, ein stilles Lächeln in ihrem klaren Gesicht und Yrsa ließ sich zu ihr zurückfallen. »Danke«, sagte sie schlicht und Moira nahm ihre Hand und drückte sie sanft in tiefem Einverständnis.

***

Später am Tag brachte Yrsa eine Futterschale zum Vogelfutterhäuschen im Garten als Dank an den Zaunkönig und seine Familie. Übermorgen würde sie zurück nach Hause fahren und sie freute sich darauf, ihre Lieben in den Arm zu nehmen und sie endlich an ihren Gefühlen teilhaben zu lassen, in dem sicheren Wissen, auch dort Geborgenheit und Trost zu finden.

***

Wenn Du selbst vom Thema Suizid betroffen bist oder es Dir nicht gut geht, findest Du bei der Telefonseelsorge akute Unterstützung.

Kostenfreie Telefonnummern sind 0800 / 111 0 111 oder 0800 / 111 0 222 oder 116 123. Du bist nicht allein.

Frohes Fest

Brigitte Pons

Kanada – Ontario – Winterruhe

Dezember … kurz vor Weihnachten

In Kanada im Winterwald,
da friert ein Bär – 's ist lausig kalt.
Müde, hungrig, schlechter Laune,
schabt er den Pelz sich an 'nem Baume.

Sein Magen knurrt, schreit Spott und Hohn,
was nützt die schönste Tradition,
mit der die Höhle ruft und lockt?
Er ist spät dran, hat's voll verbockt.

Ein Wanderer, der arme Wicht,
er sieht den braunen Bären nicht.
Die Augen suchen einen Baum
zum Schmücken fein – ein Weihnachtstraum.

Ganz groß und prächtig muss er sein,
der glänzen darf in seinem Heim.
Das Beste ist ihm grade recht,
er ist im Teich der tollste Hecht.
Das soll zum Feste jeder seh'n,
ein bisschen Protz – ach, wird das schön!

Es singt ein Lied vom Weihnachtstann,
der frohgemute Wandersmann –
und setzt sodann die Säge an.

Die Säge ratscht, die Pranke tatscht.
Funkelnd sprüht der Lebenssaft
ein festlich' Muster in den Schnee.
Und nebenan ruht starr der See.

So landet nach der Wildnis Brauch
der Wanderer im Bärenbauch.
Es tröpfelt Rot auf Grün und Weiß,
heiß sickert Blut hinab ins Eis.

Rasch ist vom Mensch nichts mehr zu sehen
und der alte Baum bleibt stehen,
er breitet glücklich seine Äste
über des Bären Mahlzeitreste.

Dieser rollt sich wohlig ein
zum Schlaf – wie könnt' es schöner sein?
Beschenkt mit einem fetten Schmaus
klingt das Jahr bald für ihn aus.

Beim Weihnachtsglocken-Klingeling
träumt er friedlich vor sich hin,
von frohem Fest –
und Früheling.

Ein Fisch namens Lassie

Edda Mink

Deutschland – Bochum – Weihnachten

Geburt Jesu Christi, zweithöchster Feiertag der christlichen Religion

Wissen Sie, es ist Weihnachten, und Weihnachten ist die schlimmste Zeit. Das sagen alle. Weihnachten zu überleben, ist ein Ding der Unmöglichkeit. Vor allem für unsereinen. Wir gehören beim Fest der christlichen Nächstenliebe und der allumfassenden heiligen Herrlichkeit nicht unter den Tannenbaum oder auf den Gabentisch, sondern auf den Teller. Noch vor dem großen Schingeling und dem Absingen der Weihnachtslieder ist es mit uns vorbei. Nur einer von Tausend überlebt, wenn überhaupt, und das nur durch außerordentliches Geschick. Aber wer hat das schon?

So wird es erzählt, von einer Generation auf die andere. Wenn man erst mal in einer Badewanne gelandet ist, gibt es kein Zurück. Herausgerissen aus den Familienbanden in unseren Teichen, wird das neue Familienglück nicht lange währen, denn sie werden uns essen.

Ich bin ein Karpfen. Ich weiß, was die Stunde geschlagen hat. Ich befinde mich seit einem Tag und einer Nacht in einer Badewanne. Die steht in einem hübschen Reihenmittelhaus in Bochum. Das Wasser ist angenehm, aber das mindert meine Befürchtungen nicht. Ich höre die Leute in der Wohnung herumlaufen. Der Vater flucht, er rückt Stühle und kramt in Kisten. Die Mutter wirtschaftet in der Küche und klappert mit Töpfen, Pfannen und Besteck. Morgen ist der große Tag und sie bereitet mein Totenbett vor. Meine Tante sagte: »Wenn du Glück hast, landest du wenigstens auf einem Gemüsebett.«

»Und wenn ich kein Glück habe? Was dann?«

»Kochen sie dich mit Pfeffer, Salz und Lorbeer.«

»Oh.«

»Auf Gemüse ist wesentlich besser, glaube mir. Man sieht auch viel besser aus dabei. Das hat wenigstens noch ein wenig Würde.«

Ich glaube meiner Tante. Sie ist uralt, und sie hat immer recht. Sie ist die eine von Tausend. Ihr Überleben verdankte sie allerdings nicht ihrem großen Geschick, sondern dem großen Missgeschick der Hausfrau, die, völlig überfordert, mit ihrem Gatten über die Zubereitungsart meiner Tante stritt, bis eine gute Schüssel zu Boden fiel und zerbarst. Das führte zu einem Ehekrach, wie ihn das Haus wohl noch nie zuvor erlebt hatte. Er endete mit lautem Türenknallen und Geschimpfe, woraufhin die bitterlich weinende Gattin zu meiner Tante ins Bad kam, ihr den ganzen Schlamassel erzählte, während sie sich die Augen mit der Küchenschürze abtupfte. Die Tränen versiegten, die Ehefrau beruhigte sich.

Der Ehemann kam nie zurück. Am dritten Tag seiner Abwesenheit endlich kam die Geschiedene in spe, packte meine Tante, legte sie in einen mit Wasser gefüllten Eimer und marschierte zum Stadtparkteich. Meine Tante konnte ihr Glück kaum fassen und sah sich noch einmal um, bevor sie davonschwamm. Die Frau winkte und rief: »Und jetzt pass auf dich auf, Fisch. Frohe Weihnachten.«

»Frohe Weihnachten«, blubberte meine Tante

zurück, und hat es seitdem vermieden, je wieder Kontakt mit Menschen aufzunehmen.

Und nun hat es mich erwischt. Ich harre der Dinge, die da kommen sollen. Ich höre Schritte, leichte Schritte. Die Türklinke wird heruntergedrückt und ein blasses Gesichtchen, umrahmt von blonden Locken erscheint im Türrahmen. Das kleine Mädchen tritt auf Zehenspitzen an die Badewanne heran und legt ihren Zeigefinger an die fest geschlossenen Lippen. »Pst«, macht sie, dann stützt sie ihre Ellbogen auf den Wannenrand und starrt mich an. Ich starre zurück. Ich höre ihre Mutter nach ihr rufen. »Wo bist du? Geh nicht ins Bad! Hörst du! Wenn du musst, dann geh aufs Gästeklo.«

»Ja-ha«, lügt sie, ohne rot zu werden. Sie lächelt und steckt einen Finger nach mir aus. Ich mache »Blubb.«

Erschrocken zieht sie ihre Hand zurück.

»Blubb. Blubb.«

Das Mädchen öffnet ihren Mund und ahmt mich nach. »Blubb«, sagt sie. Und dann: »Wie heißt du? «

»Blubb.«

»Aha. Weißt du, Blubb. Mein Vater wird dir mit einem Knüppel auf den Kopf hauen, und meine Mama wird dir die Haut abziehen und Filets aus dir machen. Das haben sie gesagt.«

»Blubb.«

»Ich weiß. Du willst das nicht. Und ich mag auch gar keinen Karpfen. Ich hätte lieber Pommes mit Ketchup und Mayo und eine Bratwurst.«

Gute Wahl, denke ich. Und nicht nur das, ich würde es sogar uneingeschränkt empfehlen.

»Ich muss jetzt weg. Heute Nachmittag komme ich wieder. Tschüss.«

»Blubb.«

***

Die Stunden vergehen. Nichts passiert. Einmal wirft der Vater einen Blick ins Bad und sagt zufrieden: »Der beste, den wir je hatten.«

Ich möchte ihm zurufen: »Nächstes Jahr wäre ich noch viel, viel besser!« Aber er kann mich ja nicht verstehen. Dann geht er aus dem Haus, um einen prächtigen Tannenbaum zu kaufen. So sagt er jedenfalls.

Auch die Mutter schaut herein. Sie hält ihre Hand ins Wasser und ich nuckele an ihrem Finger. Sie zieht ihn erschrocken zurück. Dann seufzt sie und sagt: »Schade. Du bist so ein schöner Fisch. Aber morgen bist du ein toter Fisch. Auf Gemüsebett.«

Na, immerhin.

Ich höre, wie die Tür aufgeht und das kleine Mädchen zurückkommt. Die Mutter zuckt zusammen. Die Kleine reißt die Badezimmertür auf und findet ihre Mutter kniend vor der Wanne.

»Na, mein Schatz, schon zurück?«, stottert die Mama.

»Ja. Es gab Kekse in der Ballettschule und dann durften wir alle wieder gehen.«

»So, sehr schön, und jetzt raus hier. Du solltest doch nicht ins Bad gehen.«

»Ist das die Überraschung? Oh, so ein schöner Fisch, warum darf ich nicht mit ihm spielen?«, fragt das Mädchen.

»Weil … das nicht geht«, stammelt die Mutter.

Ich weiß, warum das nicht geht. Weil sie ihrer Tochter erklären muss, dass dieser schöne Fisch morgen umgebracht wird, und zwar von ihrem Vater. Dass die Kleine das schon längst weiß, ist ihr natürlich nicht klar. Kinder wissen immer alles, vor allem Dinge, die ihre Eltern vor ihnen verheimlichen wollen. Herrschaften, das ist in allen Familien so – egal, ob die Familienmitglieder Beine haben oder nicht.

Das Mädchen kniet sich neben die Mutter und hält ihre Hand ins Wasser. »Guck mal, er ist so ein schöner Fisch. Hallo Fisch.«

Ich mache: »Blubb.«

»Er versteht mich. Guck mal, Mama, er hat geantwortet.«

»Fische können nicht antworten«, sagt die Mutter.

Ich mache: »Blubb. Blubb«, um ihr zu widersprechen.

»Na, sieh doch«, ruft das Kind. »Er will uns was sagen.«

»Das ist nicht Lassie«, tadelt die Mutter, und versucht, das Kind aus dem Bad zu bugsieren. Die Kleine verzieht das Gesicht und ich höre schon den quengelnden Unterton. »Lassie, er soll Lassie heißen.« Sie holt noch einmal tief Luft und dann brüllt sie los: »Ihr werdet ihn bestimmt umbringen! Ich weiß es! Genauso wie letztes Jahr. Der arme Fisch. Er muss sterben und ich muss ihn dann essen. Das ist eklig!«

Die Mutter guckt bestürzt ihr Kind an. Zu spät, die Kleine spürt Oberwasser. Meine Chance. Ich mache: »Blubb. Blubb. Blubb.«

Die ersten Tränen fließen. Ist das ein gutes Zeichen für mich? Ich glaube schon. Einige haben erzählt, dass, wenn man einen Namen bekommt, das schon der halbe Weg in die Freiheit sei. Den Menschen sei es relativ egal, ob man atmet und eine Seele hat – aber etwas umzubringen, dem sie selber einen Namen gegeben haben, damit haben sie Schwierigkeiten.

Das Mädchen widersetzt sich. Ihre kleinen Hände halten den Rand der Badewanne fest umklammert. »Er soll nicht sterben!«, ruft sie. »Ich will keinen Fisch. Wenn ich Fisch essen muss, dann soll Weihnachten ausfallen. Ich hasse Weihnachten!«

Die Mutter wischt sich mit dem Handrücken über die Stirn und murmelt: »Da haben wir den Salat.«

»Ja! Salat und Pommes und Würstchen!«, ruft die Kleine, und für einen Augenblick schaut sie ihre Mutter flehend an.

»Schatz, das geht nicht. Wir haben den Fisch extra für dich gekauft. Du magst doch so gerne Fisch. Und Papa hat sich so viel Mühe beim Aussuchen gegeben, damit er dir gefällt.«

Eine glatte Lüge. Ich weiß es, und das Kind weiß es auch. Im nächsten Augenblick verliebe ich mich unsterblich in die Kleine, denn sie sagt mit fester Stimme: »Wenn es mein Fisch ist, bin ich die Bestimmerin. Ich will ihn nicht essen. Er soll in der Badewanne bleiben. Ich kann ihn füttern. Und das Wasser wechseln. Aber am besten bringen wir ihn zum Teich, in den Stadtpark. Er will bestimmt zu seiner Familie. Das musst du doch auch wissen – wie in dem Film, als Willy zurück ins Meer wollte. Und denk mal an Nemo!« Zur Bestätigung stampft sie mit ihrem kleinen Fuß auf die Badezimmerfliesen. Ihre Mutter zieht die Augenbrauen hoch und seufzt.

»Mama, Mama ... bitte, bitte, bitte.« Das Kind läuft zu Hochform auf. Es schlingt seine Arme um den Hals der Mutter. Heiße, dicke Tränen laufen ihr übers Gesicht. Die Mutter drückt ihr Kind an sich und wirft einen fragenden Blick auf mich.

Weder weiß ich, von welchem Willy das Kind redet, noch kenne ich einen Nemo. Trotzdem mache ich sicherheitshalber: »Bluuuuub.«

Die Haustür geht auf. Auftritt: der Vater. Den Geräuschen nach zu urteilen, zerrt er eine mittelgroße Tanne in die Wohnung. Es rumpelt, er flucht, dann steht er im Bad und sieht seine Tochter weinend am Hals der Mutter hängen. Und bevor er irgendetwas sagen kann, lässt das Kind seine Mutter los, wirft sich ihrem Vater entgegen und schluchzt: »Papa, Papa! Du bist doch kein Mörder.«

»Ich … was?«, stammelt er.

Die Mutter zuckt die Schultern, als wolle sie sagen: Zu spät, sie hat ihn gesehen.

»Du bist kein Mörder. Lassie darf nicht sterben. Ich will auch immer artig sein. Immer. Lassie muss nach Hause.«

»Nach Hause? Wer ist Lassie?«

Die Mutter deutet hinter dem Rücken des Kindes mit dem Zeigefinger auf mich und flüstert: »Free Willy ...«

»In seinen Teich. Er soll in seinen Teich, und ich will auch keine Geschenke«, wimmert die Kleine, bricht, vermeintlich erschöpft, auf dem Badvorleger zusammen. Der Vater hebt sein Kind sanft hoch und dann starren alle drei gemeinsam in die Wanne. Die Kleine zwinkert mir zu.

Ich mache: »Blubb.«

Sie gehen hinaus. Eine Weile lang höre ich das Mädchen mal mehr, mal weniger laut schluchzen. Endlich ist es Schlafenszeit. Die Eltern sehen noch etwas fern, dann wird es still in der Wohnung.

Ich kann nicht schlafen. Es ist vielleicht meine letzte Nacht. Ich fühle mich noch zu jung zum Sterben. Viel zu jung! Ich denke an meine Familie. An trüben Winterabenden erzählten die Alten von Artgenossen, die lieber Selbstmord begingen, als sich von einem zweibeinigen Tölpel den Schädel einschlagen zu lassen. Wir haben das für Gruselgeschichten gehalten … aber jetzt?

Ich könnte springen. Über den Badewannenrand. Wenn ich es jetzt tue, dann ist es schnell vorbei. Ich schwimme ein paar Runden. Viel Platz ist ja nicht. Ich muss mich kräftig abstoßen. Noch eine Runde, noch eine Runde ... meine Flossen werden lahm. Wenn ich jetzt nicht springe, dann nie. Ich nehme einen letzten verzweifelten Anlauf ... Ich war immer ein guter Fisch.

Ich spüre den Aufprall, der vom Badezimmervorleger etwas gedämpft wird. Meine Kiemen wollen Wasser saugen, aber hinein strömt heiße, brennende Luft. Ich bin ein Idiot. Ich reiße mein Maul auf. Es tut weh. Höllisch weh. Vielleicht wäre der Knüppel … doch … gnädiger … gewesen …

Plötzlich geht die Tür auf. Vor meine sich trübenden Augen schieben sich zwei kleine nackte Füße, die in flauschigen Pantoffeln stecken, die aussehen wie zwei bunte Fische. Sie schreit nicht, als sie mich auf dem Badezimmerteppich liegen sieht. Ohne zu zögern, wirft sie mich zurück in die Wanne und sagt: »Lassie, du bist echt doof. Das wäre Nemo nie passiert.«

Dann rennt sie hinaus und kommt nach ein paar Minuten mit ihrer Bettdecke und ihrem Kissen wieder zurück, legt alles auf den Badvorleger und kuschelt sich ein. »Und jetzt schlaf. Ich werde Wache halten, damit keiner dir was tut.« Ihr kleiner Zeigefinger erscheint über dem Badewannenrand. »Und keine Dummheiten mehr.«

Ich sauge gierig Wasser durch meine Kiemen. Dann döse ich erschöpft ein.

Als der Morgen graut, höre ich ihre tiefen und gleichmäßigen Atemzüge. Im Türrahmen erscheinen Vater und Mutter. Als sie ihr Kind vor der Badewanne liegen sehen, schütteln sie die Köpfe. Beide lächeln. Der Vater hebt das Kind auf und trägt es zurück ins Schlafzimmer. Entweder, er tut es jetzt, während sie schläft – oder er tut es nie.

***

Dieses Kind ist Gold wert. Ob die Eltern das wissen? Ich kann es nur hoffen. Ich lasse ein paar extragroße Blasen blubbern und kann mich vom Anblick der kleinen Familie nicht losreißen. Sie stehen am Rand des Teiches, eingemummelt in dicke Jacken, hinter ihnen ragt der Bismarckturm auf. Neben ihnen steht der blaue Plastikeimer aus dem ich soeben in die Freiheit entlassen wurde. Schneeflocken taumeln vom Himmel. Die Glocken von St. Peter und Paul bimmeln, als wollten sie mir zu meiner Wiedergeburt gratulieren.

Die Kleine schwenkt ihre rote Wollmütze mit Bommeln dran und ruft: »Mach es gut, Lassie. Ich komme dich jeden Tag besuchen. Bestimmt.«

Ich wedele mit meiner Schwanzflosse zurück.

»Da, er winkt mir!«, ruft sie und hüpft auf einem Bein. Dann nimmt sie die Hand ihres Vaters und zieht daran. »Wink ihm auch. Ihr müsst ihm winken. Tschüss, Fisch!«

Vater und Mutter heben ihre Hände.

»Wenn uns jetzt einer sieht«, sagt die Mutter. »Da

schwimmen fünfundvierzig Euro davon, und wir winken.«

Der Vater lacht und sagt: »Es ist Weihnachten. Was soll's?«

»Und jetzt machen wir Pommes und Würstchen«, ruft die Kleine.

»Ja, und Salat!«, sagt die Mutter und nimmt ihr Kind in den Arm.

»Ach, Salat muss nicht sein«, sagt das Mädchen.

»Wie war das? Ich will keine Geschenke, und ich will auch immer artig sein?«, wirft der Vater in gespielt strengem Ton ein.

Ich schwimme zur Teichmitte und schaue mich immer wieder um, denn ich kann die Kleine noch lange singen hören: »Pommes und Würstchen, Pommes und Würstchen …« Dazwischen die Stimmen der Eltern: »Und Salat … und Salat …«

Beinahe wäre ich mit meiner Tante zusammengeprallt, die vor Glück mit der Schwanzflosse schlägt. »Wie kommst du hierher?«

»In einem blauen Eimer, Tante. Genau so, wie du damals.«

»Sag bloß, ein Ehekrach? War es sehr schlimm?«

»Nein, würde ich nicht sagen. Eher ein Kinderspiel.«

Worum es wirklich geht

Caryn Solomon

Südafrika – Limpopo – Dezember

Weihnachten und erster Weihnachtstag

Heiligabend

Über der Boma, einer einfachen, dachlosen Behausung, war der Nachthimmel so dicht mit Sternen übersät, dass der Abstand zwischen Himmel und Erde zu verschwinden schien. Über der absoluten Schwärze: die Milchstraße – ein Fluss aus Silber, so massiv, dass er den Himmel hätte aufspalten können – ein feuriger Pfad in die Unendlichkeit. Tief am Horizont das Kreuz des Südens mit seinen vier Punkten, standhaft, unerschütterlich. Leicht geneigt, Orion, sein Gürtel eine glitzernde Reihe aus Glut.

Alice hatte noch nie einen Himmel wie diesen gesehen, lebendig, vibrierend. Ein Himmel, der ihr zur gleichen Zeit das Gefühl gab, kleiner als nichts zu sein und tief mit etwas verbunden, das zu groß war, um es zu ermessen. Mehr Feuer als Licht, fühlte er sich so unglaublich nah an, dass sie nicht anders konnte, als die Hand auszustrecken, um ihn zu berühren.

Ein einfacher Bogen aus Marula-Zweigen, verflochten mit Samenkapseln und kleinen hängenden Laternen, führte sie in die Boma. Ihre Sandalen drückten sich leicht in den warmen, roten Sand unter ihren Füßen. Über ihr ein uralter Affenbrotbaum, ein Baum, der mehr als tausend Jahre alt war, seine Äste waren mit Lichterketten geschmückt, winzige Glühbirnen zitternd wie eingefangene Sterne.

Ein lächelnder junger Mann in einem frischen Leinenhemd, dessen Handgelenke mit Perlen umwickelt waren, trat vor, um sie zu begrüßen, und hielt ihr eine schlanke Flöte mit gekühltem Champagner hin.

»Frohe Weihnachten Alice – mein Name ist Vusi. Willkommen zu unserer Heiligabendfeier – wir haben heute Abend etwas Magisches für Sie.«

In der Hoffnung, dass Vusi nicht bemerkt hatte, wie schwierig es für sie war, sein Lächeln zu erwidern, nahm Alice das Glas entgegen.

»Danke, Vusi. Frohe Weihnachten auch für Sie.«

Natürlich war sie dankbar – dieser Ort war bezaubernd – genau das, weswegen sie hierhergekommen war. Aber ihre Worte fühlten sich steif an. Leer. Unbeteiligt.

Um sie herum Lachen, leise Gespräche, Akzente von anderswo, leuchtende Gesichter, gerötet von Hochsommerhitze und Wein. Klirren von Besteck, Porzellan, Glas. Duft von Holzrauch und Fleisch. Für das Abendessen gedeckte Tische aus Bleiholz, handgewebte Läufer – rot, gold und braun – geschmückt mit Fieberbaumblättern, lose verstreut.

In der Mitte der Boma knisterte ein Feuer, dessen Flammen in die weite afrikanische Nacht hinausschlugen. Ein hoher, handgeflochtener Schilfzaun, behängt mit gläsernen Laternen, deren Messinggehäuse alt und verbeult waren, begrenzte den beleuchteten Bereich und war alles, was zwischen

Sicherheit und Wildnis stand. Dahinter endlose Dunkelheit, uralte Mopane-Bäume, tiefes, gutturales, fremdartiges Brüllen, Röcheln und Schreien.

***

Feuer. Bei dieser Hitze. Es sollte kalt sein, da sollten Tannen sein, sollte Zimt sein, langsam backendes Brot, es sollte frostige-beschlagene Fenster geben, ein Baum in der Ecke stehen, UNSER Baum, da sollten Strümpfe sein, Geschenke – wieder Socken – Münzen aus Schokolade, Mama in der Küche brummelnd, Papa, der Geschichten erzählt, die wir schon kennen, das Feuer sollte INNEN sein – im Kamin – UNSER Feuer – wir – Mama, Papa, Oma, Opa, James, Suzi, die Zwillinge, Max. Max, Max, es sollte Max sein. Max lachend und stichelnd: ›Wie verrückt-absurd! Weihnachten im Sommer! Mit Löwen!‹

Du würdest es lieben, Max.

***

An einer Seite der Boma war ein großer Eisengrill über einem Holzkohlefeuer platziert. Das Aroma von dick geschnittenem Kudu, Impala, Gnu, Strauß, Krokodil, fetten Boerewors-Schnecken vermischte sich mit der karamelligen Süße von geröstetem Mais. In der Nähe stand ein langer, mit Laternen beleuchteter Bankettisch, ein stabiler Unterbau für das Gewicht eines Festmahls. Edle Salate und Schalen mit tropischen Früchten waren wie für einen Meisterkurs in Stillleben angerichtet.

Alice wählte einen ungleichmäßigen Steingutteller von einem Stapel am Ende des Tisches und begutachtete die Auswahl – gegrillte Wassermelone, bestreut mit Feta und Nüssen, Macadamia, beträufelt mit altem Balsamico. Avocado und Mango mit Fenchelspänen, die zu perfekt gerollt waren, um sie anzufassen, geschweige denn zu essen. Goldene Rüben und Burrata, gesprenkelt mit Trüffelöl. Gebratener Kürbis mit Pinienkernen und Zimt. Geschmorte Pfirsiche mit kandierten Pekannüssen. Schalen mit sonnenverwöhnten Mangos, Feigen, Muskattrauben und Guaven, Tabletts mit Malvenpudding, klebrig und goldfarben, mit Sahne getränkt. Käseplatten, blau, gelb, weiß.

Auf dem Weg zu einem Tisch, an dem ein Kellner in gestärktem Khaki zwischen den Gästen schwebte und mit geschmeidiger Präzision Gläser nachfüllte, fragte sich Alice, was sie erwartet hatte. Etwas Einfacheres vielleicht. Ein ruhiges Abendessen bei Kerzenschein. Eine Würdigung der Weihnachtszeit.

Am Ende des Tisches winkte eine Frau und klopfte auf den leeren Platz neben sich.

»Hallo, ich bin Nora. Das ist mein Mann, Steve.«

»Hi. Alice. Freut mich, Sie kennenzulernen.«

Noras Blick wanderte zu Alices Teller: »Oh! Diese Burrata! Die ist großartig! Wir hatten genau so eine in der Toskana, nicht wahr, Schatz – ist das nicht einfach unglaublich! Die geben sich wirklich alle Mühe, nicht wahr?«

Alice nickte. »Das tun sie.«

»Gott sei Dank! Könnten Sie sich vorstellen – einheimische Lebensmittel zu essen? Ich weiß nicht mal, *was* die hier essen.«

Alice nickte wieder und fragte sich, was das Personal der Lodge jeden Abend aß. Sie presste den kalten Rand ihres Glases an die Lippen und ließ die Blasen auf ihrer Zunge zerplatzen.

Am anderen Ende des Tisches saßen zwei Männer mit Schirmmützen aus Patagonien, die sich angeregt unterhielten.

»… Canon 600mm … unglaubliche Reichweite. Gestern Morgen habe ich die perfekte Aufnahme gemacht – ein gähnender Leopard – man kann jedes Schnurrhaar sehen.«

»Schnurrhaare! Wahnsinn! Was für ein Biest! Ich habe das Sony 200-600mm. Folgt wie ein Traum ... der Fokus ist bei maximaler Entfernung ein bisschen weich. Trotzdem, ich habe eine Löwin auf den Punkt getroffen. National Geographic, ich schwöre!«

Nora schnitt in ihr Krokodilsteak und wandte sich an Alice. »Sie werden nicht glauben, was wir heute Morgen gesehen haben. Eine erfolgreiche Gepardenjagd. Wir waren die Einzigen, die da waren. Nur wir und der Gepard. Magisch.«

Canon 600mm wurde munter: »Herrje! Eine Tötung! Verdammt! Was hat er erlegt?«

Nora senkte dramatisch die Stimme: »Ein Impala-Baby. Ich habe es gefilmt. Den ganzen Vorgang. Die Mutter stand einfach nur da. Hilflos.«

Steve, der den Arm um Nora gelegt hatte, wurde ernst: »Die Natur ist so grausam.«

***

Eingehüllt in den goldenen Schein des Feuers, umgeben von mit Resten des Abendessens überladen Tischen – gegrilltem Fleisch, glänzendem, glitzerndem Obst, halb vollen Weingläsern, schief liegendem Tafelsilber –, überlagerten sich die Stimmen, vermischten sich zu einem nahtlosen Gespräch, und es war leicht für Alice, die Worte vorbeiziehen und verschwinden zu lassen, bevor sie sich einprägen konnten. Es war leicht, nur halb oder gar nicht zuzuhören. Es war leicht, in den Lichtschein abzudriften, der sich in der Wölbung ihres Glases verfangen hatte.

Doch es war nicht ganz so einfach, die Veränderung in der Atmosphäre zu ignorieren. Am Rande der Boma, gerade außerhalb der Reichweite der Beleuchtung, ein Flimmern von Stoffen, ein Summen, wie Wasser, tief, vielschichtig, anschwellend. In traditionelle Gewänder gekleidete Köche, Kellner, Fremdenführer, Fahrer und Hausangestellte tanzten in die Boma hinein, bewegten sich singend in einem lockeren Bogen und ihr perfekt synchronisiertes Klatschen brachte das Geschnatter zum Verstummen.

Im Kern der Musik spürte Alice etwas Uraltes. Und doch fehlte etwas. Dies war nicht der raue, unverfälschte Klang von Stimmen, die um ihrer selbst willen aus dem tiefsten Innern aufsteigen. Geschliffen, geprobt, geformt für diesen Moment, diesen Ort, dieses Publikum, das war eine Performance, eingeübte Leichtigkeit, die die Musik genau so im Zaum hielt, dass sie nicht übersprudelte.

Beifall. Ein Hochheben der Gläser. Das Lächeln der Sängerinnen und Sänger wurde breiter. Alice schaute genau hin. Zu breit.

Sich verbeugend kehrte das Personal in den Bogen zurück und verschwand in den Schatten hinter der Boma.

Die Konversation wurde wieder aufgenommen, ganz gesittet.

»Die wissen wirklich, wie man eine Show aufführt.«

»So authentisch.«

»Ich wette, die machen das schon, seit sie Kinder waren.«

»Sie haben wirklich Rhythmusgefühl, was?«

Jemand rief nach einem Drink.

***

Später, in ihrer strohgedeckten Hütte, war die Luft kühl und duftete schwach nach Eukalyptus. Ein weißes Moskitonetz hing über dem Bett, drapiert wie ein Schleier. Die Laken perfekt gerade gezogen. Alice ließ sich in den tiefen Korbsessel auf der Veranda fallen und starrte in den dichten, schwarzen Himmel, eine Dunkelheit ohne Grenzen, prall, wuchtig und vollkommen.

Grillenzirpen. Das Gezwitscher von Nachtschwalben. Darunter ein langsames Trommeln – das Knarren von Ästen, das trockene Flüstern von Gräsern, das ferne Heulen eines Schwarzrückenschakals. Das Schnaufen eines Impalas, das Alarm schlägt.

Dann etwas anderes. Ein langsames, trockenes, schabendes Schlurfen. Nicht laut. Dann eine Pause. Mehr Scharren. Vorsichtig. Als ob das, was immer es war, wusste, dass sie da war. Eine Antilope? Ein Stachelschwein? Eine Eidechse? Pause. Noch ein langsames Zupfen. Unaufgeregt. Schwächer werdend. Sich entfernend. Weggehend.

***

Max. Nicht plötzlich gegangen, nicht in einem Anfall von Wut. In Etappen. Bedächtige Schritte, die sie anfangs nicht bemerkt hatte. Er wartete nicht mehr darauf, dass sie ins Bett kam. Er trank seinen Kaffee aus, bevor sie ihren über-

haupt gemacht hatte. Seine Stimme, einst voller Bedeutung, war allmählich schwächer geworden, und jetzt ganz verstummt.

Diese Nacht in der Küche, seine letzte in ihrem gemeinsamen Haus.

»Max, ich verstehe das nicht. Du hast diese Entscheidung ohne mich getroffen – nicht einmal ...«

Er strich mit der Handfläche über den Tresen, als wolle er übrig gebliebene Krümel wegwischen. Dieser Seufzer, bevor er sprach.

»Ich versuche nicht, dich zu verletzen, Alice. Aber ich muss ...«

»Mich zurücklassen.«

Sie stand da, starrte ihn an und wartete, dass er etwas sagte, was ihr das Gefühl gab, wichtig zu sein. Doch er hatte es nicht getan.

Am nächsten Morgen nur dieses langsame, stetige Geräusch – sein Koffer, der über den Boden schleift. Ein trostloser Abgang.

Alice drückte ihre Fingerspitzen in ihre Schläfen und atmete aus.

Es ist nur ein Tier. Ein wühlendes Warzenschwein. Ein Schuppentier, das seine Platten verschiebt. Eine Schildkröte, die ihren Panzer nachschleift. Ob mit Schuppen, Borsten oder Klauen, es ist nur auf der Durchreise.

***

Weihnachtsmorgen

Alice zog eine khakifarbene Hose, ein lockeres Baumwollhemd und Wanderschuhe an und fröstelte, nicht wegen der Kälte, sondern wegen der unwirtlichen Stunde. Sie schnappte sich ihre Fleecejacke von der Stuhllehne und trat hinaus in die frühe Morgenluft. Kalt. Aber nicht die beißende Kälte eines englischen Dezembers. Die Luft war trockener, dünner und enthielt noch Spuren der Hitze von gestern. Mit dem Knirschen ihrer Stiefel auf dem Pfad machte sie sich in der Dunkelheit auf den Weg zum Eingang der Lodge, um sich der kleinen Gruppe anzuschließen, die bereits auf einen offenen Jeep stieg.

Ein junger Mann mit klaren, blauen Augen und einem fröhlichen Grinsen winkte zur Begrüßung mit seiner Taschenlampe.

»Hallo zusammen, ich bin Matt, euer Ranger heute. Ihr könnt euch auf etwas gefasst machen. Letzte Nacht waren Löwen da – in der Nähe des Wasserlochs. Das ist Lucas, unser Spurenleser.«

Der Fahrer, ein großer Shangaan-Mann, der sich in den Jeep beugte, nickte.

Mit einer Decke auf dem Schoß setzte sich Alice in den Jeep und fand Trost im Gemurmel des Kaffees und den leisen Bewegungen der Menschen, die ihre Plätze einnahmen.

Bald war über dem kiesigen Knirschen der Reifen auf der trockenen Erde ein einzelner, zaghafter Ton zu hören, das leise Trillern einer afrikanischen Eule. Dann ein weiterer, der reine, melodiöse Gesang einer Morgendrossel. Dreißig oder mehr verschiedene Vogelstimmen fügten sich nach und nach in das Konzert ein – Surren, Quietschen, Pfeifen und Quäken, Flöten, Gackern, Kreischen und schabendes Metall – ein Klang, der sich in Wellen erhob, ruhelos, unsichtbar, getragen vom kühlen Wind, der sich durch Dornenbäume und verdorrtes Gras bewegte.

Überwältigt vom Chor der Morgendämmerung geriet Alice ins Grübeln. *Nicht gerade Weihnachtslieder bei Kerzenlicht.*

Eingehüllt in die sich zurückziehende Nacht, hoben die ersten morgendlichen Sonnenstrahlen die Konturen der Bäume hervor – flache Akazien, verstreut und spärlich, die so dastanden, wie sie es seit fünfundzwanzig Millionen Jahren taten, weit ausgestreckt wie riesige Hände; Affenbrotbäume, deren nackte Äste sich wie Adern vor dem sich aufhellenden Himmel abzeichneten; hohe Marulas, die auf Elefanten warteten, um ihre Beeren loszuschütteln; der ferne Bergrücken, eine gleichmäßige Kurve wie die Wirbelsäule von etwas Uraltem, das unter dem Erdboden schläft; verstreute Felsen, vergessene Überreste von Geschichten, die aus dem Schatten hervortraten, berührt vom ersten, goldenen Licht, ihre Farben wechselten von Vulkangrau zu Ocker und Rost – Alice fühlte sich plötzlich unvorstellbar klein, aufgelöst in nicht mehr als Bewegung, Atem, Gefühl, ein winziges Fragment, nicht verloren, nicht getrennt, nur – ein Teil davon.

Vorn: ein ununterbrochener Monolog. Matt benannte Vögel, beschrieb, wie Elefanten auf zwei Beinen stehen, um mit ihrem Rüssel Früchte zu erreichen, und wie sie die Rinde von Bäumen abziehen.

Lucas, die Hände leicht auf dem Lenkrad, schwieg; sein Kopf bewegte sich langsam von einer Seite zur anderen, während er den Horizont absuchte. Vorhin, auf dem Weg von der Lodge in den offenen Busch, hatte Alice bemerkt, wie sich sein Blick schärfte. Er war es, der die Perlhühner auffliegen sah und die Veränderungen in den Geräuschen und der Stille wahrnahm.

***

Zurück in der Lodge. Weißes Leinen. Die scharfe Kante einer gefalteten Serviette, das Gewicht des Tafelsilbers in ihren Händen, die Morgenluft erfüllt von Hefeduft, Butter, Kaffee, Papaya und Mango. Klirren, Ploppen, ein langsames, sprudelndes Einschenken. Ein Champagnerfrühstück. Alle redeten durcheinander.

»*So* verdammt nah …«

»Ich meine, die Art wie er einfach dalag, völlig unbeeindruckt.«

»Eine Sekunde lang dachte ich, er würde angreifen – als er mit dem Schwanz wackelte – hast du *das* gesehen? Mir blieb das Herz stehen!«

»Ganz ruhig, Schatz. Er hat sich kaum bewegt. Wenn er hätte angreifen wollen, würden wir jetzt nicht hier sitzen und Champagner trinken!«

»Seine Größe! Als er gähnte – hast du die Zähne gesehen – mein ganzer Kopf hätte in sein Maul gepasst! Ich schwöre, ich werde meine Hauskatze nie wieder auf dieselbe Weise betrachten wie vorher.«

»Der beste Weihnachtsmorgen aller Zeiten! Das schlägt ganz klar in Schlafanzügen herumzusitzen und dabei Socken und Krawatten auszupacken.«

Alice schlenderte über die Terrasse.

Was mache ich hier, was für ein Weihnachten ist das, was für ein Mensch fliegt um die halbe Welt, um allein an einem Tisch zu sitzen und Fremden zuzuhören, die über Filter, Zoomobjektive, WiFi, das kaum die Zimmer erreicht, und überteuerte Souvenirs reden.

Bewegen – ohne zu denken, einfach bewegen –, vorbei an Tischen, vorbei an Kellnern, vorbei an Essen, so viel Essen, vorbei an Diamanten, Champagner, Fetzen von Knallbonbons, vorbei am Jeep, vorbei an Sony 600, vorbei an der Show, vorbei an kuratierten Wundern, vorbei an Fotos von Wildtieren, großen Geschichten von Tieren – Bewegen ohne Ziel auf dem gepflegten Weg, der sich hindurchschlängelte zwischen luxuriösen Cottages im perfekten Abstand – nicht zu nah, nicht zu weit auseinander – mit privaten Veranden, um kühle Drinks zu schlürfen und den Sonnenuntergang zu beobachten.

Alice hatte nicht anhalten wollen. Der Weg war nur ein Weg, die Luft war dieselbe wie seit Sonnenaufgang, stickig, ausgedörrt, trocknete den Schweiß auf ihrer Haut aus und ließ ihre Lippen aufspringen. Aber da war dieses Geräusch! Es vibrierte auf sie zu, bevor sie wusste, dass sie lauschte, bevor sie ihre eigene Reglosigkeit spürte – die Füße waren wie angewurzelt, mitten im Schritt stehen geblieben. Sie konnte sich nicht daran erinnern, dass sie sich in ein Gebüsch geduckt hatte, um unbemerkt zu beobachten.

Holzpfähle mit Draht bespannt, ein Hof, einfache Gebäude aus Backstein in Staubfarben gestrichen. Die Unterkünfte des Personals. Innerhalb des Hofes, in den blauen und grünen Gewändern der zionistischen christlichen Kirche, ein loser Kreis, der sich wiegte, stampfte und klatschte, raue Stimmen, die sich losgelöst erhoben und aufschwangen, in Wellen, wie ein Rauschen, scharfe Laute verwoben sich mit Harmonien, durchbrachen die Melodie, durchdrangen die Luft wie Vogelgesang.

In der Mitte der Gruppe stand eine alte Frau, die Augen geschlossen, das Gesicht erhoben, wie zu etwas jenseits des Himmels rufend.

»*Yesu Kriste ú velekiwile, ha tsaka, ha cina!*!«

(Jesus Christus ist geboren, wir jubeln, wir tanzen!)

»*A nga tisela ku rhula, a nga tisela rirhandzu!*«

(Er bringt uns Frieden. Er bringt uns Liebe!)

Alice verstand die Worte nicht, aber die Worte spielten keine Rolle, weder ihre Bedeutung noch ihr Wert – es war der Klang selbst. Sein Wesen.

Sich steigernd, dann langsamer werdend, verblasste das Lied in der Stille. Lachen und Umarmungen füllten den verbleibenden Raum. Tassen mit Tee und ungleichmäßig geschnittener Biskuitkuchen wurde von Hand zu Hand gereicht.

Gefangen im Augenblick, in der Bewegung, in den Geräuschen, in der Sonnenhitze auf ihrer Haut, dem Staub in der Luft, dem Duft des wilden Salbeis, stand Alice für eine lange Zeit unbeweglich da, oder vielleicht auch für gar keine Zeit – sie war sich nicht sicher – und sah zu, wie die Papiertischdecke im Wind flatterte.

Kein Max, kein London, keine kalten Straßen und kerzenbeleuchteten Fenster, keine Weihnachtsbäume, die durch vereiste Scheiben blinkten. Keine Vergangenheit, kein Später, kein *was kommt als nächstes.*

Nur dies, jetzt.

***

Anmerkung der Autorin: In Limpopo befindet sich der Hauptsitz der Zion Christian Church – der größten durch Afrikaner initiierten Kirche im südlichen Afrika.

Übersetzung: Brigitte Pons

Ein Hund und drei Kinder im Schnee

J. Monika Walther

Deutschland – Bodensee

Weihnachten & Chanukka

Erinnerungen an die Winter 1952 und 1953

Chanukka, jüdische Lichterfest, beginnt am Abend des 25. Dezember und dauert bis zum 2. Januar

Meine Mutter und ich flüchteten aus der DDR 1952, mit zwei Rucksäcken, einer Handtasche und einem großen Holzkoffer. Bei Nacht und Schnee in die Tschechoslowakei. Mit Zügen, ohne Fahrkarten und Papiere. Ohne Zuzugsgenehmigungen für irgendeine der Zonen. Weiter nach Bayern ins Lager Moschendorf. Bis Kriegsende ein KZ. Meine Mutter hielt die Menschen, den Dreck, die Enge nicht aus.

»Keine Lager, keinen Schmutz mehr«, sagte meine Mutter. Sie war einige Monate in Ravensbrück gefangen gewesen. Wir flüchteten weiter bis an den Bodensee.

Als ich den Berg, den Säntis mit seiner weißen Mütze, das erste Mal sah, wusste ich seinen Namen nicht und auch nicht, dass am anderen Ufer die zugesperrte Schweiz lag und dass es dort Dinge gab, die ich noch nie im Leben zuvor gesehen, geschmeckt und gerochen hatte: Schokolade, Orangen, Bananen, Milch, Kakao und Marzipankuchen.

Nugat. Schoggi. Ich wusste auch nicht, dass es hinter diesen weißen Bergen noch sehr viel mehr Welt gab.

Was hatten wir aus Leipzig mitgebracht? Was war in dem Holzkoffer? Eine Damasttischdecke, Silberbestecke, Papiere zum Besitz des Hauses in Leipzig. Kleidung. Großvaters Säbel. Großvaters Sattlerwerkzeuge. Großvaters Taschenuhr und sein Seidenschal. Abtrockentücher aus Großmutters Bestand, bestickt und noch unbenutzt. Einige Fotoalben. Eine Pelzstola. Ein Lederetui mit einer silbernen Schere und einem silbernen Fingerhut. Ein merkwürdiges Sammelsurium.

***

Als Kind fragte ich die Verwandten oft: Was war damals in deinem Koffer?

Die nach England geflüchteten Blumenthals landeten ohne Gepäck in Liverpool, ihnen waren nur die Rucksäcke und zwei Aktentaschen geblieben. Die meisten gingen unauffällig mit zweifach angezogener Kleidung, Handtaschen und Rucksäcken. Niemand wollte erkennbar über die deutschen Grenzen, nur Verwandte, Freunde in der Nähe besuchen. Nur ein Ausflug. Die Zugfahrten waren sorgfältig bedacht und verliefen selten wie geplant. Da standen Gestapomänner auf dem Bahnsteig, da durchsuchte die SS einen Zug. Oder andere Reisende wurden abgeführt. Lieber noch einmal im Kreis fahren. Und auch wer die Genehmigung für eine Ausreise hatte, verhielt sich unauffällig. Ein kleiner Koffer. Besitz und Geld musste mithilfe anderer gerettet oder als verloren ausgebucht werden in der Lebensbilanz. Millionen Mal mussten die Existenz, alle Gefühle, Wissen und Können, alles Leben ausgebucht werden. Keinen Hut mehr zum Ziehen, kein Lächeln. Kein Guten Tag der Nachbarn mehr. Keine Luft mehr zum Atmen.

***

Meine Mutter und ich kamen über alle Zonengrenzen bis an den Bodensee und fanden einen Unterschlupf in der Drachenstation, direkt an der zerstörten Ufermauer gelegen. Ein neuer Lebensroman. Der Sinn war, zu leben. Nach dem Überleben. In der Fremde zu leben.

Vor der ehemaligen Wetterstation bogen sich Bahngleise in die Luft, ein zerbombter Kran hing quer ins Wasser. Wir schliefen auf Strohsäcken, hatten nichts zu essen, waren Fremde. Mit den Monaten kamen immer mehr Flüchtlinge aus der DDR; Geflüchtete aus den baltischen Ländern, aus Schlesien und Ostpreußen waren schon länger da. Die Einheimischen waren nicht begeistert von all den Fremden, die das Schwäbisch nicht verstanden und keine Ahnung hatten, was *Geselchtes* und *Gsälz* war. Die meisten Schwaben mochten keine Flüchtlinge, gleich woher sie kamen. Alles ein Pack. Hungerleider. Und dieses Pack konnte nicht nur kein Schwäbisch, sondern war auch nicht katholisch. Protestanten, Alt-Lutheraner, jüdisch. Und dann waren da noch die französischen Soldaten und ihre Familien.

Das erste Weihnachten am See, in der ausgebombten Stadt Friedrichshafen, fand in der Schiffswerft neben der Drachenstation statt. Hafenarbeiter und Matrosen hatten einen Tannenbaum geschlagen, Kerzen gegossen, Sterne waren gebastelt worden. Der Mann, dem die großen Kieshaufen gehörten, brachte eine Krippe und stellte sie unter den Baum. Die Kinder, die Blockflöten hatten, mussten Weihnachtslieder üben. Ein Matrose verkleidete sich als Nikolaus, einer als Knecht Ruprecht. Der Schnee lag hoch und es war sehr kalt. Die kleinen Halleröfen knatterten laut. Auf jedem standen Blechkannen mit Tee, Kaffee oder Wein.

Als es dunkel wurde, kamen immer mehr Menschen in die Werft, auch die drei Männer, die neben der Drachenstation in einer Baracke lebten und immer noch ihre gestreiften Lagerjacken trugen. Ein aus Afrika heimgekehrter Missionspfarrer las die Weihnachtsgeschichte, sprach ein Gebet und einen Segen. Alle sangen, die Kinder piepsten auf ihren Flöten. Dann verteilten die Einheimischen an die Flüchtlinge Brezeln und wir Kinder bekamen alle ein *Weckle* und einen *Schübling*. Zum Schluss gab es noch Geschenke, alle hatten sich eine Kleinigkeit überlegt: Die drei Männer hatten Walnüsse gesammelt und aus Kastanien kleine Figuren gebastelt, die Matrosen aus der Schweiz einen Block Schokolade mitgebracht und in kleine Stücke geschnitten. Meine Mutter verschenkte zwei Spitzenuntersetzer, und ich hatte vier Kartoffeln von einem Lokomotivführer, der seinen Garten hinter der Drachenstation hatte, erbettelt und jede in Papier gewickelt. Dann tobten wir Kinder durch die Werft und die Erwachsenen tranken Glühwein oder Tee und Kaffee mit einem Schuss Rum und redeten. Woher sie kamen, wo sie Unterschlupf gefunden hatten, wie es weitergehen sollte. Nicht alle wollten am Schwäbischen Meer bleiben. Manche wollten in die Schweiz oder in eine andere Zone, in ein anderes Bundesland zu Verwandten.

Friedrichshafen war eine sehr zerbombte Stadt. Die vier großen Rüstungsbetriebe Luftschiffbau Zeppelin, Maybach Motorenbau, die Zahnradfabrik und die Dornierwerke waren Ziel der Angriffe gewesen. Vierzehntausend ausländische Zwangsarbeiter und über tausend KZ-Häftlinge schufteten in diesen Werken. Bis April 1945 errichteten Häftlinge einen unterirdischen Stollen bei Überlingen, den Goldbacher Stollen, um die Rüstungsindustrie aus Friedrichshafen zu verlagern. Elf Luftangriffe gab es zwischen 1943 und Februar 1945. Nur der Mut des Bürgermeisters und vieler Einwohner verhinderte, dass die Stadt bis zum letzten Haus verteidigt wurde. Zum Kriegsende lebten nur noch siebentausendsechshundertfünfzig Menschen in der Stadt. Bei Kriegsbeginn waren es über fünfundzwanzigtausend gewesen. Die drei Männer aus der Baracke neben der Drachenstation hatten als Häftlinge geschuftet, Ukrainer. Nach Hause wollten sie auf keinen Fall, nicht in die Hände der Russen fallen. Das hätte ihren Tod bedeutet.

Nicht ganz zerstört worden war die Schlosskirche am anderen Ende der Uferpromenade. Ihre Zwiebeltürme waren immer in der Ferne zu sehen. Der Südturm war abgebrannt und der Dachstuhl schwer beschädigt. Mit Schweizer Hilfe wurde ein Notdach errichtet.

Die Schlosskirche war eine wunderschöne evangelische Barockkirche und so trafen sich am nächsten Weihnachten alle Geflüchteten dort wieder. Die Kinder mit ihren Flöten, ein kleiner Chor, der Pfarrer, die Fremden, denn die waren protestantisch, die Einheimischen katholisch. Von der Eriskirche in der Stadtmitte stand nur noch der Turm.

Als es am Heiligen Abend dunkel wurde, blieben die Katholiken in der Stadt, die Fremden bildeten zusammen mit den französischen Soldaten und ihren Familien einen Zug entlang der Uferpromenade. Immer weiter und vorbei an einem Hafen für Segelboote und noch weiter bis zur Schlossstraße. Entlang der Mauer, die die Kirche mit ihren vielen Eingängen umgab, zum Haupttor.

Der Schnee lag hoch. Eisenbahner hatten Laternen mitgenommen und so war die Menschenkette am See von der Stadt aus zu sehen. Die Alpen, der Säntis, der See und davor der Lichterzug zur Schlosskirche. Wir Kinder rannten vom Schlosssteg zum Schlosshorn und weiter zu dem Pavillon Mon Plaisir und wieder zurück zu den Erwachsenen, die sich in der eiskalten Kirche um den Altar und den Tannenbaum und die Krippe drängten. Wir Kinder waren dick eingepackt und saßen unter dem Tannenbaum am Altar. Der Pfarrer erzählte den Fremden von der afrikanischen Fremde. Viel gesungen wurde, in allen möglichen Sprachen. Die Weihnachtsbotschaft, die Flötentöne piepsten, der Segen und alle sangen inbrünstig *Oh du Fröhliche*. Auf dieses Lied konnten sich die Fremden einigen. Dann durfte jedes Kind sich ein Päckchen unter dem Baum holen. Ein Apfel, eine Orange, ein Gebäckstück, ein bunter Schokoladenkringel. Alle umarmten einander, schüttelten Hände, wünschten sich Frohe Weihnachten, einige sprachen Polnisch, Lettisch, Tschechisch oder Russisch. *Gott segne euch*, sagte der Pfarrer noch und gab auch jedem die Hand. Die einen murmelten in ihren Sprachen den Segen aus ihrer Heimat. Meine Mutter blieb stumm, da sprach der Pfarrer den Segen zu Chanukka.

Chanukka sameach. Er sagte noch das Wort *Baruch*,

schwieg, schaute mich an, sagte: *Ein fröhliches Chanukka.* Ich hatte keine Ahnung, was er meinte, meine Mutter drehte sich um und ging.

Nein, zurückgeholt werden konnte die verlorene Heimat nicht, nie wieder würden in Leipzig jüdische Feste und Schabbes gefeiert werden, aber die Schlesier schenkten den Juden eine selbst gemachte Weißwurst. Eine baltische Familie musizierte. Wir lernten singen und neue Wörter. Die Franzosen verteilten warme Maronen und Marmelade. Der Pfarrer verschenkte Äpfel und Nüsse. Und es fanden sich immer mehr Worte. Gesten. Leben. Hilfe.
Dann wurden die Laternen wieder angezündet und der Zug wanderte an den zerbombten Ufermauern zurück in die Stadt.

***

Ein paar Jahre lang fanden die Fremden an Heiligabend sich in diesem Gang zur Schlosskirche zusammen. Der Baum wurde prächtiger. Zu den Flöten kamen Geigen. Der Chor wurde größer und übte jeden Monat. Der Pfarrer wurde ordentlicher Gemeindepfarrer. Die Kirche wurde repariert und restauriert. Und die Flüchtlinge hatten sich auf verschiedene Weise in das Leben eingefunden. Auch wir Kinder hatten uns zu neuen kleinen Rudeln sortiert.

***

Meine Mutter und ich wohnten inzwischen in der Eckenerstraße, neben dem Stellwerk und den Trajektgleisen. Auf dem See fuhren wieder Fähren in die Schweiz und Schiffe nach Lindau und Konstanz,

Meersburg und Bregenz. Wir Kinder aus der Nachbarschaft tobten gemeinsam durch die Ruinen.

Im Dezember 1953 lag der Schnee meterhoch. Niemand kam mit dem Schneeräumen hinterher. Die Berge wurden immer höher. Die wenigen Autos fuhren im Schritttempo. An Heiligabend fielen die Flocken immer dichter und schneller. Wir Kinder liefen durch die Stadt, immer weiter, bis zum Schlosssteg am Ende der langen Uferpromenade. Wir waren aufgeregt. Der Schnee, Weihnachten, vor dem Gang zur Kirche hatte Frau Beck ihren Kindern, Regina und Heinz, und mir Kakao und einen Wecken mit Wurst versprochen. Wir schrien und warfen mit Schneebällen, schmissen uns in einen Schneehaufen, gruben uns ein, jubelten: *Die finden uns nie*. Da saßen wir und waren glücklich, mit hochroten Köpfen, warm eingemummelt. Wir teilten einen Keks, den Regina vom Backblech ihrer Mutter gemopst hatte. Wir wurden stiller und müde, bald schauten nur noch unsere bunten Mützen aus dem Schneeberg. Die Dunkelheit ließ uns unsichtbar werden. Wir schliefen ein, wir waren verschwunden. Und die ganze Stadt suchte nach uns.

Die Gottesdienste wurden verschoben. Polizisten, Feuerwehr und französische Soldaten suchten mit Laternen und langen Stöcken die Promenade und alle Straßen zur Promenade ab. Die Küsterin, die den Ofen in der Kirche heizte, erfuhr durch den aufgeregten Pfarrer von unserem Verschwinden. Sie suchte zusammen mit ihrem Hund in immer größeren Kreisen um die Schlosskirche nach uns. Vom Badehaus, entlang der Wege bis zum Schlosshorn und Schlosssteg, dort stieß sie auf zwei französische Soldaten, die sich durch die riesigen Schneehaufen stocherten. Aber es war der Hund, der uns fand, bellte, kratzte, jaulte. Wir wurden halb erfroren wach. Die Soldaten zogen uns aus dem Schnee und trugen uns in die Kirche, dann liefen sie in die Stadt.

Wir saßen in Decken gehüllt neben dem Ofen, tranken heißes Wasser, aßen Kekse und wussten nicht, wie uns geschah. Nach und nach kamen Menschen aus der Stadt zum Weihnachtsgottesdienst. Frau Beck setzte sich zu ihren Kindern und hielt sie fest in ihren Armen, obwohl Heinz schon zehn Jahre alt war. Für die Gemeinde waren wir das Weihnachtswunder. So laut und voller Freude wurde nie wieder *O du Fröhliche* gesungen.

Als ich älter war, sang ich im Kirchenchor, saß gerne bei allen Gottesdiensten auf der Empore, aber unvergessen diese ersten Weihnachten am Bodensee, wenn wir zur Kirche liefen, sangen und die Erwachsenen miteinander redeten. Endlich gab es wieder Worte.

***

Anmerkung:
Der vorliegende Text beruht auf persönlichen Erlebnissen und Erinnerungen der Autorin an eine Zeit des Schweigens über die damals noch junge Vergangenheit und ihre eigene Herkunft.

Mehr dazu in ihrem Buch: »Fluchtlinien – Wie die Welt sich in Innen und Außen teilte«

Immerhin lag Schnee
Susanne Brügmann

Schweden – Uddevalla – Dezember

Heiligabend und erster Weihnachtstag

Die *Stena Scandinavica,* aus Kiel kommend, legte pünktlich um Viertel nach neun am Fährterminal in Göteborg an. Obwohl der Morgen bereits fortgeschritten war, wurde es gerade erst hell. Sandra stand an Deck und unterdrückte ein Gähnen. Ein eisiger Wind prickelte auf ihren Wangen. Aufmerksam betrachtete sie die wenigen Menschen, die sich auf dem Kai versammelt hatten. Vergeblich suchte sie nach Holgers hochgewachsener Statur. Die würde sie überall erkennen.

Der Himmel über dem Deutschland-Terminal der *Stena Line* war wolkenverhangen, und es sah aus, als könnte es jeden Moment anfangen zu schneien. Punkt eins auf Sandras Wunschliste wäre damit schon mal erfüllt. Nein – Punkt eins war selbstverständlich, Holger nach so vielen Wochen, die er zum Arbeiten allein in Schweden gewesen war, wiederzusehen und das Weihnachtsfest mit ihm zusammen zu verbringen! Aber Schnee kam für Sandra gleich danach. Sie freute sich auf ein ruhiges, gemütliches Fest ohne Verpflichtungen. Keine Verwandtenbesuche, keine unnützen Geschenke. Nur sie und ihr Holger.

Dreißig Minuten später war er immer noch nicht da. Um sich die Wartezeit zu verkürzen, überlegte

Sandra, wie in Schweden wohl Weihnachten gefeiert wurde. Ihr Wissen über Weihnachten in Schweden hat sie aus den Kinderbüchern von Astrid Lindgren. Besonders die Weihnachtsgeschichten hat sie geliebt. Da wurde Tage vorher schon Brot und Lebkuchen gebacken, der traditionelle Weihnachtsschinken vorbereitet und Heringe eingelegt. Die Kinder bastelten Strohsterne und Ketten aus Glanzpapier für den Weihnachtsbaum.

Der Gedanke daran zauberte Sandra ein Lächeln auf die Lippen. Mit einem Mal hatte sie den Duft von Zimtplätzchen und Lebkuchen in der Nase und augenblicklich knurrte ihr Magen. Mitten in ihre Gedanken hinein rief jemanden ihren Namen.

»Holger! Na endlich!« Sandra hörte selbst, dass ihre Stimme gereizt klang, aber er schien es nicht zu bemerken.

»Hallo, mein Schatz!« Er strahlte sie an und drückte ihr einen herzhaften Kuss auf den Mund. »Ich bin so froh, dich zu sehen.«

»Und ich erst«, sagte Sandra. »Was hat dich aufgehalten?«

»Ach, das Übliche. Im Werk gab es Alarm, dass ein Kühlsystem ausgefallen war. Stimmte aber nicht, es war ein Fehlalarm. Bis wir das rausgefunden hatten, verging viel unnütze Zeit.« Er strich ihr über die Wange. »Tut mir leid, dass du warten musstest.«

»Jetzt bist du ja da.« Sandra verbannte den leisen Groll aus ihrem Herzen. Er hätte wenigstens anrufen können.

»Ja, jetzt bin ich da«, sagte er mit einem strahlenden Lächeln. »Lass uns erst mal frühstücken gehen. Ich hab Hunger.«

»Großartige Idee! Mein Magen knurrt auch. Ich habe heute noch nichts gegessen und für einen heißen Kaffee würde ich morden.«

Weil es auf dem Weg lag, hielten sie bei *McDonald's* an und verließen den Schnellimbiss erst wieder, als es fast Mittag war.

»Oh, guck mal, es fängt an zu schneien«, sagte Sandra. »Endlich mal wieder weiße Weihnachten! Wie toll!«

Holger machte ein besorgtes Gesicht. »Gar nicht toll. Lass uns zusehen, dass wir schnell nach Uddevalla kommen. Mir gefällt das nicht.«

»Wie lange werden wir brauchen?«

»'Ne gute Stunde, vielleicht anderthalb bei Schnee.«

Kurz vor der Stadtgrenze von Göteborg schneite es schon so heftig, dass sie kaum noch etwas sahen.

»Verdammter Mist!«, fluchte Holger. »So eine Scheiße!«

Sandra drückte sich immer tiefer in ihren Sitz hinein. Holger war ein versierter Autofahrer, aber selbst er konnte nicht verhindern, dass die Räder trotz Schrittgeschwindigkeit auf der spiegelglatten Straße alle naslang zur Seite wegrutschten und der Volvo ins Schlingern geriet.

»Wir hätten nicht so lange bei *McDonald's* rumtrödeln sollen«, rutschte es ihr heraus.

»Das bringt uns gerade auch nicht weiter«, brummte er. »Jetzt hilft nur beten, Augen zu und durch.«

So lustig Sandra Holgers Scherze normalerweise fand, in diesem Moment konnte sie überhaupt nicht darüber lachen.

Statt anderthalb Stunden brauchten sie drei. Inzwischen war es fast dunkel, obwohl es erst Nachmittag war. Holger hielt vor dem Hotel *Seaview* an und stieß einen tiefen Seufzer aus.

»Das war jetzt aber mal ein wilder Ritt. Erst mal 'ne Dusche, ich bin total durchgeschwitzt.«

Sandra stolperte hinter ihm her über den Parkplatz. »Das ist aber ganz schön finster hier«, sagte sie und bemerkte jetzt, dass das gesamte Hotel im Dunkeln lag.

Er war stehen geblieben »Hier – halt mal.«

Sandra nahm ihm die Taschenlampe ab, die er aus der Tasche gezogen hatte. »Wohin soll ich leuchten?«

»Na, auf das Türschloss. Sonst kann ich nicht aufschließen.«

Allmählich verstand sie gar nichts mehr. »Wieso musst du das selbst tun?«

Holger antwortete nicht.

Drinnen war es schummrig, nur an der Rezeption eine Notbeleuchtung eingeschaltet. Sandra folgte ihrem Mann wortlos die Treppe hinauf. Auch hier brannte nur ein Notlicht. Alles wirkte wie ausgestorben.

Holger öffnete die Zimmertür. »Schau mal, ist das nicht ein gemütliches Zimmer? Und der Ausblick erst …« Er deutete auf das Eckfenster, das nach Westen zeigte. »Du kannst bis da ganz hinten zur Brücke über den Sunningesund sehen, wenn du klare Sicht hast.«

Sandra achtete nicht darauf. Ihr fiel zuerst das ungemachte Bett auf und sofort sank ihre Laune in den Keller. »Macht hier keiner sauber?«

»Doch. Normalerweise schon.«

»Normalerweise?« Langsam drehte sich Sandra zu ihrem Mann um. »Was ist hier los, Holger? Der Empfang ist nicht besetzt, alles ist dunkel, das Zimmer ist nicht gemacht …«

Holger kratzte sich am Kopf. »Es ist eben niemand da.«

Allmählich dämmerte es Sandra. »Du meinst, wir sind hier ganz allein? Keine anderen Gäste, kein Personal?«

»Genau. Das Hotel ist am Heiligabend eigentlich geschlossen. Aber ab morgen ist Britt vom Empfang wieder da«, fügte er schnell hinzu. »Sie macht uns Frühstück.« Er legte den Arm um sie. »Nun schau nicht so. Ich bin froh, dass wir trotzdem hier übernachten dürfen. Die Alternative wäre, im Auto zu schlafen. Bei minus fünfzehn Grad nicht eben ein Vergnügen.«

»Holger!« Sandra boxte ihn unsanft in die Rippen. »Wann wolltest du mir das erzählen?«

»Aua!« Holger trat ein paar Schritte zur Seite und stand jetzt außerhalb von Sandras Kampfzone. »Ich sag's doch gerade.«

Sie seufzte und stellte ihre Handtasche auf das kleine Tischchen am Fenster. »Na ja, macht ja nichts«, sagte sie so ruhig wie möglich. »Hauptsache wir haben es warm und trocken. Geh du duschen und ich pack inzwischen meinen Koffer aus.«

Sie war schneller fertig als er und ließ sich auf das Bett fallen. Nach zwei tiefen Atemzügen war sie eingeschlafen.

Als sie wieder aufwachte, lag Holger neben ihr und schnarchte leise. Ein Blick auf die Uhr zeigte ihr, dass sie nur ein kurzes Nickerchen gemacht hatte. Trotzdem fühlte sie sich erfrischt. Sie weckte ihren Mann.

»Das hat gut getan«, sagte er und rekelte sich im Bett.

»Nun komm schon.« Sandra wurde ungeduldig.

»Es ist Heiligabend. Was hast du für den heutigen Abend geplant?«

»Ich … dachte, wir machen es uns hier gemütlich. Ich habe einen guten Whiskey im Systembolaget besorgt.« Holger schmunzelte plötzlich. »Das muss ich dir noch erzählen: Wusstest du, dass Alkohol nur in staatlich geführten Spirituosengeschäften verkauft werden darf? Im Supermarkt gibt's nur Dosenbier mit ganz wenig Alkohol.«

Sandra drehte sich zu ihrem Mann um. Ihr Interesse an dieser Neuigkeit war gering. »Nein, wusste ich nicht«, sagte sie matt, denn etwas anderes war für sie von größerer Bedeutung. »Was ist denn mit Abendessen? Ich habe Hunger. Wir sollten erst was essen gehen.«

Holger kratzte sich verlegen am Kopf. Nicht das erste Mal heute, dachte Sandra, und sah ihn aufmerksam an.

»Ja, weißt du …«, begann er lahm, »ich wollte dich schick zum Essen ausführen. Es gibt hier so ein tolles Steakhouse. Solche Steaks hast du noch nicht gegessen. Wirklich lecker, sag ich dir.«

Sandra lief schon das Wasser im Mund zusammen, doch sie hörte ganz deutlich ein Aber und fragte nach.

»Das Lokal hat leider heute geschlossen. Da können wir erst morgen hingehen«, antwortete er bedauernd.

»Ach, wie schade! Dann müssen wir uns etwas anderes suchen. Was gibt es denn noch, wo wir was essen können?«

Als er nicht antwortete, fragte sie ungeduldig: »Was ist? Wo gehen wir hin?«

»Tja, da gibt's ein Problem«, druckste er herum. »Es gibt kein einziges Restaurant, das geöffnet hat.«

Sandra fiel die Kinnlade herunter. »Nicht dein Ernst.«

»Morgen können wir überall einen Tisch bekommen, aber heute ist alles zu.« Wie um Sandra zu besänftigen, fügte er hinzu: »Wir haben ja ausgiebig gefrühstückt, da ist das doch nicht so schlimm, oder?«

»Holger! Ich werd gleich richtig sauer«, brauste Sandra auf. »Du weißt genau, dass ich es nicht leiden kann, hungrig ins Bett zu gehen. Und das am Heiligabend!« Sie verzog das Gesicht. »So habe ich mir Weihnachten in Schweden nicht vorgestellt.«

»In Schweden feiert man den Heiligen Abend zu Hause mit der Familie – wie bei uns.«

Mit vor der Brust verschränkten Armen und gerunzelter Stirn saß Sandra auf der Bettkante und funkelte ihren Mann böse an. »Und das wusstest du nicht?«

Holger zuckte mit den Achseln. »Hab's erst heute Morgen erfahren.«

»Und wieso hast du dann nichts eingekauft, damit wir wenigstens hier was zu essen haben? Haben wir doch auf Reisen immer so gemacht.«

»Es war ja keine Zeit«, verteidigte er sich. »Wegen des Fehlalarms musste ich ins Werk und danach wollte ich so schnell wie möglich nach Göteborg, um dich abzuholen.« Er sah seine Frau mitleidheischend an. »Danach kam der vermaledeite Schnee und wir haben so lange gebraucht, um nach Uddevalla zu kommen. Sonst hätten wir noch im ICA-Supermarkt was besorgen können, aber der war dann auch geschlossen.«

Sandra sprang auf und lief durch das Zimmer. »Das hast du ja mal wieder prima hingekriegt, Holger Wehmeyer! Du besorgst uns jetzt was zu essen.

Wie du das machst, ist mir ganz egal!«

»Aber Sandra …«

»Nichts aber Sandra. Warum kann ich mich nicht einmal auf dich verlassen!?«

Holger atmete hörbar aus, bevor er sagte: »Mach doch kein Drama draus. Ich kann doch nichts dafür, wie in Schweden Weihnachten gefeiert wird.«

»Nein, aber du hättest dich vorher erkundigen können, wie das hier läuft.«

Holger war inzwischen aus dem Bett gestiegen und hatte sich angezogen. Nun holte er den Whiskey und zwei Gläser aus dem Schrank. »Lass uns erst mal anstoßen. Darauf, dass wir Weihnachten zusammen sind, ja? Wie lange waren wir nun getrennt?«

»Drei Monate. – Ich möchte keinen Alkohol auf nüchternen Magen trinken.«

Er überhörte ihren Einwurf, öffnete die Flasche und goss die goldgelbe Flüssigkeit großzügig in die Gläser. Plötzlich hielt er inne. »Ich weiß was«, sagte er. »Auf dem Weg zum Werk ist eine Tanke. Die könnte noch geöffnet haben und dort kriegen wir bestimmt was Essbares.«

Sandra atmete erleichtert aus. Besser als nichts, auch wenn Essen von der Tankstelle nicht so richtig zu Weihnachten passte. »Dann mal los«, sagte sie und angelte nach ihren Schuhen. Holger bewegte sich nicht. »Was ist?«, fragte sie.

»Bist du sicher, dass wir noch mal losfahren sollen?«

»Du hattest es doch gerade selbst vorgeschlagen.«

»Ich weiß, aber jetzt noch mal raus? Es schneit schon wieder.«

Sandra blies geräuschvoll die Luft aus. »Dann

fahr ich eben. Mir reicht ein Glas Whiskey nicht. Schon gar nicht an Weihnachten.«

Sie machte ein mürrisches Gesicht und Holger lenkte ein.

»Na gut. Dann machen wir es so.«

Draußen war die Temperatur weiter gesunken. Sandra zog die Kapuze ihres Anoraks über den Kopf. Sie war froh, in letzter Minute noch eine Strumpfhose unter ihrer Jeans angezogen zu haben.

Als sie sich hinter das Steuer setzen wollte, hielt Holger sie zurück. »Lass mich fahren. Ich kenne den Weg.«

Sandra überließ ihm bereitwillig den Autoschlüssel. Zum Glück waren die Straßen inzwischen von einem Schneepflug geräumt und sie hatten freie Fahrt.

Die nächste Enttäuschung wartete an der Tankstelle. Hier gab es nur Reiseproviant in Form von Keksen und Kartoffelchips. Keine Butter, kein frisches Brot oder Käse und Wurst, wie es in Deutschland angeboten wurde. Zu überhöhten Preisen zwar, aber in einem Notfall wie diesem hätte Sandra nichts dagegen. Ihre Laune glich sich immer mehr der Außentemperatur an. Dann entdeckte Holger, dass es Hotdogs gab, und bestellte für jeden zwei Stück. Außer Senf fanden sie nichts, was sie sich auf die Würstchen hätten streichen können – weder Ketchup noch Mayonnaise, auch keine Röstzwiebeln oder eingelegte Gurkenscheibchen, so wie es sich für ein richtiges Hotdog gehört hätte. Im nüchternen Licht einer Leuchtstoffröhre aßen sie ihre Würstchen im Stehen. Sandra schmeckte es trotzdem.

Gleich darauf schnappte sich Holger zwei Tüten

Chips und bezahlte bei dem wortkargen Tankwart, der nur auf seinen Feierabend zu warten schien. Für den Moment gesättigt machten sie sich auf den Weg zurück ins Hotel.

***

Später konnte Sandra nicht einschlafen. Holger hatte sich in seinen Teil der Zudecke eingerollt und schlief tief und fest. Er hatte sich Mühe gegeben, um ihr den Aufenthalt so angenehm wie möglich zu machen, aber sie konnte sich so gar nicht freuen an diesem mehr als ungewöhnlichen Heiligen Abend. Mit einem Mal vermisste sie geschmückten Tannenbaum, gutes Essen und Gemütlichkeit, und ja, auch Geschenke. Was war nur los mit ihr? Holger störte das alles nicht. Ihm war es egal, wo und wie sie die Weihnachtszeit verbrachten. Hauptsache er war nicht allein. Die Erkenntnis, dass ihr das nicht einerlei war und es ihr nicht genügte, mit ihrem Mann zusammenzusein, traf sie unerwartet. War es Zeit für eine Trennung?

Der Wind hatte aufgefrischt. Er heulte ums Haus und vom Bett aus konnte sie sehen, wie er die Schneeflocken vor sich hertrieb, die jetzt in Massen vom Himmel fielen. Aber da war noch ein anderes Geräusch. Es klang, als würde eine Tür zuklappen. Wie konnte das sein? Sie waren ja allein in diesem riesigen Haus. Oder nicht? Da! Das Geräusch drang erneut an ihr Ohr. Diesmal kam es ihr näher vor.

»Holger!« Besorgt rüttelte Sandra an seinem Arm. Zuerst sanft, dann immer fester. Er rührte sich nicht. »Holger! Da ist jemand im Haus!«

»Hm?«, murmelte er verschlafen. »Was ist los?«

»Da ist wer. Ich habe gehört, wie Türen zugeschlagen wurden«, sagte sie, jedes einzelne Wort betonend.

Holger bemühte sich nicht, wach zu werden. »Ach was. Du hast dich verhört. Schlaf weiter.« Damit war für ihn die Sache erledigt. Er drehte sich um und schnarchte, bevor sie etwas erwidern konnte.

Sandra seufzte laut und zog die Decke bis unters Kinn. Angestrengt lauschte sie in die Dunkelheit, doch das Geräusch war verschwunden. Nur das Heulen des Windes war zu hören.

***

Im Frühstücksraum war nur für zwei Personen gedeckt. Sandra hatte, außer einem knappen »Guten Morgen«, noch kein Wort mit Holger gesprochen, was ihn sichtlich irritierte. Zum Glück kam eine junge Frau mit wippendem Pferdeschwanz herein und löste das unbehagliche Schweigen auf.

»Guten Morgen. Ich bin Britt«, sagte sie auf Englisch. »Hier ist frischer Kaffee.« Mit diesen Worten stellte sie eine Thermoskanne auf den Tisch.

»Danke, Britt«, antwortete Holger ebenso auf Englisch. Sandra nickte nur. Sie war so unendlich müde. Bevor Britt den Raum wieder verließ, fasste sie sich dennoch ein Herz und sagte: »Entschuldigen Sie.«

»Ja?«

»Ich habe letzte Nacht Geräusche gehört. So als ob Türen zugeschlagen würden.«

Britt stutzte einen Moment, dann lachte sie verlegen. »Das war bestimmt der Sicherheitsdienst. Ich habe wohl vergessen, Holger Bescheid zu sagen, dass er in der Nacht nach dem Rechten sehen wird.«

»Ach so«, sagte Sandra und lachte nun auch, »dann ist ja gut.«

Sie stand auf und ging zum Buffet, das auf der anderen Seite des Raumes stand, der wegen seiner Größe eher wie ein kleiner Ballsaal wirkte. Eingerichtet war er mit funktionalen Tischen und Stühlen aus einem bekannten schwedischen Möbelhaus. Britt hatte allerlei Leckereien aufgetischt – neben den üblichen Frühstückszutaten, die es in jedem Hotel gibt, hauptsächlich Fisch in verschiedenen Variationen, mit Mayonnaise, pikant eingelegt oder geräuchert.

Als sie mit einem vollen Teller zurück an den Tisch kam, sagte Holger reumütig: »Es tut mir leid, dass ich dir nicht geglaubt habe.«

Sandra genügte seine Entschuldigung nicht. Wann hatte er aufgehört, sie ernstzunehmen?

Sie sah ihm nach, als er zum Buffet trottete. Er blieb eine Weile weg und Sandra fragte sich, wie lange es dauern könne, sich ein Brötchen auszusuchen. Endlich kam er zurück und legte sein Handy auf den Tisch. Im selben Moment macht es *pling … pling … pling …*

»So viele Nachrichten?«, fragte sie. »Es ist doch kein Alarm im Werk?«

»Nein, dort ist alles in Ordnung. Ich war kurz draußen und habe mit dem Schichtleiter telefoniert.« Holger grinste. Sandra fand sein Grinsen unpassend. Warum tat er das? Machte er sich lustig über sie? Jetzt langte er über den Tisch und ergriff ihre Hand. »Ich habe das Gefühl, ich muss was wiedergutmachen bei dir«, sagte er. »Bis jetzt war dein Weihnachten hier nicht gerade schön, oder? Du bist zu recht enttäuscht.« Er machte eine längere Pause.

»Und …?«, fragte sie.

»Die Nachrichten, die gerade gekommen sind, waren Bestätigungsmails.«

Sandra verstand nur Bahnhof. »Was denn für Bestätigungen?«

»In drei Tagen ist der Auftrag hier in Uddevalla zu Ende und wir fahren zusammen nach Hause …«

»Weiß ich doch.«

»… oder wir feiern Silvester in Stockholm. Was meinst du?«

»Dein Ernst?«

Er nickte heftig. »Mein voller. Ich habe uns gerade ein Zimmer im Grand Hotel und zwei Eintrittskarten zum Silvesterball gebucht. Das Feuerwerk um Mitternacht können wir direkt vor dem Hotel an der Hafenpromenade anschauen.«

»Wie hast du das denn hingekriegt?«

Holgers Grinsen verstärkte sich. »Manchmal hat ein verpeilter Kerl wie ich doch ein bisschen Glück.«

Sandras eben noch mürrische Miene verwandelte sich wie durch Zauberhand in ein Strahlen. »Dann brauche ich auch ein Ballkleid!«

»Was immer du willst, mein Schatz.«

One Christmas Night at Kyoto Station

Meike Schwagmann

Japan – Kyoto/Region Kinki – Weihnachten

Heiligabend und erster Weihnachtstag

Wenn man in Kyoto Station aus dem Zug steigt, wird man von den Menschenmassen mitgerissen, wird Teil des Stroms, der dem Ausgang entgegenstürzt. Die Arbeit wartet, die Familie, Freund oder Freundin oder einfach das Leben. In der großen Vorhalle jenseits der Zugangsschranken zum Gleisbereich gibt es etwas mehr Luft für jeden, die Leute verteilen sich. Es gibt wieder eigene Wege, um das Ziel zu erreichen.

Ich war bereits vor ein paar Tagen im Zentrum Kyotos angekommen, mit Lauriens persönlicher Sightseeingtour für mich im Gepäck. Das Ganze war ein riesiger Briefumschlag, der weitere kleine enthielt, dazu eine mehrseitige handgeschriebene Anleitung, die sie mit »*Dein Weihnachten in Kyoto*« überschrieben hatte. Jeder einzelne Punkt auf der Liste führte mich zu einem ihrer Lieblingsorte. Und wenn ich diesen erreicht hatte, durfte ich den passenden Umschlag öffnen und lesen, was sie mir dazu zu sagen hatte.

Den ersten Umschlag mit dem Titel *Bahnhofsvorhalle Kyoto Station* sollte ich direkt bei meiner Ankunft öffnen. Um mit dem Menschenstrom nicht auf die Straße hinausgetragen zu werden, hatte ich mich vor eine Werbetafel gerettet, die den Strom auseinanderfließen ließ, und davor entstand ein freier Raum. Für einen Moment starrte ich irritiert auf die digitale Plakatwand, die mit einem weihnachtlichen Motiv für ein Parfum warb. Dann holte ich die Karte aus dem Umschlag.

Während ich las, meinte ich, ihre fröhliche Stimme zu hören. »Und? Hast du einen Platz gefunden? – Nicht so leicht, wenn die Züge gerade eingefahren sind, ich weiß, entschuldige!«, schrieb sie. »Aber schau jetzt einfach nach oben!« Ich tat, was sie wollte und bemerkte über mir eine hoch hinausgehende geschwungene Dachkonstruktion aus Metall und Glas. Ein Atrium? Damit hatte ich nicht gerechnet. Schon gar nicht in dieser Größe. Wieder hörte ich sie, während ich ihren Brief las. »Ist es nicht jetzt schon atemberaubend? Ist es, oder? Ich verspreche dir, da kommt noch mehr! Aber das erst später. Jetzt gehe direkt hinaus auf die Straße, wo dich der Kyoto Tower begrüßen wird. Er leuchtet bestimmt wieder in bunten Farben.«

***

Seit einigen Tagen folgte ich nun schon der Route von Lauriens Briefen durch die alte Kaiserstadt, in die sie sich mit zwanzig Jahren verliebt und in der sie schließlich gelebt und gearbeitet hatte. Trotz winterlicher Temperaturen, die ähnlich waren wie bei uns zu Hause in Deutschland, pulsierte das Großstadtleben, kontrastierte zwischen ihren alten japanischen Traditionen und dem modernen Leben, zu dem – ich konnte es immer noch nicht fassen – auch weihnachtliche Dekorationen gehörten. »Lass dich davon nicht abschrecken«, hatte Laurien mich schon zu Anfang gewarnt. »Sie mögen vieles Westliche. Das wirkt zunächst vielleicht befremdlich, doch sie stülpen sich nichts über, sondern machen daraus ihre ganz eigene Tradition. Lass dich überraschen!«

Irgendwann fielen mir die geschmückten Schaufenster nicht mehr auf, als sie es zu Hause auch tun würden, und ich konnte ganz in das eintauchen, was Kyoto ausmacht. Laurien ließ mich den goldenen und den silbernen Tempel und noch manch anderen in der Stadt der 1000 Tempel besuchen. Sie schickte mich – damit ich auch nichts von seiner Atmosphäre verpasste – in aller Früh durch das Labyrinth der vermeintlich tausend roten Torii-Tore zum Fushimi Inari-Schrein hinauf. »Hier bist du an einem der spirituellsten Orte Japans! Ich hoffe, du hast dich wirklich früh auf den Weg gemacht, denn später sind viel zu viele Menschen da – und dann wirkt es nicht mehr einzigartig!« – Sie führte mich sogar raus zum Biwa-See, Japans größtem See, in dem die Insel Chikubushima liegt, auf der angeblich die Götter wohnen. Ich wandelte außerdem durch die Parkanlagen des alten Kaiserpalastes, der eben diesen gut vor neugierigen Augen versteckte. Ich besuchte Gion, das historische Geisha-Viertel, und habe mit einem Kimono von Laurien, den ich mitgebracht hatte, an einer traditionellen Teezeremonie teilgenommen. Je mehr ich zu sehen bekam, desto mehr verstand ich, was Laurien an dieser Stadt fasziniert hat, und ich konnte sie an jedem ihrer Lieblingsorte sehen.

***

Heute haben wir bereits den 24. Dezember. Morgen ist Weihnachten und es wird das erste Weihnachtsfest sein, das ich fernab von meinen Lieben verbringen werde – weil Laurien es sich gewünscht hatte. Meine persönliche Reiseroute hat inzwischen den vorletzten Punkt erreicht, Lauriens Brief schickt mich in eine Töpferei mitten im Zentrum. Ich sehe mich um und nehme eine der bauchigen Teeschalen von der Auslage, die mir sofort ins Auge gefallen ist. Sie passt genau in meine Handmuschel und außer, dass sich der Ton warm und seidig anfühlt, klingt noch etwas anderes in mir an. Innen wie außen sehe ich blaue und rosafarbene Blüten zwischen lindgrünen Blättern, das Ergebnis fein geführter Pinselstriche. Wieder das Gefühl von Vertrautheit. Irritiert stelle ich die Schale zurück.

Eine Weile sehe ich der Töpferin zu, die hinter dem Verkaufstresen weitere Tonwaren verziert. Erst dann lese ich, was Laurien mir zu diesem Ort zu sagen hat. »Meine liebste Töpferei! Und ich hoffe, sie erinnert dich an etwas?!« Auf einmal weiß ich es. Es ist die Teeschale, die sie mir von ihrer ersten Kyoto-Reise mitgebracht hat. Sie muss von hier kommen, denke ich. Nein, ich weiß es. Und ich weiß auch, dass ich ihr Mitbringsel damals nicht mochte und bei nächster Gelegenheit bei meinen Eltern ablud. Für mich war sie nicht mehr als ein Symbol für Lauriens übertriebene Schwärmerei für Japan, die mir auf die Nerven ging. Außerdem konnte man so etwas an jeder Straßenecke auch in Deutschland kaufen, wusste sie das denn nicht? Außerdem nahm ich es ihr übel, dass sie nach unserem Schulabschluss und ohne etwas zu sagen einfach für ein paar Monate nach Kyoto geflogen war, statt wie abgemacht mit mir in eine Studentenbude zu ziehen. Und ab da war alles anders. Die alte Kaiserstadt hatte sie wie ein Virus infiziert und schließlich war sie ganz nach Japan gezogen.

Um das flaue Gefühl in mir zu vertreiben, ziehe ich mein Handy aus der Tasche und recherchiere die Begriffe Kyoto und Keramik und finde heraus, dass alle in Kyoto hergestellte Töpferware den Begriff Kyo-Yaki trägt und sich darunter die unterschiedlichsten Traditionen der Herstellung vereinen, die bis ins 17. Jahrhundert zurückreichen. Ich stecke mein Handy wieder weg und beschließe, die Schale mitzunehmen. Als ich wieder hinaus auf die Straße trete, bin ich nachdenklich. Fühle mich schuldig. War ich zu egoistisch gewesen, um mich damals auf Lauriens Traum einzulassen? Doch es ging nicht. Es war wie ein zu breiter Graben, eine zu hohe Mauer, etwas für mich Unüberwindbares. Oder wollte ich nicht? In wie vielen Briefen hatte sie gefragt, wann ich endlich komme, um mir ihre Stadt anzusehen? Als Antwort immer nur Ausreden von mir, ich war nicht ehrlich genug, um zu sagen, dass ich nicht kommen wollte. Irgendwann hatte sie nicht mehr gefragt. Und ich konnte mein schlechtes Gewissen abstreifen.

Es fängt leicht an zu schneien. Keine großen Flocken, nur ganz kleine, federleichte. Sie wirbeln durch die Luft in einem aufgeregten, freudigen Tanz. In dem Moment, in dem sie auf den Boden fallen, sind sie verschwunden. Die mein Gesicht berühren, spüre ich wie einen kleinen, feuchten Kuss. Ich sehe, wie alle Menschen in den Himmel schauen und glücklich aussehen. Ich atme durch und lasse mich von der Stimmung einfangen. Ich hole den letzten Umschlag aus dem großen Kuvert. Als ich seine Aufschrift lese, bin ich überrascht. Sie schickt mich zurück in den Bahnhof. Sogar mit Uhrzeitwunsch. 18 Uhr. Wirklich? Ich soll den Heiligen Abend dort verbringen?

Ich überlege kurz, es zu lassen. Mir ist jetzt nach meinem Hotelzimmer, nach einem heißen Tee und einer kuscheligen Decke. Doch ich weiß, ich kann ihr den Wunsch nicht abschlagen.

***

Zurück im Eingangsbereich von Kyoto Station. Das gleiche Bild wie am ersten Tag, Menschen über Menschen, die alle ihrer Wege gehen. Aber klar, Heilig Abend ist kein Feiertag in Japan, die Weihnachtstage alle nicht. Also ist dieser Abend auch nur ein ganz gewöhnlicher. Ich merke, dass mir das guttut, denn ich wusste nicht, was ein einsames Weihnachtsfest mit mir machen würde. Ich gehe zurück an den Anfang, stehe wieder vor der Werbetafel. Das Parfum wurde durch die Werbung eines Fast-Food-Restaurants ausgetauscht. Ein großer Eimer mit frittierten Hähnchenstücken umringt von einem weihnachtlich dekorierten Blätterkranz. Ich hole den letzten Brief aus dem Umschlag.

»Suche die Rolltreppen. Es gibt sie zu beiden Seiten, aber nimm die zur Rechten, wenn du Richtung Gleisbereich guckst. Die andere würde dich auch zum Ziel führen, dauert aber länger – und rechts ist es schöner!« Also stelle ich mich auf eine der Stufen der rechten Treppe und fahre dem Atrium entgegen. Ein in Blautönen leuchtender Christbaum auf der zweiten Ebene zieht mich schon während der Fahrt magisch an. Ich möchte mir die bunten Glaskugeln genauer ansehen und verlasse die Rolltreppen. Ich lache über mich selbst, während ich sie glücklich berühre, offenbar kann ich Weihnachten nicht ganz abhaken. Als ich mich umdrehe, nehme ich den freien Raum wahr. Die Glaskonstruktion über mir zieht sich weiter hoch. Sie macht über die Länge des Daches in zwei Bögen einen Schwung, als wäre sie eine aufgeschlagene Lektüre und so leicht zu biegen wie Papier. Darunter liegt eine imposante, breite Treppe, die unzählige Stockwerke nach oben führt. Die Stufen leuchten fliederfarben wie in einem Showpalast. Ich bin fasziniert. Eine Frau beaufsichtigt nicht weit von mir wahrscheinlich ihre Tochter, die dort spielt. Die Mutter sieht müde aus.

Auf einmal wechseln die Farben. Aus jeder zweiten lila Reihe wird eine gelbe, dann entsteht ein grasgrüner Hintergrund. Inmitten der großen Fläche erscheint ein riesiger Weihnachtsmann in knallrotem Mantel und mit Rauschebart, der eine Glocke schwingt. Ein Schriftzug flirrt über die Stufen. »Ho ho ho – Merry Christmas.« Ich finde es grässlich, doch das Kind ist begeistert, lacht und zeigt aufgeregt darauf. Auf dem Gesicht der Mutter entsteht ein Lächeln. Als sie merkt, dass ich sie anstarre, nickt sie so höflich, wie ich es von den Japanern inzwischen kenne, und ich nicke auf die gleiche Art zurück, rufe »Frohe Weihnachten!«, dann wende ich mich ab.

Ich falte Lauriens Brief auseinander.

»Du stehst jetzt vor der Treppe, oder? Klar, da wäre ich jetzt auch. Niemand kann hier einfach vorbeigehen. Es ist sicherlich nicht viel los, aber in den wärmeren Jahreszeiten wimmelt es hier nur so von Menschen. Sie sitzen zusammen oder allein, lesen, essen, unterhalten sich. Ich habe hier viele Stunden zugebracht. Es ist nie langweilig. Doch jetzt im Winter ist es auch schön, finde ich. Mich hat die beleuchtete Treppe immer verzaubert. (Dir ist sie sicherlich zu schrill?) Genieße trotzdem den Moment. (Ich weiß ja nicht, welche Motive dieses Jahr dort erscheinen, aber es ist bestimmt alles sehr weihnachtlich.) Wenn du dich sattgesehen hast, fahre weiter bis ganz nach oben.«

Ich steige wieder auf die parallel zu den unendlichen Stufen hochfahrenden Rolltreppen. Währenddessen bemerke ich, dass jede Etage ihren eigenen Zugang zu dem am Bahnhof liegenden Kaufhaus hat. Außerdem gib es überall Essensangebote.

Oben angekommen gehe ich Lauriens Anweisung folgend geradeaus und erreiche eine Dachterrasse unter freiem Himmel. Bäume mit goldleuchtenden Lichterketten wachsen hier in Pflanzcontainern, zwischen ihnen stehen Bänke, auf denen Menschen sitzen und sich unterhalten. Hier außerhalb des beleuchteten Bahnhofsgebäudes ist es wieder dunkel und ein wenig kühl. Ich ziehe den Reißverschluss meiner Jacke noch ein Stück höher, doch ich genieße es auch. Die Atmosphäre ist eine besondere. Der Ort strahlt wohltuende Ruhe aus, obwohl ich gar nicht allein bin. Ich trete an den Rand der Terrasse, vor mir liegt die nächtliche Stadt. Auf einmal überkommt mich Traurigkeit. Ich wünsche, dass Laurien bei mir wäre und wir dies gemeinsam erleben. Ich spüre Wut auf mich selbst, denn es ist meine eigene Schuld, dass ich nun allein hier stehe. Meine Augen werden feucht, eine Träne löst sich und rollt über die Wange. Ich ziehe ein Taschentuch heraus und schnaube mir die Nase. Dann bleibt eine Frau bei mir stehen.

»Kathrin?«

Ich schaue über mein Taschentuch direkt in ihr Gesicht. Sie ist Japanerin, denke ich. Wieso kennt sie meinen Namen? Kennt sie mich?

»Ja?«, sage ich und stecke das Taschentuch in meine Jackentasche.

»Das hier habe ich für dich«, sagte sie und ich denke, ihr Deutsch ist sehr gut. Fließend. Sie gibt mir einen Umschlag, der mich an all die anderen erinnert, die ich in den letzten Tagen geöffnet habe.

Ich nehme den Brief, auf dem dieses Mal *Dachterrasse Kyoto Station* steht. Mir ist ganz flau im Magen.

»Vielleicht setzen wir uns?«, schlägt die Frau vor, sieht mich dabei besorgt an und zeigt auf eine nahestehende Bank. Als wir sitzen, öffne ich den Brief und ziehe eine weitere von Lauriens Karten heraus.

Liebe Kathrin,
weißt du, dass du mich gerade so glücklich machst? Denn wenn du diese Zeilen liest, dann ist passiert, was ich mir so gewünscht habe. Dann hast du dich auf die Reise gemacht. Und bist all meinen Spuren durch meine geliebte Kaiserstadt gefolgt. Und das, obwohl du niemals hierherkommen wolltest. (Ja, die Nachricht ist bei mir angekommen – auch wenn du dir viel Mühe gegeben hast, es vor mir zu verheimlichen.) Ich weiß, dass du es mir niemals verziehen hast, dass ich damals wegging. Nicht mit dir studieren gegangen bin. Du hast es mich nie erklären lassen – vielleicht hätte ich auch nicht gewusst, wie. Und trotzdem haben wir unsere Freundschaft nie aufgegeben! Das ist etwas Besonderes. Du hast mich ich sein lassen und ich dich.

Aber nun zu deiner Reise und warum du heute Nacht hier bist, an meinem Lieblingsort in der ganzen Stadt! Hier, wo die Welt ankommt und sich auf die Reise macht.

Wusstest du, dass die Seele im buddhistischen Glauben sieben Wochen braucht, um ins Jenseits zu reisen? Heute Nacht gehen meine sieben Wochen zu Ende. Und ich danke dir, dass du noch einmal mit mir durch meine geliebte Stadt gegangen bist. Vielleicht hast du eine Idee bekommen, warum dies mein Land wurde? Vielleicht hast du mich sogar an dem einen oder anderen Ort gesehen? Ich möchte glauben, dass ja.

Denn es gibt niemanden, der mich so kennt wie du.

Nun habe ich noch einen Wunsch an dich: Ich möchte heute Nacht mit dir und meinen Freunden an meiner Seite meinen Weg zu Ende gehen. Meine Freundin Miyuki wird dich mitnehmen. Glaube mir, Sie können es alle kaum abwarten, dich endlich kennenzulernen, so viel habe ich von dir erzählt.

Und keine Sorge, es wird keine Verständigungsschwierigkeiten geben, Miyuki hat eine deutsche Mutter und spricht besser Deutsch, als ich es je konnte. ;-) Sie hilft dir, wann immer du sie brauchst. Aber ich bin mir sicher, ihr werdet euch alle auch ohne Worte gut verstehen!

Liebe Kathrin, tust du mir diesen Gefallen?

Ich lasse die Karte sinken und merke erst jetzt, dass ich weine. Miyuki reicht mir ein Taschentuch und gibt mir Zeit, dass ich mich sammeln kann.

»Weißt du«, sage ich leise, »ich habe es gar nicht verdient, dass ich hier bin. Wieso hat sie mir verziehen?«

»Vielleicht gab es gar nichts zu verzeihen«, sagt sie und ich lasse zu, dass es mich beruhigt.

***

Als wir die Dachterrasse verlassen, folge ich Miyuki wieder zur Treppe. Ungefähr auf der Höhe, wo der Weihnachtsmann vorhin seine Glocke geschwungen hat, haben sich ein paar Menschen versammelt, vielleicht ein Dutzend. Sie winken uns zu und wir steigen die Treppenstufen zu ihnen hinab. Sie haben Sitzkissen mitgebracht, Decken und warme Getränke, und wir richten es uns so gut es geht gemütlich ein. Es werden Pappeimer mit frittierten Hähnchen herumgereicht, was mich irritiert.

»Diese essen wir hier immer zu Weihnachten. Greif zu. Es ist eine uralte Tradition. Schon seit über 50 Jahren«, Miyuki zwinkert mir zu, als sie mir den Eimer hinhält.

»Nicht dein Ernst!«, sage ich.

»Doch wirklich, es soll an den Truthahn in Amerika erinnern. Wir müssen sie sogar wochenlang im Schnellrestaurant vorbestellen, sonst kann man leer ausgehen. Und dazu gibt es Kurisumasu Keeki, den japanischen Weihnachtskuchen.«

Wie auf ein Stichwort öffnet einer der anderen eine Pappbox und eine Torte mit Erdbeeren und Sahne wird sichtbar. Eine Japanerin verteilt Teller und bietet Kuchenstücke an.

Ich bin noch zu überrascht, als dass ich etwas nehmen kann. Miyuki reicht den Eimer weiter und setzt sich neben mich.

»Unser Weihnachtsfest wirkt aus abendländischer Sicht sicherlich sehr schrill, doch ich mag es. Und Laurien mochte es auch.«

»Ich verstehe es trotzdem nicht«, meine ich. »Das Christentum ist doch hier nur eine Randerscheinung?«

»Wir feiern es auch nicht aus religiösen Gründen. Weihnachten ist bei uns das Fest der Freundschaft.«

***

Ich merke, dass ich zur Ruhe komme. Ich denke an den Tag vor sieben Wochen zurück, als Lauriens Schwester mir die Nachricht von Lauriens Tod zusammen mit dem großen Umschlag vorbeigebracht hatte.

Nun gibt es keinen Brief mehr, alle Karten von Laurien habe ich gelesen. Und doch höre ich ihre

Stimme, als ich auf der wunderbaren Treppe in Kyoto Station sitze und im Kreis ihrer Freunde das Fest der Freundschaft feiere. »Siehst du den Kyoto Tower? Guck mal, er spiegelt sich bestimmt im Glas des Atriums. Erzähle, in welchen Farben strahlt er heute?«

Seine Spitze leuchtet gelb, erzähle ich ihr in Gedanken. Sein Bauch ist weiß mit einem blauen Kranz. Und sein langer Stab ist zu einer Seite rot und zur anderen grün.

Ein leichter Windhauch weht sanft an meinem Gesicht vorbei und ich meine ganz leise »Danke« zu hören.

Dann ist es ruhig.

Blue Hawaii – Mele Kalikimaka

Monja Luz

USA – Hawaii/Montana – Weihnachten

Erster Weihnachtstag

»So viel Lärm um nichts«, denkt Maxwell, während er die festlich geschmückte Empfangshalle durchquert, um an die Rezeption des Luxusresorts zu gelangen.

»Mele Kalikimaka, Mister Butler. Ich hoffe, Sie sind gut in den Weihnachtsmorgen gestartet«, begrüßt ihn die Rezeptionistin.

»Ja, bin ich. Und Ihnen auch Merry Christmas, Lani«, antwortet Maxwell. Ihr Namen steht auf dem Ansteckschild an ihrer Uniform.

»Mister Butler, ich muss Ihnen unbedingt sagen, wie überglücklich wir alle sind, Sie als diesjährigen Showact zu haben. Ich habe mich bereits vier Mal von Ihnen verzaubern lassen.« Sie strahlt ihn an. »Womit kann ich Ihnen behilflich sein?«

»Das freut mich zu hören, Lani. Sie könnten sich mit einem ruhigen Tisch für den Weihnachtsbrunch revanchieren. Der Trubel ist mir zu viel und ich musste mit Schrecken feststellen, dass selbst in der Bar alles reserviert ist.«

»Oh.« Lanis Lächeln flackert, als hätte es einen Wackelkontakt und erlischt dann komplett. »Sie haben keine Reservierung gemacht? Dann will ich schauen, was ich für Sie tun kann.«

Sie dreht sich zu ihrem Computer und schaut angestrengt auf den Bildschirm.

Maxwell wippt mit dem rechten Fuß ungeduldig im Takt der Dauerschleifen-Musik. Gerade schmachtet Elvis Presley seine Version von »Blue Christmas«. Seit Wochen die gleichen Lieder. Na ja, spätestens Silvester wird der Spuk ein Ende haben. Vielleicht schafft er es, bis Bing Crosbys Weihnachtsschnulze »Mele Kalikimaka« in zwanzig Minuten gespielt wird, etwas zwischen die Zähne zu bekommen.

»Wie ich vermutet habe, wir sind ausgebucht. An den großen Tischen sind vereinzelte Plätze frei, aber das ist sicher nicht das richtige für Sie.«

Seine Enttäuschung spiegelt sich in ihrem Gesicht wider. Sie scheint untröstlich zu sein, was Maxwell unangenehm ist.

»Sie können natürlich den Room Service nutzen. Der steht in gewohnter Form zur Verfügung.« Sie reicht ihm einen Flyer mit den Festtagsangeboten.

Maxwell zuckt innerlich zusammen: Essen? Allein? Im Hotelzimmer? Gibt es etwas Traurigeres?

»Wenn Sie eines der Menüs wählen, bekommen Sie eine Flasche unseres beliebten Chardonnay dazu«, versucht Lani, ihm das Angebot schmackhaft zu machen.

Okay. Im Hotelzimmer zu essen und als einzige Gesellschaft eine gute Flasche Wein zu haben, ist definitiv noch trauriger. Wie zur Bestätigung seiner Gefühle startet der nächste Song: »Blue Hawaii«.

Verdammt, ich möchte nicht mittendrin sein, nur dabei reicht völlig aus, um in Festtagsstimmung zu kommen, würde er am liebsten schreien. »Ich überlege es mir«, murmelt Maxwell stattdessen, dreht sich um und lässt Lani samt Flyer zurück. Er muss raus, weg von der Festtagsstimmung, dem pompös dekorierten Empfangsbereich, weg von der heilen Welt, die doch nur Kulisse ist.

Die automatische Tür zum Außenbereich öffnet sich und sogleich empfängt ihn ein Schwall schwüler Hitze. Eine Hinterlassenschaft des kurzen Regenschauers am Morgen.

In Montana hat es über Nacht geschneit, fünfzig Zentimeter Neuschnee. Schnee, der im Mondlicht blau schimmert und watteleichte Ruhe verströmt. Die Sehnsucht lässt Maxwell zittern.

Eilig durchquert er den Poolbereich und geht zum Strand. Auch hier tobt das Leben. Viele der Gäste tragen Weihnachtsmannmützen zu ihrem Schwimmoutfit und fotografieren sich gegenseitig oder machen Selfies. Alles, um die Daheimgebliebenen an ihrem Besuch im Paradies teilhaben zu lassen.

Aber ist es das überhaupt?

Maxwell liebt die Schnee-Kälte, die alle vor dem Kaminfeuer vereint. Wie sehr würde er sich über einen verschneiten Gruß von zu Hause freuen. Doch das einzig Eisige aus der Heimat ist das beharrliche Schweigen seines Handys.

Maxwell wendet sich nach rechts. Seit Thanksgiving wohnt er im Hotel und präsentiert an fünf Abenden in der Woche seine Zaubershow. Dieses Jahr konnte er seine Frau nicht dazu bewegen mitzukommen, wegen der Zwillinge. Selbst zu einem Kurztrip ließ sich Kate nicht überreden. Sie hat genug vom Vagabundenleben, will die Winterzeit zu Hause genießen, sich mit Freunden und Familie treffen. Statt die Feiertage im Hotel, umgeben von Fremden, zu verbringen.

Er würde liebend gerne auch darauf verzichten, aber sie brauchen das Geld. Besonders wenn es zum Äußersten der Scheidung kommt.

Er erreicht das Ende des Hotelgeländes und klettert über das Lavageröll, das den Abschnitt begrenzt. Er muss sich konzentrieren, was ihn von den Gedanken an seine Frau in den Armen des verwitweten Nachbarn ablenkt. Der spontane Heimatbesuch vorgestern hat ihn 500 Dollar gekostet. Ein geringer Preis, wenn man bedachte, dass er statt Wiedersehensfreude die Erkenntnis erlangte, dass seine Frau ihn betrügt.

Zügig geht er weiter bis zum öffentlichen Strand, der mit Picknicktischen und Toiletten-Anlagen ausgestattet ist. Die meisten Tische sind belegt, doch obwohl sich mehr Menschen darum versammelt haben, als die Bänke Platz bieten, verströmen sie keine Hektik, eher gelassene Zufriedenheit.

In einiger Entfernung stehen drei Männer mit Bierdosen in den Händen. Der Sand zu ihren Füßen dampft. Eine Brise trägt den Duft von gebratenem Fleisch zu Maxwell herüber und erinnert ihn an sein ausgefallenes Frühstück. Wehmütig denkt er an die selbst gemachten Pancakes mit Früchten und Sahne. Eine von Kates Spezialitäten, natürlich mit seinem leckeren Bio-Ahornsirup. Letztes Jahr hat sie ihm die Patenschaft eines Ahornbaumes geschenkt. Zum Geburtstag bekommt er ein kleines Fass mit Sirup von seinem Baum.

Abgelenkt von dem Gedanken, steht Maxwell plötzlich direkt vor den drei Männern. Sie prosten ihm zu und wünschen »Mele Kalikimaka«.

»Merry Christmas, das wünsche ich euch auch. Was macht ihr da?«, fragt Maxwell, um seinem Auftauchen einen Grund zu geben.

»Ein Luau. Wir schmoren Fleisch in dem Erdofen. Wir sind heute früh hergekommen, haben ein Loch in den Sand gegraben. Dann haben wir glühende Kohlen reingeschüttet, das in Bananenblättern eingeschlagene Fleisch darauf gelegt und alles mit Sand bedeckt«, erklärt einer von ihnen.

»Langsam, Junior«, sagt der Älteste von ihnen und knufft dabei dem Sprecher in die Seite. »Zu viele Details für eine einfache Frage. Das interessiert den Mann sicher nicht.«

»Oh, doch. Lohnt sich der Aufwand?«, fragt Maxwell, der mit seinem Hightech-Grill die Steaks in unter zehn Minuten gart.

»Ja, ein ganz besonderes Geschenk an die Menschen, die wir lieben«, erklärt der Dritte im Bunde.

Wie aufs Stichwort nähert sich eine Schar Menschen vom Parkplatz. Mit viel Hello und Aloha begrüßen sich alle und packen die mitgebrachten Sachen aus.

Maxwell wendet sich ab. Einem Impuls folgend, setzt er sich unter die nächste Palme. Hier hofft er, Ruhe zu finden und ein bisschen vom fremden Familienglück aufnehmen zu können.

Schneller als Maxwell es hätte zaubern können, verwandelt sich der Strand in eine kleine Oase. Salatschüsseln und Geschirr stapeln sich auf dem Tisch, drei Kühltaschen mit Getränken stehen daneben. Auf den ausgebreiteten Badetüchern sitzen oder liegen bereits die Kinder und Teenager.

Maxwell schließt die Augen. Die Stimmen vermischen sich zu einer heimeligen Melodie. Zu Hause hat Kate die Familie zum Essen eingeladen. Sie liebt es, für alle zu kochen. Sicher sind die Reste des Festtagsmenüs schon verpackt und verteilt. Die Kinder spielen mit ihren Geschenken. Seine Brüder und

Kates jüngere Schwester trinken Punsch am Kamin. Und sein Schwiegervater steht draußen auf der Veranda und lässt sich eine der kubanischen Zigarren schmecken, die er jedes Jahr geschenkt bekommt. Kate werkelt derweil in der Küche, hält einen Plausch mit ihrer Mutter und kocht Kaffee. In Montana ist es kurz vor vier Uhr am Nachmittag. Gleich werden die ersten Stücke des Früchtekuchens gegessen, der zu Beginn der Adventszeit gebacken wurde. Seine Ration liegt gut verpackt im Hotelzimmer.

Dass Kate sich ausgerechnet Tom an den Hals werfen musste! Dessen Frau ist nach langer Krankheit im Sommer gestorben. Hat die Einsamkeit die beiden zueinander getrieben?

»Ein schönes Plätzchen hast du dir ausgesucht.«

Die Stimme kommt von links. Er öffnet die Augen und schaut in das lächelnde Gesicht einer alten Frau.

Sie sitzt neben ihm und er rückt etwas ab, um sie genauer betrachten zu können. Die grauen Haare fallen in Wellen über ihre Schultern fast bis zu den Hüften hinunter. Die Beine hat sie ausgestreckt und sie lehnt an dem Stamm. Fast wirkt es, als würde sich die Palme an sie schmiegen.

Über ihm rauschen die Blätter plötzlich viel lauter, in einer Brise, die er hier unten nicht spürt. Im Gegenteil, am Boden staut sich die Hitze, als würde der Sand kochen.

»Nun? Was führt dich hierher?«, fragt die Frau. Dabei streicht sie den Rock ihres Mu'umu'us glatt. Ihre Augen blicken freundlich, obwohl sie so dunkel wie erkaltete Lava sind.

»Die Einsamkeit«, antwortet Maxwell und wundert sich über seine Offenheit gegenüber der Fremden.

Den Blick auf die fröhliche Runde am Strand gerichtet, antwortet sie: »Die Einsamkeit im Herzen lässt sich nicht durch wahllose Gesellschaft vertreiben.«

»Nein. Das ist aber besser als mit Alkohol.« Wieder eine Antwort, die aus seinem Mund hüpft, bevor er darüber nachdenken kann. Gedanken an seinen Vater tauchen auf und es gelingt ihm nicht, diese zu verscheuchen. Im Gegenteil, fast fühlt es sich an, als würde jemand in seinem Kopf herumwühlen und nach den versteckten Geheimnissen greifen. Wie das Wissen um seine treulose Mutter, die er liebte, obwohl sie mit ihren Affären seinen Vater zum Alkohol und schließlich in den Freitod getrieben hat.

»Ja«, sagte die Fremde nach einer Weile und sofort verschwindet die Flut der Erinnerungen und die Hitze nimmt deutlich ab.

Die Leute am Strand beginnen zu klatschen und unter dem Applaus graben die Männer im Sand. Der Geruch des gebratenen Fleisches wird stärker und sofort verspürt Maxwell Hunger.

»Ich gehe dann mal zurück ins Hotel. Ich will nicht stören.«

»Bleib ruhig. Wieso glaubst du zu stören?«

»Weil … es ist euer Fest.«

»Aber ein öffentlicher Strand, wenn du dich wohlfühlst, bleib.«

»Ich … okay.«

Die Frauen der Familie verteilen Teller und alle stellen sich in der Reihe auf, um sich eine Portion Fleisch abzuholen.

»Wo ist deine Familie?«, fragt die Frau.

»Zuhause.« Maxwell zieht die Schultern hoch. »Ich bin während der Feiertage immer auf Tournee.

Jetzt, da die Kinder in die Schule gehen, ist es meiner Frau zu anstrengend, mitzukommen.«

Eifersüchtig sei sie kein bisschen. So Kates Worte, als er sie an die vielen alleinstehenden Frauen in seinen Shows erinnerte, die nur allzu gerne alle seine Fähigkeiten kennenlernen möchten. »Du genießt mein vollumfängliches Vertrauen«, hat sie ihm versi chert und dann seines gebrochen.

»Verstehe«, antwortet die Grauhaarige.

Maxwell denkt an den Streit mit Kate. Als er nach seiner spontanen Entscheidung, die freien Tage zu Hause zu verbringen, das Haus leer vorgefunden hatte, war er ans Fenster getreten. Da hat er die beiden gesehen, in inniger Umarmung auf der gegenüberliegenden Straßenseite. Sie hat Tom die Wange gestreichelt und ihm einen Kuss gegeben. Alles sehr vertraut. Maxwell bebte vor Entsetzen. Wie konnten die beiden ihn so hintergehen? Kaum dass Kate hereinkam, hat er sie mit Vorwürfen überhäuft. Sie hörte wortlos zu, wobei ihr Blick immer eisiger wurde.

Erst als er seinen Koffer schnappte, um gleich wieder zu abzureisen, hat sie gefragt: »Du gehst? Bist du nicht an der Wahrheit interessiert?«

Damit hatte sie ihn nicht stoppen können. Er hasste es, belogen zu werden, und ihr Betrug lag klar auf der Hand.

Auch diese Erinnerung fließt ungefiltert aus ihm heraus. Hinüber zu der Fremden?

Maxwell schaut sie unwillig an. Doch sie lächelt freundlich und sagt: »Alle Menschen träumen vom Paradies. Deshalb sind meine Inseln so beliebt. Dabei befindet sich das wahre Paradies im Herzen der Menschen, die uns lieben. Das sollte man nicht leichtfertig aufgeben.«

»Gefühle sind trügerisch. Man kann sich nicht darauf verlassen«, widerspricht Maxwell. Als Magier spielt er mit denen seiner Zuschauer. Er braucht die Ablenkung, verzaubert sie, um Illusion zu erschaffen. Das ist ehrliche Illusion und nicht die trügerische, die von in die Jahre gekommener Liebe erzeugt werden kann.

Plötzlich spürt Maxwell diesen hässlichen Druck im Hals, das Gefühl, den Boden unter den Füßen zu verlieren. So hat es sich angefühlt, als er die beiden gesehen hat. Tom hat sich über kleine Gefälligkeiten eingeschlichen. Er wolle die Zeit füllen, die er vorher mit der Pflege seiner Frau verbracht hat, so seine Erklärung für die vielen Besuche. Selbst die Zwillinge sind von Tom und seinem Talent an der Playstation begeistert. Maxwell hatte sich nichts dabei gedacht.

Mit Begeisterung kann er schon lange nicht mehr bei seiner Familie punkten. Schon gar nicht, wenn er seine neuesten Tricks an ihnen probt. Sie sind seiner überdrüssig, zumindest empfindet er es so.

Fast scheint es, als wäre Maxwell aus dem Familienleben der Butlers herausgeschnitten und Tom passgenau eingesetzt worden. Der spielt nun Maxwells Rolle besser, als er selbst es je getan hat.

»Als Magier solltest du wissen, dass manches anders scheint, als es wirklich ist.« Die alte Frau greift in ihre Haare und reicht ihm die Blume, die über ihrem rechten Ohr steckt. Keine Hibiskusblüte, sondern üppig grüne Blätter und mehrere kleine, weiße Blüten. Sie gleichen denen, die überall am Strand an den Stellen wachsen, die wenig genutzt werden.

»Hier ist ein Zweig der Naupaka. Sie braucht

nicht viel zum Leben, aber aus dem Wenigen machen sie etwas Besonderes.«

Maxwell nimmt das Geschenk zögerlich entgegen. »Eigentlich ein erstrebenswertes Lebensmotto«, murmelt er.

»Ja, das finde ich auch.«

Könnte ich so leben wie die Pflanze, fragt sich Maxwell im Stillen. Es war genau das, was Kate so oft zu ihm gesagt hat. Sie braucht nicht sein Geld, nicht seinen Ruhm, sondern ihn. Erst kürzlich hatte sie ihm vorgeschlagen, lieber in kleinen Shows in der Nähe aufzutreten oder ein eigenes Theater zu betreiben und Freunde aus der Showbranche zu Auftritten einzuladen.

»Schaut, Delfine«, ruft einer der Männer am Strand und alle laufen näher ans Ufer. Auch Maxwell folgt ihnen. Und tatsächlich, eine Gruppe von Delfinen schwimmt vorbei. Als hätten sie die Zuschauer bemerkt, blasen sie Wasserfontänen und keckern vernehmlich. Dann verschwinden sie genauso schnell, wie sie aufgetaucht sind. Auch die Leute gehen zurück zum Picknicktisch.

»Oh, was sehe ich? Zwei leere Hände«, sagt einer der Männer und deutet auf Maxwell. Schon wandert ein Teller zu ihm und er erhält eine große Portion Fleisch. »Beilagen gibt es dort.« Der Mann zeigt auf den Tisch. »Bediene dich gerne selbst.«

»Aber … ich will mich nicht aufdrängen. Ich wollte mich nur etwas am Strand entspannen. Und habe mich mit eurer Granny unterhalten«, versucht Maxwell zu erklären.

»Granny?«

Maxwell blickt in erstaunte Gesichter.

»Wen meinst du?«, fragt die Frau, die ihm den Löffel zum Caesar Salad hinhält.

Maxwell deutet auf die Palme, aber die Grauhaarige ist verschwunden. Er sieht sich suchend um, aber er kann sie nirgends entdecken.

»Dort habe ich mit ihr gesessen.« Er deutet auf die Palme. »Ich dachte, sie gehört zu euch.«

»Nun, ich habe dich schon eine Weile im Blick, aber es war niemand bei dir«, behauptet die Frau.

Wie kann das sein? Sie saß doch genau neben ihm.

»Das war Pele«, ruft eines der Mädchen und schaut ihn aus großen Augen an. »Hoffentlich hast du sie nicht verärgert, sonst hast du nie mehr Glück.« Sie rutscht auf der Bank etwas zur Seite und Maxwell setzt sich neben sie.

»Pele? Also kennt ihr sie doch?«

»Kennen ist vielleicht der falsche Begriff. Pele ist unsere Vulkangöttin. Mit ihren Lavaströmen versetzt sie noch heute die Menschen in Angst und Schrecken. Und es gibt immer wieder Berichte von Menschen, die ihr begegnen«, erklärt ihm eine der Frauen, dann streichelt sie dem Mädchen neben Maxwell übers Haar. »Aber manchmal versucht Pele auch zu helfen.«

»Oh, davon hast du noch nie erzählt.« Mit erwartungsvollem Blick klettert das Mädchen auf den Schoß ihrer Mutter.

Auch Maxwell ist gespannt auf die Geschichte. Das seltsame Auftreten der alten Frau geht ihm nicht aus dem Kopf.

»Also gut. Vor langer Zeit hat sich die Prinzessin Naupaka in einen Mann namens Kaui verliebt, der nicht ihrem Rang entsprach«, beginnt die Mutter zu erzählen. »Die Gottheiten verbieten eine Verbindung zum niederen Volk. Und Kaui war dem Tod geweiht. Doch Pele versprach Gnade, wenn die

Prinzessin fortan den Strand meiden und ausschließlich in den Bergen leben würde. Und Kaui durfte weiterleben und an seinem geliebten Meer bleiben. Beim letzten Abschied zerriss die Prinzessin die Blüte in ihrem Haar in zwei gleich große Teile und schenkte ihrem Geliebten eine Hälfte. Die Blumen in der Umgebung waren darüber so gerührt, dass sie fortan nur noch halbe Blüten hervorbrachten.«

»So wie diese?«, fragt Maxwell und zieht den Blütenzweig aus seiner Brusttasche.

»Oh, du hast eine Naupaka aus den Bergen! Wer eine solche halbe Blüte mit einer, die am Strand wächst, vereint, sorgt dafür, dass zwei Liebende zusammenfinden.«

»Oh, das ist so schön, Mama«, sagt die Kleine und kuschelt sich an ihre Mutter.

Maxwell legt den Zweig neben seinen Teller und beginnt zu essen.

»War es Pele, mit der du gesprochen hast?«, fragt das Mädchen nach einer Weile.

»Vermutlich, wenn sie keiner außer mir gesehen hat. Den Zweig habe ich von ihr bekommen, also war sie da.« Maxwell wundert sich über die Selbstverständlichkeit seiner Worte.

»Du musst für sie zwei Liebende zusammenbringen«, erklärt das Mädchen. Sogleich springt sie auf und pflückt einen Zweig Naupaka und legt ihn neben den anderen. »Bitte. Bitte mache es! Sie sollen zusammenkommen.«

Er zieht die Schultern hoch. »Das ist nicht so einfach.«

»Doch«, wendet die Frau gegenüber ein. »Es ist Magie. Du musst nur daran glauben.«

»Ja, vielleicht.« Nachdenklich isst Maxwell. Das

Fleisch zerfällt fast auf der Zunge und die Süße der gegrillten Ananas passt perfekt dazu. Selbst der wenig appetitlich aussehende Poi-Brei aus Taro-Knollen schmeckt herrlich, ganz anders als im Hotel. Sicher eine Geheimzutat, die in der Familie von Generation zu Generation weitergegeben wird. Oder hat auch dabei Pele ihre Hand im Spiel?

Was hat sie gesagt? Nichts scheint, wie es ist. Ein bisschen fühlt sich sein Leben wie Poi an, langsam gar gekocht und dann klein gestampft. Nur die Geheimzutat fehlt ihm.

Nichts scheint, wie es ist. Klingt wie ein Werbeslogan zu einer seiner Shows. Er gaukelt seinem Publikum ständig eine Wahrheit vor, die es so nicht gibt. Doch er hat Kate und Tom mit eigenen Augen gesehen. Sie haben sich nicht die Mühe gegeben, es zu verheimlichen.

Aber was, wenn Kates innige Umarmung nur Trost spenden sollte. Hätte Toms Frau nicht kurz vor Weihnachten Geburtstag gehabt? Ist die Erklärung so einfach? Hat er sich zum Trottel gemacht?

Maxwell nimmt beide Zweige der Naupaka, geht zur Palme und lehnt sich daran an. Er spürt die Blicke der Familie, dreht sich zur Seite und zieht sein Handy hervor.

Die richtigen Worte wollen ihm nicht einfallen. Was, wenn Kate sich doch von ihm trennen will?

Egal! Entschlossen tippt er eine Nachricht an seine Frau: »Können wir reden? Bitte.« Und nach kurzem Zögern eine weitere: »LOVE You.« Dann zupft er von beiden Zweigen jeweils eine Blüte ab, legt sie auf die offene linke Hand. Ganz vorsichtig schiebt er mit dem Zeigefinger die eine Blüte zu der anderen, sodass sie eine kleine, perfekte Blume ergeben.

Eine Böe frischt auf und die Palmwedel rauschen über ihm.

Die Familie klatscht und mitten im Applaus piepst sein Handy. Fast lässt er es fallen, kann es gerade noch auffangen. Dann scheint der Moment einzufrieren. Alle starren ihn erwartungsvoll an. Sein Herz rast und er wagt nicht zu atmen. Auf der Bühne könnte er sich mit einem simplen Showeffekt wegzaubern. Hier ist er ausgeliefert, den Blicken, den Erwartungen und seinen Gefühlen.

Maxwell dreht das Display nach oben. Eine neue Nachricht wird angezeigt. Der Touchscreen reagiert nicht, er wischt die feuchten Finger an seinem Hemd ab, versucht es erneut. Endlich! Er öffnet den Messenger-Dienst. Die Nachricht ist von seiner Frau.

Er lächelt, zeigt den Daumen hoch in Richtung der Familie. Dann liest er erneut die Nachricht, die mit »Ich liebe dich auch« beginnt.

Plätzchen unter Palmen

Isabell Pons

Brasilien – São Paulo – Weihnachten

Weihnachten 21. - 25. Dezember

»*… daher bitten wir Sie, sich am Schalter Ihrer Fluggesellschaft zu melden, um weitere Informationen zu ihren Abflügen zu erhalten. Ladys and Gentlemen …*«

»Das kann doch nicht deren Ernst sein!« Aufgebracht stapfte Tanja mit ihrem Rollköfferchen durch den internationalen Flughafen von São Paulo und versuchte, sich zwischen anderen Reisenden hindurch zu zwängen. Wo musste sie denn nun hin? Dieser Flughafen war größer als das Kaff, aus dem sie stammte. An den Schaltern herrschte bereits jetzt heilloses Durcheinander. Es gelang Tanja, einen Herrn vom Servicepersonal am Arm zu greifen. »Entschuldigung, aber wegen der Flüge nach Europa ...«

»No Flights.«

»Aber ich muss ...«

»No Europe. No flights.«

»Hören Sie, ich will einfach nur heute noch zurück nach Deutschland. Ist denn da überhaupt nichts möglich?«

»No flights«, wiederholte der kleine Brasilianer und hob mit entschuldigendem Blick die Arme. »Vulcano«, fügte er dann hinzu und: »Iceland.«

Seufzend trat Tanja zur Seite. Sie fischte ihr Mobiltelefon aus der Tasche und wischte darauf herum: Tatsächlich, der unaussprechliche isländische Vulkan spukte Lava! Mit zusammengekniffenen Augen versuchte sie die hauswandgroße Anzeigetafel zu lesen, auf der im Sekundentakt Flüge von *delayed* zu *cancelled* korrigiert wurden.

»Und dabei sollte ich nicht einmal hier sein«, murmelte Tanja und tippte eine E-Mail an ihren Chef. Wegen solcher unvorhersehbaren Komplikationen sprang sie ungern bei Auslandsreisen ein! Die Antwort ließ nicht lang auf sich warten und klang sehr viel entspannter, als Tanja sich fühlte. *Falls Sie es vor Weihnachten nicht nach Hause schaffen, haben sie es wenigstens schön warm.* Fassungslos starrte Tanja auf ihr Handy. Heute war der 21. Dezember. Wie lang verdunkelte ein Vulkan denn normalerweise den Himmel? Sie wollte Weihnachten nicht bei 35 Grad in einem Land, das sie kaum kannte, auf einem anderen Kontinent verbringen! Daheim lag bereits knietief der Schnee. Sie hatte sich schon so auf einen letzten Weihnachtsmarktbesuch gefreut und ein ruhiges Fest mit ihrer Schwester und deren Mann. So ein Mist!

Ratlos stand Tanja eine Weile einfach nur herum. Da leuchtete ihr Handy noch einmal auf. Eine Nachricht von Mariana Souza aus der Finanzabteilung in München. War die nicht Brasilianerin?

Nach einer kurzen Konversation am Telefon hatte Tanja einen Schlafplatz sicher – bei Marianas Schwester, die in São Paulo lebte. Fantastisch. Sie seufzte. Dann war sie die merkwürdige Frau, die Weihnachten bei einer fremden Familie verbrachte!

›Es gibt für jede Lösung ein Problem‹, hätte ihr Vater jetzt gesagt und ihr geraten, das Beste aus der Situation zu machen.

***

Eine Stunde später saß Tanja völlig verschwitzt in Adriana Costas Wagen. Sie bedankte sich für die Unterstützung und entschuldigte sich im gleichen Atemzug dafür, Adriana über die Feiertage am Bein zu kleben. Die winkte nur ab und lachte.

»Oh, mach dir keine Sorgen! Je mehr, desto schöner. Gibt es mehr Leute, gibt es mehr Essen. Viele Gäste sind auch viel Spaß.«

Erleichtert nickte Tanja und lächelte müde, während sie versuchte, ihre langen Beine etwas bequemer hinzustellen. Egal, was sie tat, sie stieß mit den Knien an das Armaturenbrett. Alles an São Paulo war groß – außer diesem Auto.

»Morgen lernst du meine Familie kennen«, erklärte Adriana, schaltete das Radio ein und beschallte sie mit fröhlicher, landestypischer Musik, welche sie als Funk bezeichnete. »Magst du unser Essen?«

»Ich hatte ehrlich gesagt nur ein wenig Catering im Hotel und das war recht international«, gestand Tanja. »Ihr esst gerne Reis, oder?«

»Und zu Weihnachten mit Rosinen. Du wirst sehen, das ist gut.«

Konzentriert steuerte Adriana den Wagen durch den dichten Verkehr und zuckte auch nicht zusammen, wenn alle paar Sekunden Motorradfahrer mit wilden Manövern an ihnen vorbeirauschten und sich zwischen den Autos einfädelten. Es war bereits dunkel und die bunten Lichter bildeten ein wildes Farbenmeer.

»Ich habe ein Gästezimmer vorbereitet, aber erst essen wir!«

Unauffällig blickte Tanja auf die Uhr. Für Abendessen war es schon sehr spät, am liebsten hätte sie sofort geschlafen, aber sie würde nicht so unhöflich sein und ihre Gastgeberin vor den Kopf stoßen.

Mit einer Fernbedienung öffnete sich das Metalltor zur Tiefgarage, von dort brachte sie ein Aufzug bis vor die Wohnungstür.

Adriana legte den Finger auf die Lippen. »Die Kinder schlafen.«

Sie dirigierte Tanja in die Küche und förderte aus dem Kühlschrank und der Speisekammer eine ganze Reihe Töpfe und Schüsseln zutage.

Eine halbe Stunde später hatte Tanja es endlich ins Bett geschafft und fühlte bleierne Müdigkeit durch ihre Knochen kriechen. Dankbar für die Klimaanlage in ihrem Zimmer drehte sie sich etwas in den Wind, kuschelte sich ein und schloss die Augen.

***

Als Tanja am nächsten Morgen mit verknautschtem Gesicht und nur in Jogginghose und Schlafshirt aus dem Gästezimmer trottete, prügelten sich zwei Kindern kurz vor dem Grundschulalter kreischend an ihr vorbei durch den Flur. Rasch wich Tanja den Plastikschwertern aus und hoffte, in der Küche auf etwas gesittetere Verhältnisse zu stoßen.

Es war niemand da, und so schaute Tanja sich ein wenig um, las die Aufschriften auf den Gewürzen und betrachtete die martialische Konstruktion des Wasserfilters, welcher das Leitungswasser trinkbarer machte.

Sie drehte sich um, als sie gedämpft eine tiefe Stimme aus der Speisekammer hörte, deren Tür nur angelehnt war. Der portugiesische Monolog ging an die falsche Adresse. Bevor sie antworten und ihre

Unkenntnis deutlich machen konnte, trat der Besitzer der Stimme heraus, blieb direkt vor ihr stehen und betrachtete sie erstaunt. Tanja starrte ebenso verdutzt. Der Mann war so groß, dass sie den Kopf in den Nacken legen musste, um ihm ins Gesicht zu sehen zu können. Seine Haut hatte den gleichen seidigen, dunklen Ton wie Adrianas und sein Haar ringelte sich ihm lang und schwarz um die nackten Schultern. Dass er kein Shirt trug, war bei den Außentemperaturen nicht verwunderlich, aber jetzt gerade auch leicht irritierend.

»Du musst Adrianas Gast sein – ich bin Tomás. Du kannst dir gerne einen Kaffee machen.« Er deutete auf die Kaffeemaschine auf der Kücheninsel und grinste. »Fühl dich wie zuhause.«

Dann verschwand er nach draußen und ließ Tanja mit roten Wangen in der Küche stehen.

Noch bevor der Kaffee fertig war, kam Tomás – diesmal leider mit Shirt – wieder zurück. An jedes seiner Beine klammerte sich ein Kind. Er schenkte ihrem Schnattern kaum Beachtung, pflückte sie ab und setzte sich zu Tanja an den Tisch.

»Entschuldige das Chaos, wir bekommen nicht oft Besuch, der nicht daran gewöhnt ist«, sagte er auf Deutsch. »Oh, und meine Aussprache ist nicht die Beste, korrigiere mich gern, wenn ich Fehler mache.«

Tomás sprach zwar mit Akzent und rollte das R, aber seine Grammatik war gut.

»Du sprichst sehr gut Deutsch«, rutschte es Tanja heraus und sie klatschte sich innerlich an die Stirn. Das war ja wohl das Deutscheste, was sie hätte sagen können.

Erleichtert lachte ihr Gegenüber und band sich die langen Haare geschwind zu einem Zopf, das

Haargummi hielt er dabei zwischen seinen schneeweißen Zähnen. Tanja konnte nicht anders, als ihn anzustarren. Himmel, das war Adrianas Mann! Sie durfte das nicht.

»Tio, Tio!« Das Mädchen kam wieder in die Küche gerannt und guckte Tanja unverhohlen neugierig an, während der kleine Junge auf Tomás einredete.

»Ist Tio kurz für Tomás?«, fragte Tanja interessiert und schämte sich gleich darauf wieder, weil der lachend den Kopf schüttelte.

»Tio heißt Onkel«, klärte er sie auf. »Die Zwerge nennen mich nie beim Vornamen.«

»Oh, dann bist du nicht … ich dachte, du seist Adrianas Ehemann.«

»Ich? Oh Gott, nein. Ihr Mann ist derzeit geschäftlich in Rio und ich bin nur der nervige, kleine Bruder und über Weihnachten zu Besuch. Unser Vater stammte aus Nürnberg und hat mit uns immer Deutsch gesprochen. Zudem hatten wir Sprachunterricht in der Schule.«

Tomás grinste, zog den Stuhl näher an den Tisch und stützte sich mit den Unterarmen darauf. »Wie bekommt dir das Wetter?«

»Es ist sehr warm hier, und feucht. Also die Luft. Es ist feuchtwarm.« Wie konnte ein Mann nur so unfassbar lange Wimpern haben? Dafür gaben eine Menge Frauen viel Geld aus. »Ich kann dir Bilder zeigen, wo ich herkomme. Wir haben gerade viel Schnee.«

»Moment.« Tomás lehnte sich zurück und rief dann die Namen seiner Nichte und seines Neffen in den Flur. »Können sie mitgucken?«

»Ja, natürlich.« Mit leichter Sorge im Blick betrachtete Tanja die verschmierten, kleinen Hände. Aus irgendeinem Grund waren kleine Kinder immer klebrig und sie hatte wirklich kein Bedürfnis, fettige Fingerabdrücke auf ihrem Handy zu haben.

Mit einer Engelsgeduld übersetzte Onkel Tomás den beiden Kampfzwergen – die jetzt allerdings erstaunlich ruhig waren – alles, was sie ihnen auf dem Handy zeigte. Der Schnee faszinierte die beiden besonders, dafür brauchte sie keine Übersetzung.

Johlend sprangen die Kleinen auf, als ihre Mutter zur Haustür hereinkam und große Tüten mit Lebensmitteln in die Küche trug. Zu ihren Füßen wuselte eine fette französische Bulldogge, die grunzend an Tomás und dann an ihr hochhüpfte. Von einer Minute auf die andere hatte sich die Lautstärke um 20 Dezibel erhöht.

»*Bom dia*, Tanja. Haben dich die drei auch nicht geweckt? Sie können alle so laut sein.« Spielerisch zog sie ihrem jüngeren Bruder am Pferdeschwanz. »Hatte er ein Shirt an, als du hereinkamst? Er ist dauernd ohne. Mein Besuch muss das immer sehen.«

Tomás blinzelte Tanja mit einem Auge zu und begann die Einkäufe zu verräumen. Mit leicht roten Wangen wischte Tanja in einer Übersprunghandlung ihr Handy an ihrer Hose sauber und pustete dann einige Hundehaare vom Display. Der pummelige, kleine Hund saß jetzt vor ihr und glotzte sie mit heraushängender Zunge an.

»Das ist *Pão de Quejio*, übrigens. Er ist ein bisschen dumm, aber sehr lieb«, informierte Adriana sie. »Wenn du über die Feiertage hier bist, sollten wir zum Essen etwas Traditionelles aus Deutschland und Brasilien machen. Also – Tomás kocht. Er ist sehr gut.«

»Wir können zusammen kochen«, schlug er vor. »Und deutsche Weihnachtskekse backen, wie unser

Papa früher! Kannst du das?«

»Ja, natürlich«, log Tanja. Sie hatte in ihrem Leben noch keine Plätzchen selber gemacht, nur gegessen.

»Wunderbar, es ist leicht, oder? Wir lassen die Kinder helfen. Bruna und João werden es lieben.«

Schnell versteckte Tanja ihr Gesicht hinter ihrer Kaffeetasse, um einer Antwort zu entgehen. Immerhin hatte sie dann eine Ausrede, wenn die Kekse krumm und schief waren. Und Tomás in Aktion – also in der Küche – zu sehen … Warum nicht?

***

Noch am selben Nachmittag fand sich Tanja in eine Schürze gehüllt bei ungefähr 35 °C in der Küche wieder. Bruna bestand darauf, dass sie abwechselnd portugiesische und deutsche Weihnachtslieder sangen. Sie stand auf einem Höckerchen vor Tanja und stach mit ihr zusammen Sterne aus, die sie mehr großzügig als akribisch mit bunten Streuseln bedeckte.

»Hast du auch Kinder?«, fragte Tomás, während er João daran hinderte, den Teig roh zu essen. Unter dem Tisch schnüffelte *Pão de Quejio* herum und hoffte, dass sie etwas fallen ließen. »Dann fehlen sie dir bestimmt über Weihnachten.«

»Nein, ich habe keine Kinder.« Sie versuchte Bruna zu zeigen, wie man Plätzchen mit der Hälfte der von ihr verwendeten Streusel vollständig bedecken konnte. »Ich habe nicht mal die Zeit, den passenden Vater kennenzulernen. Und du? Noch keine Frau gefunden – oder einen Mann – für eine Familie?«

»Weder das eine noch das andere.« Tomás hob

einen unförmigen Keks an. »Gut, dass die Optik nichts über den Geschmack aussagt.«

An *seiner* Optik scheiterte es sicher nicht, eine Frau zu finden. Fast hätte Tanja ihren Gedanken laut ausgesprochen. Sie beobachtete Tomás dabei, wie er einen Klumpen Teig auf dem Tisch mit Mehl beklopfte und ausrollte. Die Oberarme waren nicht von schlechten Eltern. Schnell schaute sie weg, bevor er ihren Blick bemerkte.

Tomás strich sich eine Haarsträhne hinter das Ohr und verteilte dabei Mehl an seiner Wange, das Tanja beinah aus Reflex weggewischt hätte. Doch in dem Moment schneite Adriana herein, beäugte, was sie taten, und fuhr ihrem Bruder mit einem Tuch übers Gesicht.

»Siehst du, Tanja: Deswegen braucht er eine Frau. Damit er so nicht herumläuft. Aber gerade deswegen hat er auch keine.«

»Adriana!« Tomás versuchte, sich gegen die Säuberung zu wehren und Tanja musste grinsen. Ihre Schwester und sie gingen ähnlich miteinander um. Sie hätte gerne gewusst, worüber sich die Geschwister weiter unterhielten. Leider reichten ihre Sprachkenntnisse nicht aus, um dem Gespräch zu folgen. Ihre Stimmen hatten den gleichen melodischen Unterton. Die beiden und die Kinder zu sehen, löste eine gewisse Wehmut in ihr aus. Sie hatte noch nie Weihnachten ohne ihre Familie gefeiert. Ihr fehlten der Duft des Weihnachtsbaumes und die gebrannten Nüsse auf dem Weihnachtsmarkt. Zudem fand sie den Anblick von Palmen mit Lichterketten und Weihnachtsmännern in Badehosen, mit denen die Schaufenster der Stadt gepflastert waren, etwas gewöhnungsbedürftig.

Später, als sie sich nach dem Aufräumen der Küche in ihrem Zimmer von Mehl und Teigresten befreit und umgezogen hatte, trat Tanja auf den Flur hinaus. Sie wäre fast direkt wieder rückwärts gegangen, als ihr Tomás entgegen kam, der offensichtlich im Begriff war, sein Shirt im Bad in die Wäschetonne zu schmeißen und ihr zum zweiten Male an diesem Tage seinen Astralkörper präsentierte. Entschlossen, ihren beschleunigten Herzschlag zu ignorieren, marschierte Tanja weiter und überprüfte ihre Haare im Flurspiegel. Wie oft musste man wohl ins Fitnessstudio gehen, um so knackig zu sein? Bloß nicht zu viel über seinen Körper nachdenken, sonst würde sie sich auf nichts anderes mehr konzentrieren können.

»Was hältst du davon, wenn wir etwas essen gehen?«, fragte da eine samtige Stimme hinter ihr. »Nur wir beide.«

***

»Das ist echt superlecker.« Tanja nickte anerkennend, obwohl es ihr zuerst widerstrebt hatte, einfach irgendwo am Straßenrand Essen zu kaufen. »Ich mag alles mit Mais.«

Tomás hatte ihr nicht verraten, wohin sie gingen, bis sie in einer Seitenstraße des Stadtviertels angekommen waren, wo verschiedene Händler Ernteprodukte und landestypisches Fast Food an ihren Ständen verkauften. Das meiste davon war paniert, triefte vor Fett und roch ausgesprochen gut.

»Jeden Freitag wird für die Feira – den Markt – diese Gasse gesperrt«, erzählte Tomás. »Es gibt Feiras in allen Stadtvierteln, aber den hier in der Moema finde ich am schönsten.«

Direkt neben ihnen wurde Maisbrei in Maisblätter gewickelt und in einem großen Topf gedünstet. Es roch herrlich nach Zimt.

»*Pamonha* ist lecker, wenn es traditionell süß serviert wird«, erklärte er. »Salzig schmeckt es mir nicht, aber irgendwann solltest du sie mal versuchen. Magst du dein *Pastel*? Du hast eins mit Käse, probier mal von meinem.«

Mit großen Augen sah Tanja zu Tomás hoch, der ihr eine frittierte, mit Fleisch gefüllte Teigtasche unter die Nase hielt. Sie wollte es selber festhalten, damit sie sich nicht die Blöße geben musste, ihm aus der Hand zu fressen. Doch dann war da dieser Blick. Dieses winzige Zucken der Augenbraue, das kaum sichtbare Kopfschütteln. Mit wild klopfendem Herzen beugte sie sich weiter nach vorne und verbrannte sich natürlich erst mal den Mund.

»Heiß«, nuschelte sie und kaute heftig.

»Aber gut?«

»Mh-mh.«

»Du hast da – warte.«

Vielleicht sah sie ihm schon einen Augenblick zu lange in die Augen, als er ihr mit dem Daumen den Käse aus dem Mundwinkel wischte. Aber spätestens als Tomás noch einen Schritt näher an sie herantrat, um einigen Leuten Platz zu machen, die vorbei wollten, wusste sie, dass sie ein Problem hatte. Das Wummern in ihrer Brust nahm zu und sie blieb einfach dicht neben ihm stehen, Schulter an Schulter, und aß mit wackeligen Knien ihr Streetfood.

»Schau mal dahinten«, Tomás zeigte auf einen kleinen Stand am Ende der Straße. »Dort gibt es die besten *Churros* im Stadtviertel. Die sollten wir zum Nachtisch essen, wenn du fertig bist.«

Tomás ließ es sich nicht nehmen, sie auch dazu einzuladen, obwohl Tanja insistierte, selber noch einige brasilianische Real zu haben.

»Ich lass dich bezahlen, wenn du das Wort richtig aussprichst.« Er stupste sie schelmisch an. Dann übte er mit ihr die Aussprache und beugte sich dafür mit seinem Ohr ganz dicht an ihren Mund hinunter.

»Nicht Real wie euer Supermarkt in Deutschland«, korrigierte er sanft. »Man spricht es Heai. Das R vorne ist ein h und das al ist eher ein ai.«

Fast versagte Tanja die Stimme, aber es gelang ihr, die richtige Betonung zu treffen.

»Sehr gut.« Tomás Gesicht war nur Zentimeter von ihrem entfernt und er grinste. »Ich lad dich trotzdem ein.«

Wie sollte sie diesen Anblick bloß die gesamten Feiertage aushalten? Vielleicht würde sie wochenlang hier festsitzen – je nachdem, wie lange der Eyjafjallajökull noch Rausch und Asche in die Luft blies.

Während sich die beiden durch die Menschen schoben, spürte Tanja, wie Tomás den Arm um ihre Schulter legte und sie beim Laufen leicht an sich drückte, damit niemand sie anrempelte.

Tomás nahm die Pappschachtel mit den *Churros* von der Verkäuferin entgegen und präsentierte Tanja ihre Nachspeise. »Die hier sind mit Schokolade und diese mit *Doce de Leite*. Im Grunde genommen ist es Karamellsoße.«

Sie teilten sich das frittierte Spritzgebäck und ein weiteres Mal fühlte sich Tanja, als wäre sie kurz vorm Platzen. Essen war ein wichtiger Teil der brasilianischen Kultur, sie würde in Deutschland dringend wieder zum Fitnesstraining müssen.

»Wenn euer Vater aus Nürnberg kam, seid ihr dann auch mal dort gewesen?«, griff Tanja das Thema vom Nachmittag wieder auf.

»Ja, aber nur im Sommer«, bedauerte Tomás. »Ich würde gerne einen von euren traditionellen Weihnachtsmärkten sehen. Oder einen echten Tannenbaum.«

»Dann musst du aber mehr anziehen. Weil es kalt ist, meine ich.« Nicht, dass sein aktuelles Outfit ein Problem darstellte.

»Du kannst ja eine dicke Jacke mit mir kaufen gehen, wenn ich dich besuche.« Tomás schmiss den leeren Karton ihrer Churros im hohen Bogen in einen Mülleimer und sie machten sich auf den Rückweg.

»Du besuchst mich?«

»Natürlich.« Tomás nickte. »Ich fliege einfach im nächsten Dezember zu Mariana und dann zeigst du mir den Weihnachtsmarkt.«

Das klang gar nicht schlecht, fand Tanja. Den Fakt, dass sie Tomás seit nicht einmal zwölf Stunden kannte, schob sie geflissentlich beiseite. Für den Moment konnte sie sich der Fantasie ja hingeben.

»Dass wir für Weihnachten zusammen kochen, steht fest, ja?«

Versicherte sich Tomás noch einmal. »Das hat mir heute großen Spaß gemacht. Also das Plätzchenbacken und mit dir Essen zu gehen.«

»Ja, mir auch. Natürlich helfe ich dir.«

***

Stimmungsvoll glitzerte der Plastiktannenbaum in der Zimmerecke vor sich hin, Bruna und João jagten einander durch das Wohnzimmer – auf ihre Geschenke mussten sie noch bis morgen warten. Es war der vierundzwanzigste Dezember und Tanja saß mit Adriana, Tomás und der ganzen Familie an einer festlich gedeckten Tafel. Fernanda, die Mutter der beiden, sorgte dafür, dass jeder sich den Teller so voll wie nur möglich lud. Natürlich hatte sie auch verschiedene selbstgekochte Speisen mitgebracht, obwohl Tomás wie versprochen mit Tanja gekocht hatte. Die beiden hatten einen Weihnachtsschinken zubereitet, der auf traditionelle Art mit Ananas und Nelken serviert wurde. In einem kleinen Schälchen stand Mandioca-Pulver bereit, welches Tanja an Semmelbrösel erinnerte. Es duftete herrlich nach dem Speck, mit dem es angebraten worden war. Sie beobachtete, wie Adrianas Mann sich einen großen Löffel davon nahm und auf seinen Bohnen verteilte.

»Nimm ein wenig von allen Gerichten und mische sie zu einem Haufen. So schmeckt es am besten«, erklärte Adriana. »Und von deinem Teller darf kein Stückchen Porzellan frei bleiben.« Sie grinste. »Sonst denkt unsere Mama, es schmeckt dir nicht.«

Gehorsam schaufelte Tanja sich das Essen auf den Teller. Reis, Gemüse, Süßkartoffeln, Bohnen und Fleisch. »Ich hatte noch nie Fisch mit Maracujasoße, aber es sieht sehr gut aus. *Muito bom.*«

Diese Präsentation ihrer rudimentären Sprachkenntnisse ließ Fernanda regelrecht strahlen und sie überschüttete Tanja mit einem Wortschwall aus Portugiesisch und Deutsch, von dem sie nur die Hälfte verstand. Sie lobte Tanjas und Tomás' Kochkünste, erzählte von ihrem ersten Weihnachtsfest in Nürnberg und wie sie sich dort nicht nur in die Bratwürste, sondern auch in ihren deutschen Arbeitskollegen verliebt hatte.

»Auf Papa.« Tomás hob sein Glas und sah seine Mutter liebevoll an. »Der diesen Braten bestimmt fast alleine aufgegessen hätte.«

Sie stießen miteinander an und Tanja lauschte den sentimentalen und besinnlichen Erinnerungen, die die Familie teilte. Ein warmes Gefühl breitete sich in ihrem Herzen aus.

»Nachher essen wir *Brigadairo.*« Tomás' Arm streifte Tanjas, als er sich einen Löffel Reis mit Rosinen nahm. »Das sind kleine Kugeln aus Zucker, Kondensmilch und Schokolade – du wirst sie mögen. Sie sind fast so süß wie du.«

***

Tomás hatte Adriana bereits vorgeschlagen, dass sie das nächste Fest alle in Deutschland bei ihrer Schwester verbringen sollten.

»Frag lieber Tanja, ob du bei ihr bleiben kannst, die freut sich vermutlich mehr über dich als Mariana.«

»Ich finde sie sehr sympathisch, glaubst du, sie hat das gemerkt?«

Adriana verschluckte sich fast an ihrem Getränk. »Tomás … sogar der Hund merkt das! Jeder in dieser Stadt merkt das. Ihr zwei solltet euch mal sehen. Sogar Mama fragt schon, was mit dir los ist.«

Verlegen kratzte Tomás auf der Tischplatte herum. »Sie lacht über meine Witze.«

»Und das ist wirklich ein Zeichen, dass sie dich mag! Bring sie morgen zum Flughafen, dann könnt ihr dort allein euren romantischen Abschied haben.«

»Sie fliegt morgen schon?«

»Ja, die Fluggesellschaften haben die Airports in Europa wieder freigegeben. Tut mir echt leid.«

Einen Moment lang starrte Tomás gedankenverloren aus dem Fenster. Dann klatschte er beide Hände auf den Tisch. »Weißt du was? Ich glaube an uns. Dieses Jahr hatte sie Plätzchen unter Palmen, und nächstes Jahr essen wir gemeinsam *Brigadeiro* im Schnee.«

Raketen, Nerds und Zuckerwatte

Judith Strußenberg

Deutschland – Hamburg Chaos Communicale Congress

Jährliche Fachtagung und Hackerparty 27.-30. Dezember

Felix blickte prüfend in das spiegelnde Bullauge des ICEs, der gerade an der Haltestelle Hamburg-Dammtor einfuhr, und damit direkt in seine eigenen, noch etwas müden graublauen Augen. Seine blonden Haare lugten unter der groben Strickbeanie hervor, sein Gesicht war sauber rasiert. Dann konnte es ja losgehen. Und das alles nur wegen Kilian.

Keine Frage, er mochte Kilian, seine dunklen Locken, die ihm immer einmal öfter in die Stirn fielen, als er sie wieder hinters Ohr streichen konnte, und sein offenes Lachen, das seine Grübchen noch vertiefte. Beim Gedanken an Kilian flatterte es ein wenig in seiner Magengrube. Aber seine beharrlichen Versuche, ihn quasi täglich im Bus auf dem Weg ins Berufsschulzentrum davon zu überzeugen, zum Congress des Chaos Computer Club mitzukommen, hatten Felix in letzter Zeit schon ziemlich genervt. Was sollte er da? Für den Computernerd Kilian, der gerade seine Ausbildung zum Fachinformatiker machte, war das cool, aber für ihn als angehenden Konditor? Nutzlos. Einfach vergeudete

Zeit. Er hätte einfach bei seinem Nein bleiben und nicht diese dämliche Wette vorschlagen sollen, die er dann auch noch verloren hatte.

Wie zur Bestätigung nickte er seinem Spiegelbild kurz zu und stand keine zehn Minuten später mitten im Foyer des Hamburger Congress Centrums. Als erstes fiel ihm die geheimnisvoll grün schillernde Rakete auf, die aussah, als würde sie nur auf ihren Start warten. Eine Gruppe Leute mit Katzenohren posierten davor für ein Selfie und eine Frau mit pinken Haaren drückte sie kurz, als wäre sie ein alter, lang vermisster Freund. Sie erwiderte Felix' Blick und grinste. »Wenn ich die Fairy Dust irgendwo sehe, ist es wie nach Hause kommen.« Damit war sie auch schon wieder im Gewühl der Ankommenden verschwunden.

Langsam schlenderte Felix durch die Halle und sog die vielen Eindrücke in sich auf. Ein in sich verschlungener Knoten voll kleiner schimmernder Spiegelplättchen drehte sich langsam an der Decke und überzog alles mit immer neuen Formen glitzernden Lichts. Von den Balkonen der verschiedenen Stockwerke hingen zahlreiche bunte Flaggen, darunter der riesige Regenbogen einer Progressive-Pride-Flagge.

»Hi! Da bist du ja!«

Felix zuckte zusammen. Wie aus dem Nichts war Kilian vor ihm aus dem Boden gewachsen und strahlte ihn an.

»Du bist wirklich gekommen. Ich hab mich ja schon gefragt, ob du das durchziehst.«

»Klar.« Felix zuckte mit den Schultern. »Ich habe die Wette mit dem Zauberwürfel ja selbst vorgeschlagen. Ein Tag Congress, wenn du gewinnst. Das war der Deal. Also, hier bin ich.«

Kilian klopfte ihm auf die Schulter und lachte. »Ein guter Verlierer bist du schon mal. Komm, ich bring dich zur Einführung für die Azubis. Dann kriegst du einen Überblick, wo du eigentlich gelandet bist, was der Congress ist, was die Hackerethik und so weiter.«

An diesen Satz musste Felix wieder denken, als er später mit den anderen Azubis durch das verschachtelte Congresscentrum geführt wurde. Das hier war nicht »und so weiter«, das war anders als alles, was er bisher kennengelernt hatte. Dunkle Säle, Skulpturen mit bunt leuchtenden LEDs, kreativ gestaltete Bereiche, sogenannte Assemblys, leuchtende Bilder aus fluoreszierenden Klebestreifen, all das wirbelte vor seinem inneren Auge, als die Gruppe nach ihrer Tour für ein Mittagessen in der Engelküche angekommen war. Engel, so hatte er inzwischen gelernt, waren die vielen Freiwilligen, die Schichten übernahmen, um das Event überhaupt möglich zu machen. Von der Projektleitung übers Kochen bis zur Eingangskontrolle und der medizinischen Versorgung wurde alles von Ehrenamtlichen gestemmt und das bei rund 16.000 Teilnehmenden aus der ganzen Welt.

Für die Zeit nach dem Essen hatte er schon ein Ziel, das vorher beim Rundgang viel zu kurz gekommen war. Am liebsten hätte er gleich erkundet, was sich hinter dem einfachen Pappschild verbarg, auf das jemand in Großbuchstaben »Foodhacking Area« geschrieben hatte. Aber das konnte er ja jetzt nachholen.

Als Felix endlich wieder davor stand, dankte er im Stillen den Entwicklerinnen und Entwicklern der

Navigations-App, die es so viel einfacher machte, sich hier zurechtzufinden.

Neugierig trat er näher und warf einen Blick auf das ausgehängte Programm. Joghurt selbst herstellen, Molekularküche, Whiskyprobe und ein paar weitere Workshops sollten an diesem Tag noch stattfinden. Wow ... Er musst gleich sehen, ob er für das ein oder andere noch einen Platz ergattern konnte!

Als er den Bereich der Assembly betrat, schien er geradewegs in eine Krisensitzung zu stolpern. Die Anspannung in der Gruppe war mit Händen zu greifen. Felix schnappte das Wort Backwettbewerb auf und konnte nicht anders als weiter zuzuhören.

Drei junge Leute standen im Kreis, eine Frau saß auf einem Tisch und ließ die Beine baumeln. Ein junger Mann, nur wenig älter als er selbst, fuhr sich durch seine zerzausten Haare, offenbar nicht zum ersten Mal heute.

»Dass Nils uns versetzt, ist eine Katastrophe. So haben wir keine Chance gegen Rémy und sein Team. Eigentlich müssen wir ohne ihn nicht einmal beim »Great Nerdish Bake Off« antreten. Keine Frage, technisch haben wir es drauf, aber die Deko kann von uns nur Nils«, schloss er und seine Schultern sackten mutlos nach unten. Von den anderen kam zustimmendes Gemurmel.

»Deko? Kann ich.« Verdammt, verdammt, verdammt. Hatte Felix das gerade wirklich gesagt oder hatte er das nur gedacht?

Wuschelkopf fuhr zu ihm herum. »Du, es ist gerade echt schlecht, kannst du nachher noch mal wiederkommen?«

Felix nickte schnell und wandte sich zum Gehen.

Das war ja gerade noch mal gut gegangen, schoss

es ihm durch den Kopf. Warum konnte er nicht einmal die Klappe halten?

Er suchte eine Lücke im Besucherstrom, um sich zu einem neuen, noch unbekannten Ziel im Meer der bunt blinkenden Lichter tragen zu lassen, als sich eine Hand auf seinen Arm legte.

Er zuckte zusammen und sah über die Schulter, direkt in die grünen Augen von Wuschelkopf.

»Was hast du gerade gesagt? Du kannst Deko?«

Felix nickte. Für einen Rückzieher war es jetzt zu spät. Das zeigten ihm spätestens die drei hoffnungsvollen Gesichter der kleinen Runde, die ebenfalls in seine Richtung blickten, ganz deutlich.

»Klar«, gab er sich betont lässig. »Im Frühjahr beende ich meine Ausbildung zum Konditor. Da ist ansprechende Dekoration natürlich das A und O.« Er zog sein Smartphone aus der Tasche, öffnete seinen Social Media Account und hielt es dem jungen Mann hin. Der scrollte kurz durch eine lange Bildergalerie an glänzenden bunten Törtchen, saftigen Kuchen mit Arrangements aus Blumen und Früchten sowie Torten, dann musterte er Felix beeindruckt.

»Das hast alles du gemacht?«

Felix nickte und war nicht zum ersten Mal froh, alle seine Projekte dokumentiert zu haben, seit er damals in der Hotelküche seiner Eltern die ersten wackligen Versuche mit dem Spritzbeutel gemacht hatte.

Wuschelkopf, der sich inzwischen als Nick vorgestellt hatte, zeigte Felix Handy in die Runde und erntete dafür begeistertes Gemurmel. Er gab Felix sein Handy zurück und bot ihm einen Platz an.

»Das hier sind Lee, Pixel und Dave«, stellte er seine Mitstreiter vor.

»Felix, freut mich.« Er nickte den anderen zu.

»Wann soll der Backwettbewerb denn stattfinden?«

»Heute Abend zur Primetime auf der Bühne hier in Halle H«, antwortete Nick und Felix wurde mulmig zumute.

An der Bühne war er schon gewesen. Wenn da ein interessanter Vortrag stattfand, waren alle Sitzplätze belegt und die Leute standen zusätzlich in mehreren Reihen hinter den Sitzenden, sodass man einen großen Bogen schlagen musste, wenn man daran vorbei wollte. Aber das würde heute Abend ja sicher nicht so werden. Oder?

»Wissen wir schon, was gebacken werden soll?«, fragt Felix.

»Das Thema ist Weltraum. Aber was wir daraus machen, Sterne, Aliens, Raumschiffe, das kann alles mögliche sein«, erklärte Lee. »So oder so: Wir brauchen eine Menge bunter Zuckerwatte!«, fügte sie mit einem Grinsen hinzu.

Felix nickte langsam. »Dann wollen wir mal.«

***

Viele Rezeptideen und Skizzen später klatsche sich Felix plötzlich an die Stirn und griff zu seinem Handy. Die anderen sahen ihn fragend an.

»Macht schon mal weiter, ich hab ganz vergessen, dass ich mich mit jemandem zum Kaffee verabredet hatte«, sagte er zerknirscht. »Hoffentlich ist er nicht sauer.«

Nick schmunzelte und schüttelte den Kopf. »Das ist uns allen hier schon wenigstens einmal passiert. Wenn es ein untrügliches Zeichen gibt, dass du hier richtig bist und hier her gehörst, ist es, dass du an irgendeiner Stelle Raum und Zeit vergisst.«

Felix schaute auf sein Handy und fand da, wie erwartet, gleich einige Nachrichten von Kilian, der fragte, wo Felix verschollen war. Doch was sollte er antworten?

»Kann gerade nicht, muss mich um einen Kuchenplaneten kümmern.« Nein, das klang ziemlich wirr.

»Muss nur kurz einen Backwettbewerb gewinnen, dann können wir Kaffeetrinken gehen.« Lässig, aber er hatte den Termin ja schon gerissen.

Also klickte er kurz entschlossen auf das grüne Hörersymbol und lauschte dem Freizeichen.

Als abgehoben wurde, plapperte er drauf los: »Kilian, es tut mir superleid, dass ich dich versetzt habe, aber in der Foodhacking Area brauchen sie Hilfe mit dem Backwettbewerb und da habe ich die Zeit vergessen.« Was redete er da nur?

Und tatsächlich, am anderen Ende herrschte Stille. So still, wie es bei einer Veranstaltung mit rund 16.000 Leuten eben sein konnte. Felix schluckte und fühlte, wie sein Herz einen kleinen, unruhigen Hüpfer machte. Dann hörte er doch etwas. Erst ein leises Glucksen und dann ein immer lauter werdendes Lachen.

»Du bist echt eine Nummer!«, japste Kilian. »Erst willst du nicht kommen, und dann stehst du an deinem ersten Tag auf dem Congress bei einem Backwettbewerb auf der Bühne?« Seine Stimme versagte und er lachte weiter. »Weißt du was, Felix? Mach den Backwettbewerb und danach trinken wir zusammen einen Tschunk. Ich hol dich dann an der Bühne ab, ehe du dir die nächste Sidequest anlachst«, hörte Felix Kilian noch sagen, dann war die Verbindung weg.

***

Bis vor wenigen Minuten war dieses »auf einer Bühne zu stehen« eine ziemlich abstrakte Sache, die Felix weitestgehend verdrängt hatte, aber jetzt war es so weit. Er schluckte und knetete seine feuchten kalten Hände. Sie waren alles mehrfach durchgegangen. Vor seinem inneren Auge sah Felix exakt die Kreation, die sie zusammen erschaffen wollten, fühlte die Vibes, die sie haben sollte: das Glitzern der Fairy Dust am Morgen, die vielen bunten Lichter, das Verrückte, aber auch das Liebenswerte und Herzliche, was diese Veranstaltung ausmachte. So gut die Planungen mit dem Team, *seinem* Team auch gelaufen waren, sie hatten eben trotzdem noch nie zusammen gearbeitet. Würde das klappen? Und auch noch vor Publikum? Was wenn ...

»Herzlich willkommen zum Great Nerdish Bake Off. Einen großen Applaus für die beiden Teams, die bei der ersten Auflage unseres Wettbewerbs gegeneinander antreten und hoffentlich eine neue Tradition begründen.«

Applaus brandete auf und Felix Füße setzten sich fast automatisch in Bewegung, auch wenn der Rest von ihm lieber schnell in die andere Richtung davongelaufen wäre. Aber da stand er schon auf der Bühne und blinzelte ins grelle Licht.

Felix nahm einen tiefen Atemzug und zwang sich zu einem Lächeln. Er hatte schon viele Kuchen dekoriert und noch mehr gebacken, aber noch nie unter solchen Bedingungen. Hier hatte er Nick, Lee und die anderen. Er spürte noch, wie er sich auf die Unterlippe biss, und dann tauchte er ein in einen Rausch aus Lichtern, Geräuschen und Adrenalin. Alles verschwamm zu einer einzigen, vibrierenden

Energie. Ein pulsierender Rhythmus aus klappernden Schneebesen und Schüsseln, halblauten Zurufen und raschelnden Verpackungen erfüllte ihre Bühnenhälfte. Als würden sie sich nicht erst seit wenigen Stunden kennen, griffen ihre Hände und Gedanken ineinander, wurden Topfhandschuhe, Palettenmesser und aufmunternde Worte getauscht. Mit geübten Bewegungen hatten Nick und Lee den Teig gemischt, auf Bleche gestrichen und so eine köstliche Basis für die Rakete erschaffen. Angenehm im Mund, aber doch so fest, dass sie anschließend mit den vorbereiteten Schablonen die Formen der Fairy Dust ausschneiden konnten. Das war das Stichwort für Pixel und Dave, die schon mit dem angerührten Zuckerguss warteten und wie in einer Werft die Rakete Stück für Stück zusammensetzten und glätteten.

Felix hatte derweil an einer speziellen Mixtur aus Wasser, Zucker, Kondensmilch, Gelatine und Lebensmittelfarbe gearbeitet, um der Rakete ein glänzendes, bunt schillerndes Finish zu geben. Als er die Flüssigkeit in kreisenden Bewegungen über die Rakete goss, atmete er erleichtert aus. Die Mischung haftete und sah noch viel besser aus, als er es sich vorgestellt hatte. Doch zum Ausruhen war keine Zeit. Lee hatte ein Meer an pastellfarbenen Zuckerwattewolken vorbereitet, aus der die Rakete auftauchen würde und die Architekten der Fairy Dust reichten Felix das charakteristische Bullauge und liebevolle Kleinigkeiten, die er sorgfältig an den richtigen Stellen anbrachte.

Und dann war es so weit. Der letzte Tupfer Glanz, das letzte Detail.

Das Team betrachtete sein gemeinsames Werk: eine fantastische Kreation, die die Essenz der Fairy

Dust in Zucker und Licht bannte.

»Und das war's! Hände weg vom Gebäck!«, rief die Moderatorin. Felix ließ die Spritztüte sinken und atmete durch. Er hatte keine Ahnung, ob sie eine Chance gegen Rémy hatten, aber seltsamerweise spielte das gerade gar keine Rolle für ihn. Er blinzelte, wie um wieder zu sich zu kommen, und sah nach links und rechts, um die Blicke seiner Mitstreiter einzufangen. Sein Team. Für einen Moment blickten sie schweigend auf ihre Kreation und Felix wurde beinahe überwältigt von einem Gefühl der Zusammengehörigkeit und der Dankbarkeit, Teil dessen zu sein. Ob Kilian deshalb so begeistert war und ihn unbedingt dabeihaben wollte? Felix nahm sich vor, ihn danach zu fragen, als Nick ihm anerkennend auf die Schulter klopfte. »Du hast es drauf, Konditormeister.«

Felix lachte. »Du aber auch. Wir alle.«

Erst jetzt nahm er das gegnerische Team so richtig wahr. Dort schien die Stimmung nicht halb so entspannt zu sein. Der Typ mit übertrieben hoher Kochmütze redete energisch auf die anderen ein. Das musste wohl Rémy sein. Grimmige Blicke flogen hin und her, wie es schien, garniert mit Schuldzuweisungen und Vorwürfen.

Auch Nick schaute in die Richtung des anderen Teams und seufzte. »Das ist wieder typisch Rémy. Er ist gut in dem, was er tut, aber muss auch immer im Mittelpunkt stehen. Geht etwas nicht nach seinem Kopf, sind immer alle anderen schuld. Dabei ist dieses 3D-gedruckte Marsmobil auf dem Planetenkuchen doch eine total witzige Idee. Ob sie Metallfilament genommen haben oder es mit glänzendem Spray angesprüht haben? Und die Marsoberfläche mit ihren Rot- und Brauntönen erst! Unsere

Rakete mit Glitzer und den fluffigen bunten Zuckerwattewolken ist auch der Hammer, aber ich könnte aktuell nicht sagen, wer das Rennen macht.«

Die Jury trat nach vorn und machte sich gewichtig Notizen auf ihren Klemmbrettern. Felix merkte, wie Lee neben ihm zusammenzuckte, als ein Jurymitglied das Messer an ihre Kreationen setzte, um sich neben dem optischen auch einen geschmacklichen Eindruck zu verschaffen. Dann steckten sie die Köpfe zusammen und das Publikum hielt den Atem an. Auch Felix war angespannt bis in die Zehenspitzen.

»Und der Gewinner des Great Nerdish Bake Off ist …«

Felix hielt den Atem an. Das leise nervöse Kichern von Nick neben ihm zeigte, dass er nicht allein damit war.

»…das Team der Foodhacking Area! Ihr habt trotz erschwerter Bedingungen eine fantastische Teamleistung hingelegt. Eure Interpretation der Fairy Dust fängt den Congress perfekt ein. Das sieht man und das schmeckt man auch.«

Ein Moment lang passierte nichts, dann explodierte das Publikum in Applaus und Jubel. Felix konnte es kaum glauben. Er spürte, wie ihn jemand von hinten umarmte – wahrscheinlich Lee –, und hörte sich selbst lachen. Das war alles so verrückt hier und er liebte es!

Die Show war vorbei, die Lichter wurden gedimmt und um ihn herum machten sich fleißige Helfer ans Aufräumen. Felix spürte, wie langsam die Anspannung von ihm abfiel und er merkte, dass sich etwas verändert hatte. Nicht nur wegen des Wettbewerbs.

»Hier, dein Drink.«

Er drehte sich um. Kilian hielt ihm ein Glas mit Strohhalm hin, das nach Mate, Limette und Rum roch. »Tschunk, wie versprochen.«

Felix nahm es ihm ab und ihre Finger berührten sich kurz.

»Also, was sagst du? War unser Deal ein Reinfall?«

Felix lehnte sich an den Tisch und nahm einen Schluck. Das Getränk war herb, süß und voller Energie. Wie dieser Tag. Wie dieser Ort. Wie Kilian.

Er grinste. »Sagen wir mal so – ich glaube, ich bleib noch ein bisschen länger.«

Löwenherz

Brigitte Pons

Frankreich – Haute-Saône – Silvester

Jahreswechsel, letzter Tag des Jahres im gregorianischen Kalender

»Wir hätten doch fragen sollen.«
Richard erwidert nichts.

»Vorhin in dem Dorf, da waren Leute auf der Straße, die hätten wir fragen können.« Mein Hinweis ist überflüssig und bringt uns nicht weiter. Nichts bringt uns weiter. Wir sitzen fest.

Auf Höhe der Kirche in Servance-Miellin hat er meinen Vorschlag grob beiseite gefegt. Sein Bruder habe ihm den Weg genau erklärt. Idiotensicher, da könne nichts schief gehen. Auch ohne Navi, das seit einigen Tagen streikt und sowieso nur von mir benutzt wird.

»Aber auf dem Schild eben stand -«

»Hör auf! Nicht jeder muss alles fünfhundert Mal überprüfen. Ich mach mich doch nicht lächerlich. Es kann nicht mehr weit sein nach Mélisey. Zwanzig Minuten bei gutem Wetter, bei dem Schneetreiben vielleicht ein bisschen länger.«

Hinter dem Ortsschild trat Richard aufs Gas. Der Wagen schlingerte leicht, und ich sog die Luft durch die Zähne.

»Was ist jetzt schon wieder? Ich habe alles im Griff. Oder willst du etwa ans Steuer? Bei Glatteis fährst du besonders gern, wenn ich mich recht erinnere.«

Das war der Moment, als das Schweigen begann und er das Radio ausschaltete. An der Art, wie er den Unterkiefer nach vorn schob und die Zähne aufeinanderbiss, konnte ich erkennen, dass auch ihm das Wetter zu schaffen machte. Zugegeben hätte er das niemals.

Die Straße verengte sich weiter, nachdem er noch einmal abgebogen war; die Schneeverwehungen links und rechts wurden höher, die Fahrbahn war kaum noch zu erkennen. Mir war klar, wir fuhren in die völlig falsche Richtung. Keine Reifenspuren vor uns, kein Gegenverkehr. Bäume, Sträucher, Wiesen, verschmolzen zu einer endlosen weiß-grauen Fläche, die sich im schwächer werdenden Licht bis an den Horizont ausdehnte. Nur unterbrochen von dunkel dazwischen getupften Flecken. Womöglich die Wasserspiegel irgendwelcher Tümpel auf dem Plateau der tausend Seen. *Wunderschön, du wirst es lieben*, hatte meine Schwägerin am Telefon geschwärmt. Der Übergang von Himmel und Erde zerfloss in milchiger Unschärfe, und mein Sichtfeld verkleinerte sich schnell. Die tanzenden Flockenwirbel verdichteten sich im Scheinwerferlicht, der Scheibenwischer kämpfte auf höchster Stufe, und meine Lider wurden schwer. Wunderschön. Sollte Richard doch fahren, wohin er wollte. Im Auto war es warm. Und sicher … Bis zu diesem unangenehm harten Ruck, der mich in den Gurt katapultierte.

Richard fluchte und legte krachend den Rückwärtsgang ein. Die Räder drehten durch, und Schnee spritzte in alle Richtungen. Egal wie oft er den Motor aufheulen ließ. Verbissen starrte er durch die Scheibe, aber er redete nicht mit mir.

Zehn Minuten ist das jetzt her und weiter sind wir seitdem nicht gekommen. Es ist kurz vor halb sechs und fast dunkel.

»Soll ich vielleicht -«

»Ich sag dir schon, wenn du etwas sollst. Alles im Griff. Gleich erledigt.«

Dann eben nicht. Ich schließe wieder die Augen und er quält das Getriebe weitere fünf Minuten.

»Ich werde den Wagen rausschieben«, sagt er. »Setz du dich ans Steuer. Rückwärtsgang und Gas geben auf mein Zeichen.«

Eine kalte Böe schlägt durch die Tür. Ich zieh die Knie zur Brust, um über den Schaltknüppel zu klettern. Richard stemmt sich gegen die Motorhaube, kneift im schneidenden Wind die Augen zusammen, gibt mir das Zeichen. Heulen, Spritzen, Stillstand. »Stopp!«

Nach dem fünften Versuch ist er nass genug, um aufzugeben. Hastig und wortlos räume ich den Platz, als er fluchend die Tür öffnet.

»Was ist?«, blafft er mich an. »Sag endlich, dass ich daran schuld bin!«

»Aber ich -«

»Ich war müde und habe nicht aufgepasst. Okay? Ist es das, was du hören willst?«

»Aber -«

»Falls du es vergessen hast, ich habe letzte Nacht durchgearbeitet, damit wir überhaupt zu dieser Silvesterparty fahren können. Deinetwegen. Weil du unbedingt das neue Haus meines Bruders sehen willst. Mir ist diese Scheißparty sowieso egal!«

»Du solltest dir eine trockene Hose anziehen, Richard. Wer weiß, wie lange wir noch festsitzen.« Mein pragmatischer Themenwechsel ist schon wieder ein Fehlgriff.

»Wer weiß, wie lange wir noch festsitzen!«, äfft er mich nach. »Gar nicht lange, und ich brauche auch keine andere Hose, weil ich nämlich jetzt loslaufe und uns einen Abschleppwagen organisiere.«

Wie heldenhaft. Soll ich auf die Knie fallen und ihm danken? »Tolle Idee. Und wohin gehst du? Zurück, eine dreiviertel Autostunde, oder immer geradeaus? Du weißt ja nicht mal, wo wir sind! Weil du dir zu fein warst zu fragen.«

»Ich weiß sehr wohl, wo wir sind!«

»Ach ja?« Ich lehne mich zurück und klatsche in die Hände, dabei ziehe ich ein Gesicht, wie ein Kind vor der Geburtstagstorte. »Ist ja wunderbar! Dann los, hatte ich glatt vergessen, das Haus muss ja gleich um die Ecke sein, nicht wahr? Ruf mich einfach, wenn du es gefunden hast. Ich kann dich bestimmt von hier aus hören!«

Sein Blick drückt mir die Kehle zu. Er hat recht, wir hätten gar nicht erst losfahren sollen.

»Gib mir die Karte«, knurrt er.

»Welche Karte?«

»Gib schon her, du hast die Straßenkarte doch unter dem Sitz.«

»Nein, habe ich nicht.«

»Du hast mir damit unter der Nase herumgefuchtelt und gesagt: ›Die packe ich besser ein, damit wir den Weg auch finden.‹ «

»Richtig. Und du hast gesagt: ›Wenn du mir nicht mal mehr das zutraust, wieso fahren wir dann überhaupt?‹, also habe ich sie zu Hause gelassen.«

Mit beiden Fäusten schlägt er auf das Lenkrad. »Super! Das hast du ja großartig hingekriegt! Wenn man sich einmal auf dich verlässt.«

»Aber du -«

»Du hast die Karte immer dabei. Immer! Kann

ich doch nicht ahnen, dass du sie ausgerechnet heute wirklich nicht einpackst. Bescheuert, wo wir die Strecke noch nie gefahren sind und das Navi tot ist!«

»Jetzt reicht's mir! Du arroganter Mistkerl! Und ich hab noch gezögert mit der Wohnung …« *Scheiße.*

»Was für eine Wohnung?«

Ich schließe die Augen, zieh das Genick ein und beiße mir auf die Zunge. Scheiße, scheiße, scheiße. Wieso ist mir das rausgerutscht?

»Welche Wohnung?«, wiederholt er, seine Stimme schneidet wie Glas. Er weiß es. Hat schon verstanden. »Wann ziehst du aus?«

Tonlos die Frage. Tonlos die Antwort.

»Am Fünfzehnten.« Ich starre auf meine Hände.

»Und wann wolltest du mir das sagen? Heute Nacht um zwölf? ›Ach übrigens, ich verlasse dich.‹ Oder wie hast du dir das gedacht?«

Stumm schüttele ich den Kopf, kann ihn nicht ansehen.

»Rede mit mir!«, brüllt er und boxt wieder auf das Lenkrad. »Hab wenigstens den Anstand, es mir zu erklären!«

»Morgen.« Ich drehe den Kopf und gucke angestrengt in das Schneegestöber vor dem Fenster. »Sobald wir wieder zu Hause sind, wollte ich es dir sagen.«

Richard reißt die Tür auf und schlägt sie zornig ins Schloss. Ich sitze wie betäubt. Nicht mal der Knall befreit mich aus meiner Lethargie. Wir tun das, was wir am besten können. Ich drinnen, er draußen. Wir schweigen uns an. Er steht einfach da, in der Dunkelheit und der Kälte, in seiner durchweichten Hose. Langsam löst sich meine Starre, ich steige aus, stelle mich hinter ihn, fühle nichts.

»Sag mir warum … warum?«

Mein Atem zittert in kleinen Wölkchen vor mir in der kalten Luft, aber ich weiß keine Antwort. Etwas in mir hofft, dass er sich umdreht, dass er die Hand hebt und mich schlägt, dass er mich schüttelt und beleidigt, mir einen Grund gibt. Einen wirklichen Grund. Doch das macht er nicht. Seine Schultern hängen kraftlos herab. Ich habe nicht damit gerechnet, dass es ihn so verletzt. Es war nicht meine Absicht, ihm wehzutun.

»Warum?« Es klingt erschöpft. »Ein anderer Mann, ist es das?«

»Nein.«

Auf seinen Haaren lagert eine dünne, weiße Schicht, die nicht schmilzt. Wie Styroporkügelchen, denke ich.

»Aber warum dann? Es muss einen Grund geben.«

Er ist so leise. Wieso ist er mit einem Mal so leise, so hilflos. Er, Richard mit dem Löwenherz. Er, der niemals aufgibt, jede Situation beherrscht.

»Eine Erklärung!«, bricht es aus ihm hervor. »Es muss doch irgendeine vernünftige Erklärung geben!« Er dreht sich um, seine Nase ist spitz und vorne gerötet, die Augen sind weit aufgerissen.

»Nein«, antworte ich wieder, »die gibt es nicht.«

Richard geht in die Knie, lässt sich nach hinten auf den Boden sinken, sitzt im Schnee und schaut zu mir hoch. »Das kann nicht sein. Was habe ich falsch gemacht? Wir sind doch ein Team. Wir sind doch … wir kennen uns so lange … du kannst doch nicht plötzlich alles wegwerfen! Ohne Grund zu gehen, ist nicht logisch!«

Natürlich, bei Richard muss immer alles logisch begründet werden. Aber Gefühle haben selten etwas mit Logik zu tun.

»Es gibt einfach keinen Grund zu bleiben.«

Fassungslos hebt er die Hände. »Das ist alles? So einfach ist das?«

»Ja«, sage ich und denke: Aber *leicht* ist es nicht.

Er springt auf, stampft in den Schnee, tritt gegen den Hinterreifen, schlägt auf das Dach. »Einfach Schluss, als ob uns nichts verbindet. Nichts. Nach all der Zeit ist nichts übrig?«

Ich verstehe seine Wut, aber ich fühle sie nicht mehr. Die Phase habe ich hinter mir. »Wir sollten wieder einsteigen, es ist zu kalt«, sage ich.

»Und du musst dir unbedingt etwas Trockenes anziehen.« Instinkte versagen merkwürdigerweise nie. Fürsorge.

»Das ist mir völlig egal, hörst du? Du wirfst unsere Beziehung weg, und ich soll daran denken, meinen Arsch in eine trockene Hose zu packen! Spinnst du?«

»Logik, Richard. Zieh dich um, steig ein und wir reden. Wenn du reden willst.« Auch wenn es vergeblich ist und nichts zu sagen gibt. Hauptsache er steigt wieder ein, bevor ich mir die Füße abfriere. Meine Schuhe sind bestenfalls partytauglich. Tiefschneewandern war nicht eingeplant. Ich öffne den Kofferraum und die Tasche unter den Gastgeschenken: Glitzer-Konfetti, Luftschlangen und Tröten. Wir bleiben nur eine Nacht weg, aber ich habe Wäsche für drei dabei. Und Verpflegung. Obwohl wir zum opulenten Silvestermenü geladen sind. Weil ich das immer mache, selbst bei kurzen Fahrten. Kaum mehr als zweieinhalb Stunden hätten es heute sein sollen, von Bar-le-Duc über Nancy in die idyllische Seenlandschaft der Vogesen. Kontrollzwang und Verfolgungswahn, nennt Richard meine Angewohnheiten gern und überzieht mich auch vor anderen mit Spott. Aber diesmal wird er noch froh sein über das überflüssige Zeug. Die dicke Wolldecke zum Beispiel, die jeden Winter im Auto liegt. Sieben Winter nutzlos. Jetzt klemme ich sie unter den Arm, packe den Beutel mit fettigen Croque und lege beides wortlos auf dem Rücksitz ab.

»Mitten auf der Straße«, schimpft er, »mitten auf dieser verfluchten Straße muss ich jetzt einen Striptease machen.«

»Hast du Angst, dass jemand deinen nackten Hintern sieht?« Gott, wie ich es hasse, dieses gegenseitige Zutexten mit Vorwürfen, und ich kann es doch nicht lassen. »Schon vergessen, dass auf dieser verfluchten Straße überhaupt niemand unterwegs ist außer uns? Wenn jetzt jemand käme, würde ich ihm liebend gern meinen nackten Hintern entgegenstrecken, wenn ich dafür aus diesem verdammten Schneehaufen rauskäme! Oder glaubst du etwa, dass es mir Spaß macht, die ganze Nacht in dieser Karre zu verbringen?«

Erst als ich es ausspreche, wird es mir bewusst. Und auch Richards Gesicht hat diesen Ausdruck des Begreifens. Wir werden diese Silvesternacht in einem kalten Auto im Straßengraben zubringen. Im Nirgendwo, im Funkloch. Den fehlenden Empfang haben wir längst ausgetestet. Der Frust sorgt für eine neue Welle des Schweigens.

In den wenigen Minuten, die wir draußen waren, ist der Innenraum merklich abgekühlt. Richard lässt den Motor an und schaltet die Heizung ein. Der Tank ist nicht voll; der Sprit wird nicht reichen, bis die Sonne aufgeht. Er fragt mich nichts, und ich habe nicht vor, von selbst mit Rechtfertigungen anzufangen. Meine Augen kleben an der Uhr auf dem Armaturenbrett. Achtzehn Uhr dreißig. Richard hat den Kopf in die Hände gestützt. Obwohl die Heizung läuft, spüre ich die Kälte durch den Boden. Ich ziehe beide Beine auf den Sitz. Kann man in einer einzigen Nacht verrückt werden? Sein Magen knurrt. Vom Rücksitz angele ich den Proviant und schaffe es, ihm ein Sandwich zu reichen, ohne darauf hinzuweisen, wie oft er mich deswegen ausgelacht hat. Im Dunkeln kann ich seine Augen nicht erkennen, nur ein schwaches Glitzern. Er legt das Croque beiseite.

»Ich verstehe es immer noch nicht.«

»Akzeptiere es einfach. Es gibt nichts zu verstehen, und es gibt keinen Schuldigen.«

Er lacht laut auf, höhnisch, bitter, gekränkt, und ich zucke zusammen.

»Wie rücksichtsvoll, keine Schuldzuweisung. Aber ich werde gar nichts akzeptieren, solange ich keine Erklärung habe.«

Es hat aufgehört zu schneien; die Wolkendecke wird dünner; hier und da blitzen Sterne auf. Gegen den dunklen Himmel zeichnen sich undeutlich die Konturen der Bäume ab, zwischen denen die Straße vor uns verschwindet. Wenn es aufklart, sehen wir vielleicht sogar ein Feuerwerk und damit die Richtung der nächsten menschlichen Behausung. Doch wenn es aufklart, wird es noch kälter.

Mir scheint, dass sich die Nadel der Tankanzeige schneller bewegt als der Zeiger der Uhr. »Wäre es nicht besser, den Motor für eine Weile auszumachen? Wir brauchen morgen noch Benzin, um weiterzufahren.«

»Nein. Wir heizen, solange es geht. Wenn der Wagen zwischendurch auskühlt, frieren wir umso länger und verbrauchen bloß mehr Energie.«

Richard fängt an zu essen. Vielleicht beruhigt es

ihn, dass er die Chance hatte, mir sein Wissen zu demonstrieren. Überlegenheit kann er sehr genießen. Vermutlich sogar mehr als das Silvestermenü, das uns gerade entgeht. Ich träume von Ballotines, Pasteten, Fisch, Käse, Crémant d'Alsace … und einem großen Schluck Champagner.

Gegen elf Uhr dreißig zieht sich der Himmel wieder zu. In der Ferne sind gedämpfte Böllerschüsse zu hören, trotz des Verbots und erheblicher Strafen. Zu sehen ist nichts. Bestimmt werden sie auf der Feier bunte Raketen in den Himmel steigen lassen. Wie bei meiner Oma im Elsass, wo wir als Kinder noch Blei gegossen haben, um in die Zukunft zu sehen. Kurz vor zwölf setzt erneut Schneefall ein, der alle Geräusche schluckt und eine Orientierung endgültig verhindert.

Ich beginne die Stille noch mehr zu fürchten als den Streit, und doch zögere ich, den Mund aufzumachen. Richard liegt vornübergebeugt auf dem Lenkrad, das Gesicht zu mir gedreht, und ich weiß, dass er mich ansieht. Die ganze Zeit.

»Wann hast du aufgehört, mich zu lieben?«, fragt er unvermittelt.

Meine Atemzüge sind laut, langsam und tief. »Ich habe nicht aufgehört. Darum ist es auch so schwer zu gehen.«

»Ich versteh das nicht!« Sein Schluchzen trifft mich mitten ins Herz. Es hat ihn völlig unvorbereitet erwischt; ahnungslos, wehrlos. Ich möchte die Hand ausstrecken und ihn streicheln. Möchte seinen Schmerz wegtrösten und weiß doch, dass das unmöglich ist. Ich bin sein Schmerz, und er ist mein Schmerz, und einen Trost gibt es nicht. Wie Eiswasser tropfen meine Worte in die Nacht. »Das habe ich auch nicht erwartet.«

»Und die Pläne, die wir zusammen gemacht haben? Unsere Träume? Weißt du noch, damals, als wir -«

»Damals, Richard. Genau. Aber damals ist vorbei. Das Einzige, was wir heute noch gemeinsam machen, ist Streiten.«

Er weiß, dass ich recht habe. Aber er weiß nicht, wie sehr ich mir wünsche, es wäre anders. Meine Verzweiflung ist stumm. Mir fehlen die Worte. Wir haben zu viel Zeit damit verbracht Dinge zu ignorieren; haben uns zurückgezogen, jeder in seine eigene Ringecke, in der Hoffnung, die Probleme verschwänden, wenn wir nur lange genug in eine andere Richtung sehen.

Die Tankfüllung ist in den roten Bereich abgesackt. Richard macht die Zündung aus. Bald wird die Kälte kommen. Die Wettervorhersage prognostizierte Werte bis zehn Grad unter Null. Die Region um den Grand Ballon ist für tiefere Temperaturen bekannt. Wie lange mag es da wohl dauern, bis man erfriert? Der Gedanke zu sterben, lässt mich erstaunlich kalt; minus zwanzig Grad kalt, mindestens. Der Frost in meinem Innern kann locker mit dem vor der Tür mithalten.

Richards Zähne klappern. Sonst ist nichts zu hören.

»Wir müssen unter die Decke.« Ich ziehe ihn am Ärmel. »Komm mit auf den Rücksitz.« Es ist nicht leicht, zwischen den Sitzen in den Fond umzusteigen. Früher hätten wir dabei gelacht, uns die Köpfe gestoßen und uns anschließend geliebt. Gut gegen innere und äußere Frostbeulen. Heute kommt das nicht infrage. Kein sentimentales letztes Mal, bei dem einer Hoffnung schöpft und der andere gezwungen ist, sie zu zerstören. Richard macht keinen Versuch.

Ich bin es, die schließlich die Arme um ihn schlingt, weil ich die Distanz nicht ertragen kann, die sich an ihn presst und flüstert: »Wir müssen uns gegenseitig wärmen, ganz eng zusammenrücken, damit wir die Nacht überstehen. Bitte, Richard! Ich wünschte …« Aber auch diesmal bleibt mein Wunsch unausgesprochen.

Langsam nickt er, und umständlich suchen wir nach einer für beide möglichst bequemen Liegeposition unter der Decke.

Mein Richard mit dem Löwenherz, ich höre es schlagen, in deiner Brust, dicht unter meinem Ohr. Ich spüre, dass er den Mund öffnet, und lege die Hand darüber. *Frag nichts mehr.* Ich klammere mich an ihn, wie ich mich so lange an die Illusion des Glücks geklammert habe. Doch die Vertrautheit zwischen uns ist nicht mehr als eine löchrige Hängebrücke; ein instabiles Wurmloch, das die Kluft zwischen uns nur kurz verschwinden lässt. Eine trügerische Fantasie, die jederzeit kollabieren kann, und wir kippen unweigerlich in den Abgrund. Ich wünschte, wünschte, wünschte so sehr … Aus der Tiefe unter der Hängebrücke steigen die Worte auf. Jetzt endlich.

»Du musst nicht denken, dass ich es will. Es ist nur so, dass manchmal Liebe allein nicht ausreicht. Wir nehmen einander die Luft zum Atmen. Wir sind einer für den anderen, wie eine Zwangsjacke; wir stecken fest in Routine und Gewohnheit, und egal wie wir versuchen uns da herauszuwinden, wir fallen immer wieder in den alten Sumpf zurück.« Die Wärme seiner Lippen bringt mich ins Stocken. »Nein, ich will es nicht, aber ich muss gehen. Ich muss, bevor die Liebe stirbt und ich anfange, dich zu hassen, denn das will ich noch viel weniger. Wir hatten Pläne und Träume, und sie waren wunderschön. Aber alles, was davon übrig ist, sind Erinnerungen. Die Gegenwart ist auf der Strecke geblieben. Doch ohne sie gibt es keine Zukunft. Es tut mir leid, Richard. So leid.«

Er rutscht ein Stück nach unten, sein Gesicht verschwindet in meinen Haaren. Sein Atem haucht stoßweise an meinen Hals und meine Finger umspannen seinen bebenden Nacken.

»Mir auch«, murmelt er. »Mir auch.«

Meine Wangen sind nass. Sind es meine oder seine Tränen?

Während die Kälte unsere Körper steif werden lässt, kehrt die innere Wärme zurück. Und mit ihr die Traurigkeit, die wir in die Dunkelheit flüstern, Stunde um Stunde. Bis der Motorenlärm eines Schneepfluges in den dämmernden Morgen dröhnt, verstummt und jemand an die Scheibe klopft.

Jetzt geht alles ganz schnell. Ein freundlicher Mann hilft uns, den Wagen wieder flott zu kriegen. Und Richard fragt ihn nach dem Weg. Sofort, ohne Zögern. Er ist tatsächlich falsch abgebogen. An dem Schild, von dem ich nichts erzählen durfte. Er beißt sich auf die Lippen, und ich drehe den Kopf weg. Allerdings hätte uns auch diese Straße zum Ziel geführt. Luftlinie sind es nur noch etwas mehr als fünfhundert Meter nach Mélisey. Direkt hinter dem Waldstück.

Jetzt fange ich an zu lachen. So sehr, dass ich mich auf einen Schneehaufen setzen muss. Richard zuckt die Schultern und grinst.

Fünfhundert Meter und diese kalte Nacht hätte nicht stattgefunden. Fünfhundert Meter und ich hätte mich nicht verplappert. Fünfhundert Meter und wir hätten wieder nicht geredet. Fünfhundert Meter und ich hätte das Löwenherz nicht noch ein letztes Mal schlagen hören.

Der Wagen ruckelt über die vereiste Fahrrinne, die der Schneepflug freigelegt hat. Bald taucht das Haus vor uns auf. Warmes Licht fällt durch die Fenster. Drinnen kann man das Funkeln der Kugeln und Kerzen an einem Baum erahnen. An der Tür hängt ein Mistelzweig. Beim Einparken knirscht pulvriger Neuschnee unter den Reifen, glitzert, ehe der Scheinwerfer erlischt. Irgendwer klimpert ein Weihnachtslied auf dem Klavier.

Richard zieht langsam den Schlüssel ab. »Jetzt haben wir es hinter uns«, sagt er. Dann bemerkt er die Doppeldeutigkeit und schüttelt trübsinnig den Kopf.

Ich öffne lächelnd die Tür. »Nein, Richard.«

Wir nehmen die Taschen voller Geschenke aus dem Kofferraum. Seine tiefgefrorene Hose bleibt liegen. »Nein. Wir haben beide noch jede Menge vor uns!« Schon lange hat er mich nicht mehr so angesehen wie gerade jetzt. Sein Blick ist weich und wehmütig.

»Bonne année«, flüstere ich an seine unrasierte Wange, als er mich umarmt. »Ein schönes neues Jahr.«

»Ein schönes neues Leben«, antwortet er rau.

Es tut immer weh, wenn etwas endet. Ganz fest fassen wir einander noch einmal an der Hand und gehen die letzten Meter gemeinsam.

Eiskalt

Beatrix Erhard

Österreich – Tirol – Perchtennacht, 5. Jan.

Perchten, dämonische Gestalten aus vorchristlicher Zeit

Der Januar lag kalt und schwer über dem Inntal. Angela hob die Arme gen Himmel und atmete ruhig weiter. Die Morgensonne schien schwach auf die schneebedeckten Gipfel rund um den Achensee. Wenn sie richtig atmet, dann ist alles in Ordnung. Das Wasser umfing sie in eisiger Kälte, die jedoch keine Angst in ihr weckte. Sie stand sicher auf dem Kiesgrund, bis zu den Schultern im Wasser, atmete tief ein und aus. Einatmen bis vier. Ausatmen bis vier. Die Luft anhalten bis vier. Und dann das Ganze wieder von vorne.

»Noch eine Minute«, rief sie den fünf Hotelgästen zu, die um sie herum im Wasser standen. »Konzentriert euch auf euren Atem, nicht auf die Kälte.«

Angela Frohwinkel liebte ihren abwechslungsreichen Job. Das Eisbaden hatte mit Fitnesstraining wenig zu tun und sie sah darin mehr als einen Trend. Es war ihr Anker. Ihre Verbindung zu etwas, das sie nicht benennen konnte.

Nach der Session wickelten sich die Teilnehmer in dicke Handtücher, ihr Lachen dampfte in der kalten Luft. Angela genoss die strahlenden Gesichter der Menschen nach dem Eisbaden. Wenn das Adrenalin Glücksgefühle über sie ausschüttete und der Stolz darauf, es tatsächlich getan zu haben. Sich getraut zu haben, ins eiskalte Wasser zu gehen – entgegen aller menschlicher Instinkte.

»Das war unglaublich!«, rief eine Frau. »Und du machst das jeden Tag?«

Angela nickte. »Eisbaden reinigt Körper und Geist.«

»Wirst du auch beim Perchtenlauf dabei sein? Morgen Abend im Dorf? Es ist doch die letzte Rauhnacht«, fragte ein junger Mann, während er in seine Stiefel schlüpfte.

Angela spürte, wie sich ihre Nackenhaare aufstellten. »Nein. Diese Tradition ist nicht mein Ding.«

»Oh, aber die Perchten mit ihren furchterregenden Masken hier im Inntal sind berühmt! Es soll ein spektakuläres Schauspiel sein.«

»Nur Touristenfolklore«, entgegnete Angela höflich, aber knapp, obwohl sie wusste, dass es nicht stimmte. Die Inntaler Perchten waren keine Unterhaltung. Sie waren ein Echo aus einer Zeit, als die Menschen noch an Dämonen glaubten. Und manchmal fragte sie sich, ob sie nicht recht gehabt hatten.

***

Später am Tag. Angela ging den vertrauten Korridor des St. Josef-Pflegeheims Richtung Ostflügel entlang. Geruch von Desinfektionsmitteln hing in der Luft. Sie spürte noch immer die wohltuende Kälte des Achensees, trotz der Überhitzung des Gebäudes.

Sie klopfte zweimal an die Tür von Zimmer 202 und trat ein. Michael saß am Fenster, sein Körper abgemagert, fast ausgezehrt. Seine Haut hatte die fahle Farbe von jemandem, der seit Jahren kein Sonnenlicht gesehen hatte. Das einst dichte braune

Haar war dünn geworden, mit grauen Strähnen durchzogen.

»Hallo, Bruderherz«, sagte Angela. »Das Eisbaden heute war wieder wunderbar. Du hättest die Gesichter der Touristen sehen sollen.«

Michael starrte seine Schwester an, die Pupillen stark erweitert, schwarz und unergründlich. Der Blick nie flackernd, nie blinzelnd, fixiert auf etwas Unsichtbares in der Ferne.

Michaels Hände lagen reglos in seinem Schoß, die Finger leicht gekrümmt. Die Ärzte nannten seinen Zustand »katatonisch«, aber es war mehr als das. Er atmete, er schluckte, wenn man ihm Nahrung gab. Aber er sprach nie, bewegte sich nie willentlich. Als hätte jemand seinen Bewusstseinsschalter umgelegt.

Morgen waren es siebzehn Jahre. So lange saß er schon hier.

Ein Klopfen unterbrach Angelas Gedanken.

»Herein«, sagte sie.

Ein junger Mann trat ein. Er trug die mintgrüne Uniform des Pflegepersonals. »Entschuldigen Sie die Störung«, sagte er mit einem Lächeln. »Ich bin Sebastian Ebner. Ich bringe das Essen für Herrn Frohwinkel. Freut mich, seine Schwester auch endlich persönlich kennenzulernen.« Er stellte ein Tablett auf dem Nachttisch ab, blieb aber stehen und betrachtete Michael mit unverhohlener Neugier. »Faszinierend«, murmelte er. »Siebzehn Jahre ohne signifikante Veränderung.«

»Kennen Sie seinen Fall?«, fragte Angela erstaunt.

»Oh ja, ich bin nicht nur Pfleger, sondern auch Ethnologe an der Uni Innsbruck. Ich schreibe gerade an meiner Doktorarbeit über Volksglauben und psychische Störungen in alpinen Regionen.« Er zog ein abgegriffenes Notizbuch hervor. »Mein Großvater war Archivar hier im Inntal. Er hat mir alte Aufzeichnungen hinterlassen, die von der besonderen Bedeutung der Rauhnächte handeln. Einige davon sind höchst beunruhigend.« Er blätterte eine Seite um. »Der Fall Ihres Bruders ist in gewisser Weise eine Legende.«

»Mein Bruder ist kein Forschungsobjekt!«, schnaubte Angela empört.

»Natürlich nicht. Aber sein Zustand begann nach einem Perchtenlauf, richtig?« Er nahm den Wärmedeckel von einem Teller mit Suppe, während er weitersprach. »Ich habe Hinweise auf ein Muster gefunden. Alle siebzehn Jahre treten in der letzten Rauhnacht, der Perchtennacht, dieselben Anomalien auf.«

Angela bemerkte ein Zucken unter Michaels rechtem Auge und spürte eine plötzliche Unruhe.

»Ich denke, Sie sollten jetzt gehen.«

Aber Sebastian Ebner wich nicht zurück. »Frau Frohwinkel, ich glaube, Ihr Bruder ist kein gewöhnlicher Patient. Manche Perchtenmasken in dieser Region haben eine besondere Geschichte.«

Angela fühlte Panik in sich aufsteigen. »Ich will nichts davon hören!« Sie war lauter geworden als beabsichtigt.

»Falls Sie Ihre Meinung ändern.« Er reichte ihr eine Karte. »Ich bin einer Sache auf der Spur, die Ihnen beiden helfen könnte. Es geht um eine spezielle Maske. Eine, die Ihre Familie besitzt. In den Aufzeichnungen meines Großvaters gilt die Frohwinkel-Maske als einzigartig – und gefährlich.«

Angela erstarrte. Bilder zuckten durch ihren Kopf: geschnitztes Holz, aufgerissene Augen, grausame Spitzenzähne.

»Bitte gehen Sie. Sofort!« Jähe Furcht durchzuckte sie.

Er wandte sich zögernd ab, an der Tür drehte er sich noch einmal um. »Alle siebzehn Jahre, Frau Frohwinkel. Der aktuelle Zyklus endet morgen, in der letzten Rauhnacht. Der nächste Zyklus beginnt übermorgen an Dreikönig.«

Nach seinem Abgang sank Angela auf ihren Stuhl. Sie warf einen Blick auf Michael, dessen Gesicht wieder ausdruckslos war. Nur die angespannten Schultern verrieten, dass etwas nicht stimmte.

»Er redet Unsinn«, sagte sie zu Michael. Aber während sie die Worte aussprach, spürte sie ein kaltes Kribbeln ihren Rücken hinunterlaufen. Draußen begann es zu schneien, dicke Flocken, die vom grauen Himmel fielen wie stumme Botschaften aus einer anderen Welt.

***

Der Anruf kam am nächsten Morgen, kurz nach Sonnenaufgang.

»Frau Frohwinkel?« Die Stimme der Heimleiterin klang gepresst. »Könnten Sie vorbeikommen? Ich muss dringend mit Ihnen sprechen. Persönlich. Sebastian Ebner wurde heute früh tot aufgefunden. Am Ufer des Achensees.«

Angelas Hände zitterten, während sie das Telefon ans Ohr hielt und während der ganzen Fahrt zum Pflegeheim. Dort herrschte angespannte Stille. Die Heimleiterin, Frau Berger, führte Angela mit versteinertem Gesicht in ihr Büro.

»Die Polizei geht von einem Unfall aus«, sagte sie ohne Umschweife. »Er war scheinbar nachts schwimmen, hat es zwar noch an Land geschafft, ist dort aber dann erfroren. So grauenhaft.« Frau Berger fuhr sich mit dem Handrücken über die Augen.

Angela spürte, wie sich ihr Magen zusammenzog. »Gestern war er noch hier, wir haben gesprochen. Ich kann es einfach nicht fassen«, stieß sie erstickt hervor.

»Er hatte immer ein besonderes Interesse an Ihrem Bruder.« Frau Berger reichte ihr ein abgegriffenes Notizbuch, das sie sofort erkannte. »Dies lag in seinem Spind. Ihr Name ist mehrfach darin vermerkt.«

Angela blätterte durch die Seiten. Notizen über Perchtenrituale, alte Masken, einen mysteriösen »17-Jahres-Zyklus«. Und immer wieder die Erwähnung einer besonderen Maske – ihrer Familienmaske.

Als sie zu Michaels Zimmer ging, spürte sie eine ungewohnte Spannung in der Luft. Michael saß wie immer am Fenster, doch als sie eintrat, bewegte sich sein Kopf minimal in ihre Richtung.

»Michael?«, flüsterte sie. »Sebastian ist tot. Er wurde am See gefunden.«

Michaels Lippen öffneten sich leicht. »Tuiflslarve.«

Teufelsmaske. Angela erstarrte. Zum ersten Mal seit siebzehn Jahren hatte ihr Bruder gesprochen. Seine Stimme war rau vom jahrelangen Schweigen, kaum mehr als ein Hauch.

***

Der alte Schuppen hinter dem Elternhaus stand wie ein düsteres Mahnmal gegen den verschneiten Wald. Angela hatte den kleinen Hof schon seit Jahren als Feriendomizil an einen Unternehmensberater aus München vermietet. Nicht jedoch den Schuppen.

Im Inneren roch es nach Moder. In der dunkelsten Ecke hing sie – die Perchtenmaske ihrer Familie. Sie war fast schwarz vom Alter, die Oberfläche von tiefen Furchen durchzogen. Angela nahm allen Mut zusammen, befühlte das geschnitzte Holz, fuhr die Linien des weit aufgerissenen Maules nach, die riesigen, spitzen Zähne. Als Kind hatte Angela schreckliche Angst vor ihr gehabt. Michael hingegen war fasziniert gewesen, hatte stundenlang vor ihr gesessen.

Vorsichtig nahm sie die Maske von der Wand. Das Holz fühlte sich seltsam warm an. Sie entdeckte frische Fingerspuren im Staub der Innenseite.

Als sie die Maske drehte, fiel ein gefaltetes Papier heraus, das zwischen dem Holz und dem Innenfutter versteckt gewesen war. Ihr Name stand darauf, in einer akkuraten Handschrift.

»Angela – ich hoffe, nein ich weiß, dass Sie die Maske aufsuchen werden. Wenn Sie diese Nachricht finden, kann noch alles gut werden. Ich muss Sie dringend sprechen. Die Maske birgt ein Geheimnis. Die Lösung liegt im Wasser. – S. E.« Unter der Nachricht war eine Nummer notiert, offenbar in Eile hingekritzelt: 7778.

***

Das Ufer des Achensees wirkte tagsüber friedlich, fast idyllisch. Die Polizei hatte den Fundort von Sebastians Leiche mit einem dünnen Absperrband markiert. Angela duckte sich darunter hindurch. Außer ihr war an dem schmalen Uferstreifen niemand zu sehen, hinter ihr begann der Bergwald.

Der Neuschnee war zertrampelt von Polizeistiefeln, aber verborgen unter einem Felsvorsprung entdeckte sie etwas Seltsames: Steine, in einem präzisen Kreis angeordnet, und Wachsreste, als hätten hier kürzlich Kerzen gebrannt.

Ein Knacken im Unterholz ließ sie herumfahren. Für einen Moment glaubte sie, eine dunkle Gestalt zwischen den Bäumen zu sehen, doch als sie näher hinsah, war da nichts.

Etwas Metallisches glitzerte zwischen den Steinen. Ein Smartphone in einer wasserdichten Hülle. Der Sperrbildschirm zeigte eine Nachricht: »Falls mir etwas zustößt – Maske + See + 17 Jahre.«

Angela versuchte erfolglos einige gängige Kombinationen, bis sie auf die Idee kam, die Zahl »7778« von dem Zettel in der Maske einzugeben. Das Display entsperrte sich. In Sebastians Galerie stieß sie auf verstörende Aufnahmen: Ein verwackeltes Video zeigte einen älteren Mann in dunkler Kleidung am Seeufer, der in einer fremden Sprache murmelte. Die neueste, nicht versendete Nachricht auf dem Mobiltelefon war an sie gerichtet: »Ich weiß jetzt, wer Sie wirklich sind, Angela.«

Als sie den Mann auf dem Video genauer betrachtete, erkannte sie Alois Moser, den Bürgermeister des Dorfes und Obmann des Perchtenvereins. Er war einer der angesehensten Männer der Gegend, bekannt für seine Bemühungen, die alten Traditionen zu bewahren.

Angela lief zurück zu ihrem Wagen, Mosers Gesicht im Video noch immer vor Augen. Es dämmerte bereits – der 5. Januar neigte sich dem Ende zu, und mit der einfallenden Dunkelheit würde der Perchtenlauf beginnen.

Anstatt den Perchten fernzubleiben, wie sie es sonst tat, parkte sie am Dorfrand und beobachtete aus sicherer Entfernung, wie sie sich versammelten.

Die Männer verwandelten sich mit ihren zottigen Fellen und geschnitzten Masken in furchterregende Kreaturen. Sie läuteten mit schweren Kuhglocken und schwangen Ruten aus Pferdeschweifen, während sie sich in Formation aufstellten.

Als der Zug sich in Bewegung setzte, folgte Angela ihm durch die engen Gassen. Der rhythmische Klang der Glocken, das Stampfen der schweren Stiefel und das gelegentliche Knallen der Ruten schufen eine hypnotische Atmosphäre. Die „Tuifl" waren auf ihrem jährlichen Weg und würden sich durch nichts aufhalten lassen.

Zwischen den tanzenden Gestalten fiel ihr eine besondere Maske auf – kunstvoller, älter und bedrohlicher als die anderen. Die Maske trug ein kleines Abzeichen am oberen Rand – das Wappen des Dorfes, das nur dem Obmann des Perchtenvereins zustand: Moser. In diesem Moment drehte er sich in ihre Richtung und das Starren der furchterregenden Maske fuhr Angela in Mark und Bein. Moser deutete mit einer kaum wahrnehmbaren Geste zum See, bevor er sich wieder der Gruppe anschloss.

Die umstehenden Touristen applaudierten dem schauerlichen Spektakel, ahnungslos, dass sie Zeugen einer jahrhundertealten Jagd wurden.

Angela spürte, wie ihr Herz raste. Die Aufforderung war unverkennbar. Sie eilte zurück zu ihrem Auto. Mit zitternden Händen legte sie das schwere Kostüm an: Felle und Glocken. Die Familienmaske ruhte auf dem Beifahrersitz – eine lauernde Herausforderung.

Als sie zum See fuhr, fiel ihr Blick immer wieder auf das uralte geschnitzte Gesicht. War es nur Einbildung, oder pulsierte ein schwaches Leuchten in den Augen der Maske?

Nach einem tiefen Atemzug nahm sie die Maske und stieg aus. Was immer in dieser Nacht geschehen würde, sie musste es der Wahrheit über Michael wegen durchstehen – und sie war es Sebastian Ebner schuldig.

Der Mond spiegelte sich auf der schwarzen Wasserfläche des Achensees. In der Ferne hörte Angela noch die Glocken der Perchtenläufer im Dorf. Sie ging zum Seeufer hinunter, ihre eigenen Glocken klangen in der Stille unnatürlich laut.

Am Wasser fand sie frische Spuren im Schnee, die zu dem Platz führten, wo Sebastians Leiche gefunden worden war. Jemand hatte neue Kerzen aufgestellt, in einem präzisen Kreis angeordnet.

Hinter ihr knirschte Schnee unter schweren Schritten. Sie drehte sich um und sah mehrere Gestalten auf sich zukommen – Perchten, angeführt von Moser in seiner eigenen Maske.

»Du hast verstanden«, sagte Moser, »das ehrt dich.«

Die anderen Perchten bildeten einen Kreis um sie. Durch die Augenlöcher der bizarren Masken spürte Angela die Blicke älterer Männer. Die Hüter der Tradition.

»Es muss nicht schmerzhaft sein«, sagte Moser. »Die Maske wird dich nehmen, wie sie deinen Bruder genommen hat. Ein reines Gefäß für das, was im See wohnt.«

Angela starrte ihn nur wortlos an.

»Dein neugieriger Freund aus dem Pflegeheim hatte alles durchschaut«, fuhr Moser fort, seine Stimme kalt. »Er wollte mit dem Geheimnis der Maske an die Öffentlichkeit gehen. Ich konnte nicht zulassen, dass er siebzehn Jahre Warten zunichtemacht, nur wenige Stunden vor dem Ende des Zyklus, wenn die Maske ein neues Gefäß wählt. Der Pakt muss unter allen Umständen eingehalten werden.«

Angela starrte Moser entsetzt an, fasste sich aber schnell wieder. Sie durfte jetzt nicht die Nerven verlieren.

»Und wenn ich mich weigere?«

»Dann nehmen wir die Maske und finden ein anderes Gefäß. Aber das wäre verschwenderisch. Die Maske hat dich schon einmal gewählt. Sie ist hungrig nach dir.«

Ein weiterer, unschuldiger Mensch, der Michaels Schicksal erleiden muss? Nein, das durfte sie nicht zulassen. Sie musste das zu Ende bringen. Hier und jetzt. Angela setzte mit zitternden Händen die Maske auf und justierte sie. Sofort spürte sie ein seltsames Pulsieren durch das Holz. Ein Flüstern erklang in ihrem Kopf, lockend, verführerisch.

Siebzehn Jahre lang hatte sie die Erinnerungen verdrängt. Siebzehn Jahre lang hatte sie sich geweigert, die Wahrheit zu sehen.

Nach einem tiefen Atemzug drückte sie die Maske fest auf ihr Gesicht. Sofort durchströmte sie eine Flut von Bildern – nicht ihre eigenen Erinnerungen, sondern die ihres Bruders:

Michael, damals achtzehn, beim Perchtenlauf am 5. Januar. Die fröhliche Stimmung, das Treiben im Dorf, die dumpfen Glocken und das Knallen der Peitschen. Dann sieht er etwas Verstörendes: Die kleine Angela, erst sechs Jahre alt, wird von einem Dorfältesten weggeführt, weg von den Feierlichkeiten, zum See hinunter. Michael folgt ihnen heimlich. Am Ufer versammeln sich mehrere Männer in Perchtenkostümen. Ein uraltes Ritual beginnt – die »Wasserweihe«. Ein »reines Gefäß« soll dem »Hunger der Maske« geopfert werden. Mi-

chael erkennt mit Entsetzen: Seine kleine Schwester soll den Hunger stillen. Michael stürmt aus seinem Versteck, reißt die Maske an sich und setzt sie selbst auf, bevor jemand einschreiten kann. Ein uraltes Wesen ergreift von ihm Besitz, durstig nach siebzehn Jahren des Wartens. Aber statt es zu bekämpfen, schließt Michael einen verzweifelten Pakt: Seine Seele als Gefängnis, um seine Schwester zu retten. Das Bewusstsein seiner kleinen Schwester wird verschont, die Erinnerung an die schreckliche Nacht aus ihrem Gedächtnis gelöscht.

Angela taumelte, überwältigt von den Bildern. Die verdrängte Wahrheit traf sie wie ein Schlag: Michael hatte sich für sie geopfert.

»Die Erinnerungen sind stark, nicht wahr?« Mosers Stimme drang durch den Nebel in ihrem Kopf. »Die Maske bewahrt alles. Jedes Opfer, jede Seele.«

Angela blickte auf den tiefschwarzen See. Ihre unerklärliche, tiefe Beziehung zum Wasser – plötzlich verstand sie.

Mit einer schnellen Bewegung drehte sie sich um und watete hinein. Der Schock des eiskalten Wassers hätte jeden anderen gelähmt, aber Angelas Körper war darauf trainiert. Sie blieb im seichten Uferbereich stehen und tauchte bis zu den Schultern ein, die Hände über der Oberfläche, so wie es beim Eisbaden gelehrt wurde. Im bitterkalten Wasser, mit der Maske auf dem Gesicht, spürte sie eine direkte Verbindung zu Michael. Eine Stimme in ihrem Kopf, schwach, aber deutlich:

»Du kannst es kontrollieren, Angela. Das Wasser gibt dir Kraft.«

Durch die Augenöffnungen der Maske sah sie die verschwommenen Gestalten der Perchten am Ufer. Das Wesen in der Maske hungerte, wollte ein Opfer – aber durch die jahrelange Abhärtung im kalten Wasser hatte Angela eine Stärke entwickelt, die es nicht erwartet hatte. Das Wesen versuchte, sie hinab ins Dunkel zu ziehen, doch Angela widerstand. Sie spürte eine Kraft in sich wie noch nie, hörte Michaels beruhigende Stimme: *»Atme tief, atme ruhig, dann wird alles gut.«*

Als Angela mühsam und triefend nass aus dem Wasser stieg, standen die Perchten immer noch reglos im Halbkreis.

»Es ist vorbei«, keuchte sie durch die Maske, ihre Stimme seltsam verändert. »Der Zyklus endet hier.«

Moser wich zurück. »Das ist unmöglich. Niemand kann die Maske kontrollieren!«

»Mein Bruder hat es getan. Siebzehn Jahre lang.« Sie trat näher, Wasser tropfte von den Fellen ihres Perchtenkostüms. »Und ich habe von ihm gelernt.«

Sirenen heulten in der Ferne. Angela hatte Sebastians Beweise an die Polizei geschickt, bevor sie zum See gekommen war.

»Ihr versteht nicht, was ihr tut!«, schrie Moser, als die ersten Polizeilichter durch die Bäume blitzten und er erkannte, dass er verloren hatte. »Der Pakt muss eingehalten werden! Der See wird sich rächen!«

***

Der Dreikönigstag, der 6. Januar, brach mit stahlblauem Himmel über dem Inntal an. Moser wurde wegen Mordes an Sebastian Ebner verhaftet. In den folgenden Tagen weiteten die Ermittler ihre Befragungen aus. Weitere Dorfälteste wurden vorgeladen, als die Ermittlungen ein Jahrzehnte altes Netz aus Schweigen und Komplizenschaft aufdeckten.

Michaels Zustand hatte sich merklich verbessert. Er sprach noch nicht, aber sein Blick folgte Angela durchs Zimmer. Die Ärzte nannten es ein medizinisches Wunder.

Die »Tuiflslarve« hing nun in Angelas Wohnung, als stete Mahnung. Sie hatte das Wesen nicht vernichtet – vielleicht konnte man es gar nicht vernichten. Aber sie hatte gelernt, es zu kontrollieren.

Jeden Morgen ging sie zum Eisbaden. Es war nicht mehr nur Therapie oder Sport, sondern ein Ritual. Eine Verbindung zu etwas Archaischem und Mächtigem.

Während sie ins eiskalte Wasser des Achensees eintauchte, spürte sie Michaels Präsenz. Ein Fragment seiner Seele, das durch sie befreit worden war. Nicht vollständig – ein Rest von ihm würde immer in der Maske bleiben.

Aber es war genug, um weiterzuleben.

Manchmal, wenn der Mond auf dem Wasser glitzerte, glaubte sie in den Tiefen des Achensees Bewegungen zu sehen. Etwas Uraltes, das geduldig wartete. Siebzehn Jahre waren eine lange Zeit.

Und manchmal, wenn der Wind über den Achensee fegte und die Wellen höher schlugen als gewöhnlich, erinnerte sie sich an Mosers letzte Worte. War es möglich, dass der See tatsächlich ein Bewusstsein hatte? Dass er Opfer forderte? Die alten Geschichten erzählten von Überschwemmungen und Dörfern, die in den Tiefen verschwanden, lange bevor der Pakt geschlossen wurde.

Doch Angela hatte keine Angst mehr. Was immer dort unten lauerte – sie war bereit.

Ein besonderes Weihnachtsfest in Irland

Ursula Schmid Spreer

Irland – Cork – Nollaig na mBan – 6.Jan.

Advent bis Woman´s Christmas

»Ich freue mich so, dass ihr beide endlich den Weg zu mir nach Irland gefunden habt.« Annelise Sullivan bat ihre Gäste ins Haus und drückte ihre alte Freundin Margarete ganz fest an sich.

»Ach weißt du«, meinte diese, »Brunhilde und ich sind diejenigen, die im Altersheim ständig Ärger machen. Deshalb haben sie uns geraten, dass wir uns – besonders jetzt zur Weihnachtszeit – auf Reisen begeben sollen.«

»Du hast dich nicht verändert, meine Liebe«, sagte Annelise. »Immer einen flotten Spruch auf den Lippen.«

»Ich will nicht, dass die Leute von mir denken: Was für eine süße, kleine, alte Frau. Ich möchte, dass sie sagen: *Oh Scheiße, was hat sie jetzt schon wieder angestellt.*«

»Da besteht bei dir ja keine Gefahr, denn du hast dauernd Blödsinn im Kopf«, antwortete Brunhilde trocken. »Ne, langweilig wird es mit dir nicht.«

Die drei grienten sich an.

»Vielen Dank, dass Sie mich so herzlich aufnehmen.« Brunhilde streckte beide Hände aus und nahm Annelise ebenfalls in den Arm.

»Dass *du* mich ...«, verbesserte Annelise. »Es ist höchste Zeit, dass wir zwei uns persönlich kennenlernen. Margarete hat in ihren Briefen viel von dir erzählt. Ich habe Irish Coffee vorbereitet, schließlich ist der Klimawandel auch an Irland nicht spurlos vorübergegangen. Trotz Golfstrom, der normalerweise eine milde Wetterlage mit sich bringt, ist es hier in Cork empfindlich kalt geworden. Und da kommt so ein Käffchen mit Sahne und einem kleinen Schluck Whiskey recht gut.«

»Fein!« Margarete klatschte in die Hände. »Ich hoffe, es wird dir nicht zu viel? Aber du hast so sehr von der Vorweihnachtszeit in Cork geschwärmt, dass wir dachten, ein paar Tage vor Heiligabend ist genau der richtige Zeitpunkt.«

»Aber nein! Ich freue mich, wieder mal Deutsch sprechen zu können und euch die Weihnachtsbräuche meiner neuen Heimat näherzubringen.«

In der Zwischenzeit war Annelises Mann, Jamie gekommen. Auch er begrüßte die deutschen Gäste herzlich. »So kann auch ich mein Deutsch kultivieren.« Er zwinkerte. »Wisst Ihr, worauf ich mich besonders freue?« Er beantwortete sich die Frage selbst. »Auf singing Pubs, auf den Wren und ...«

Annelise unterbrach ihn. »Jetzt überrolle unsere Gäste doch nicht gleich.«

»Als wir mit dem Taxi zu euch gefahren sind, haben wir gesehen, dass ganz Cork mit Lichterketten geschmückt ist.«

»Die Iren läuten ab dem 8. Dezember die Weihnachtszeit ein«, antwortete Annelise, hängte die Mäntel an der Garderobe auf und ging voraus ins Wohnzimmer. »In allen Städten in den Countys gibt es Weihnachtsmärkte, genau wie in Deutschland. Nur beginnen da die Märkte ja schon mit dem 1. Advent. Die Familie versucht zusammenzukommen, um diese Zeit gemeinsam zu feiern.«

***

Die Damen nahmen Platz auf einer gemütlichen Couch, während Annelise kunstvoll über einen Löffel die halb geschlagene Sahne in bauchige Tassen laufen ließ.

»Sláinte!«

»Wow, der hat aber Schmackes.« Brunhilde hüstelte.

»Ich find ihn lecker.« Margarete fuhr sich mit der Zunge über den Sahnebart, der sich über ihren Lippen gebildet hatte.

»Also, wenn ich mich so umschaue, bist auch du voll im Weihnachtsfieber.« Margarete ließ ihren Blick zum Fenster schweifen, an dem Lichterketten angebracht waren. Auf dem Tisch stand ein glitzernder Adventskranz.

»Ich weiß, ein bisschen kitschig, das habe ich aus Deutschland mitgebracht, mir gefällt's.« Annelise grinste.

Brunhilde sagte nichts, denn pausbäckige Engelchen und Weihnachtsmänner, die die Wände hinaufkletterten, waren nun wirklich nicht nach ihrem Geschmack.

»In Irland feiert man Weihnachten ein wenig anders als in Deutschland. Das erzähle ich euch heute Abend im Pub!«

***

Brunhilde war sehr aufgeregt. Schon alleine Weihnachten in einem fremden Land zu verbringen und nicht in heimischen Gefilden, war etwas Besonderes für sie. In ihrer Heimat war es auch nicht üblich, an den Weihnachtstagen in ein Wirtshaus zu gehen.

Aber der Pub, wie sie mittlerweile erfahren hatte, war das zweite Wohnzimmer der Iren. Auch hier war alles weihnachtlich mit Kerzen und Tannenzweigen geschmückt. Fröhlich trinkende Menschen standen in Grüppchen beieinander. Brunhilde staunte, während Annelise sich zum Tresen hinschob, vier Finger hob und mit drei Gläsern Kilkenny zurückkam.

»Das ist nicht ganz so bitter wie das Guinness«, meinte sie.

Am Nebentisch wurde leise gestritten. Die Frau hatte die Lippen fest aufeinandergepresst, während das Gesicht des Mannes eine unnatürliche Röte angenommen hatte.

»Das ist schon dein zweites Bier«, zischte er. »Ich habe dir gesagt, dass unser Geld nur für jeweils ein Bier reicht.«

Die Frau schwieg, während der Mann sichtlich nervös mit den Fingern auf die massive Holzplatte des Stehtisches klopfte.

Einer der Gäste stimmte 'Jingle Bells' an. Viele Gäste sangen mit.

»Und Schatz, hast du deine Freundinnen schon auf Weihnachten, speziell auf Women's Christmas – *Nollaig na mBan* – eingestimmt?«, fragte Jamie.

»Nein, das ist doch eine Überraschung.«

»Jetzt machst du mich aber neugierig!« Margarete legte den Arm um Annelises Schultern. »Was erwartet uns?«

»Der Weihnachtsabend ist ein Fest der Familie. Wir essen Truthahn, Räucherlachs und Plumpudding. Mitternacht gehen wir in die Messe. Da seid Ihr doch auch dabei, oder?«

»Sicher!«, beeilte sich Margarete zu sagen. »Bis auf das Essen, du weißt, bei uns gibt es Kartoffelsalat und Würstchen, sind wir bisher gleich. Was ist Plumpudding?«

Annelise ließ sich nicht beirren und erzählte weiter. »Santy, so wird Santa Claus liebevoll genannt, bringt in der Nacht die Geschenke. Er steckt sie in Socken, die die Kinder sichtbar auslegen. Erst am 25. Dezember dürfen sie ausgepackt werden.«

»Arme Kinder, die sind doch bestimmt schon neugierig.«

Ein strafender Blick von Brunhilde. »Lass sie doch weitererzählen.«

»Santy wird für seine Mühen entlohnt. Man stellt ein Pint Guinness, ein Glas Whiskey oder selbst gebackene Mince Pies für ihn bereit.«

Brunhilde strahlte: »Dieses irische Weihnachtsfest, das wir bei euch verbringen dürfen, wird sicher ein ganz besonderes werden.«

***

»Gib es ruhig zu, das Leben wäre langweilig ohne mich.« Margarete lag auf dem Bett im Hotel und versuchte, im Liegen ihre Hose zu schließen.

»Ich habe keine Speckrollen, das ist Speicherplatz für mein Bauchgefühl«, murmelte sie vor sich hin. Ihr entging, dass Brunhilde die Augen verdrehte.

»Nimm halt die Hose mit dem Gummizug, wir werden heute, am ersten Weihnachtstag, sicher ein paar irische Spezialitäten von Annelise serviert bekommen.«

»Na gut, dann sitze ich heute mal nur da und bin hübsch.«

»Nichts da, Annelise und Jamie holen uns in einer Stunde zum Ausflug ab.«

***

Margarete trippelte vor dem Hotel von einem Fuß auf den anderen. »Zehn Uhr früh und so kalt! Welch ein Glück, dass Annelise uns sagte, dass wir uns warm anziehen sollen. Immerhin schneit es nicht«, meinte sie. »Ich bin ja gespannt, was die beiden mit uns vorhaben.«

Wie auf Zuruf hielt das Fahrzeug neben ihnen.

»Einsteigen, meine Damen, wir fahren in den County Kerry«, rief Annelise fröhlich. »Genau gesagt nach Fenit an der Atlantikküste.«

»Das ist etwa zehn Kilometer westlich von Tralee, der Hauptstadt«, fiel ihr Jamie ins Wort.

»Wir gehen zum Schwimmen!«

Margarete schüttelte sich. »Wie bitte? Schwimmen bei diesen Temperaturen? Nein danke!« Allein von dem Gedanken bekam sie bereits Gänsehaut. »Ich glaub, ich spinne! Ich will mich ja nicht mit dir streiten, aber ...«

»Keine Angst, ihr Lieben. Wir sind nur Zuschauer.« Annelise konnte sich ein Lachen nicht verkneifen. »Wisst ihr, dieses Weihnachtsschwimmen in Irland ist noch relativ jung, etwa seit der Mitte des 20. Jahrhunderts. Wahrscheinlich hat es einen religiösen Aspekt oder auch einen gesundheitlichen.«

»Ich weiß, kaltes Wasser fördert die Durchblutung«, antwortete Margarete etwas versöhnlicher gestimmt, »und regt auch das Immunsystem an.«

»Das Ganze hat natürlich auch einen karitativen Sinn. Es wird Geld gesammelt, die Schwimmer zahlen auch noch dafür, dass sie ins eiskalte Wasser gehen.«

»Als Nachspeise gibt es dann einen heißen Tee oder einen Hot Toddy«, meinte Jamie.

»Hot Toddy?« Brunhilde sah fragend von einem zum anderen.

»Schmeckt lecker: Zitronensaft, Zimt, Gewürznelken und Honig mit heißem Wasser aufgießen und, ganz wichtig, Whiskey dazugeben und umrühren.«

»Überredet«, Brunhilde lachte und Margarete fuhr sich mit der Zungenspitze über die Lippen. »Der Teil gefällt mir.«

Schon nach kurzer Zeit alberten sie herum, es fühlte sich vertraut an. Annelise bedauerte fast, dass die beiden in einem Hotel in der Nähe abgestiegen waren, statt bei ihr und Jamie im Gästezimmer zu wohnen. Aber schließlich ging es bei ihrem Aufenthalt nicht nur um ein paar Tage, sondern um ganze drei Wochen.

»Wir sind da.«

Während sie noch ihre Sicherheitsgurte lösten, wurde beim Fahrzeug nebenan heftig die Beifahrertür zugeknallt. Ein Mann war ausgestiegen, er lief um das Auto herum zur Fahrerin. Dann schrie er unbeherrscht: »Dein Fahrstil ist eine Katastrophe, und einparken kannst du auch nicht, Amy! Das hat uns mindestens einen Liter Benzin zusätzlich gekostet.«

Die Stimme kam Margarete bekannt vor.

»Jetzt bleib doch stehen, du hast die Thermoskanne und die Decke vergessen. Wenn wir was kaufen müssen, ist das doch viel zu teuer.«

»Das ist der Typ aus dem Pub«, flüsterte Margarete ihrer Freundin Brunhilde zu. »Ein unangenehmer Mensch. Dauernd hat er was an seiner Frau zu meckern.«

Sie verloren das Paar aus den Augen und beobachteten fasziniert, wie sich Menschen in Badeanzügen in die kalte See stürzten. Viele hatten lustige Badehauben auf, trugen Gummienten oder andere Schwimmtiere. Vereinzelt gewannen ein paar Sonnenstrahlen gegen den düsteren Himmel. Lachen drang an ihr Ohr.

Sie genossen ihre heißen Getränke, und Jamie erzählte von einer weiteren alten irischen Weihnachtstradition:

»Morgen, am 26. Dezember, ist Wren Day«, begann er. »Wren heißt Zaunkönig. Der Tag soll an unseren Nationalheiligen St. Patrick erinnern. Die Legende sagt, dass er von einem Zaunkönig auf seiner Flucht verraten worden ist. Daraufhin wurde Patrick gefangen genommen. Früher sind die Kinder mit einem Zaunkönig von Haus zu Haus gezogen. Sie hatten Federn des Vogels dabei, das sollte Glück bringen. Und dafür gaben die Leute einen Obolus. Anschließend hat das Dorf mit dem Geld ein großes Fest gefeiert.«

»Das ist eine tolle Idee«, meinte Brunhilde. »So hatte jeder etwas davon. Gibt's das heute auch noch?«

»Nein, heute verkleiden sich die Kinder, tragen Masken und alte Kleidungsstücke, singen und sammeln Süßigkeiten für sich selbst und Geld, das dann für einen guten Zweck verwendet wird.«

»Fein.« Margarete schlürfte selig ihren zweiten Hot Toddy.

»Dann werden wir morgen mal mit gezückter Geldbörse nach den Kindern Ausschau halten.«

***

Die vielen Erlebnisse bei Anneliese und Jamie im schönen County Cork ließen die Zeit schnell verfliegen. Brunhilde war früh aufgewacht und konnte es kaum glauben: Weihnachten und Silvester lagen bereits hinter ihnen, es war schon der Heilig-Drei-König-Tag!

Margarete öffnete die Augen. »Was wurschtelst du schon wieder herum. Es ist gerade mal sieben Uhr.«

»Wir haben heute doch noch etwas Besonderes vor. Das *Women´s Christmas.* Ich bin richtig aufgeregt. Jetzt steh endlich auf.«

»Sei froh, dass ich noch nicht richtig wach bin, so habe ich noch nichts angestellt«, brummte Margarete.

»Schwing deine Revuestäbchen aus dem Bett und komm mit frühstücken.«

Eine knappe Stunde später saßen die beiden im Frühstücksraum des Hotels und schlürften Tee, natürlich mit Milch, so wie die Iren es gerne mochten.

»Weißt du, wie Raufasertapeten entstehen?«

»Wie kommst du da jetzt drauf, Margarete.«

»Weil der Herr da drüben Müsli isst. Und wenn er jetzt noch niesen muss, dann ...«

Brunhilde gluckste leicht, dann lachte sie herzhaft. Sie hatte das Grinsen noch im Gesicht, als das Taxi sie vor dem Haus der Sullivans absetzte. Sie verbrachten einen gemütlichen Nachmittag und Jamie verwöhnte sie wieder mal mit Irisch Coffee, während sie plauderten.

»Genug geredet«, verkündete Annelise schließlich. »Es wird Zeit, dass wir gehen und die Women's Christmas einläuten. Den Corkonians liegt das Fest besonders am Herzen, da dürfen die Frauen wenigstens einmal im Jahr über die Stränge schlagen. Mein Guter, du hütest Haus und Hof, machst die Küche sauber, nimmst den Weihnachtsschmuck ab, besonders den Stechpalmenkranz, verstaust alles im Keller und kochst für morgen vor. Bitte, wie jedes Jahr, *Spiced Beef* vorbereiten.«

»Hört sich scharf an«, meinte Brunhilde, die Annelise bewunderte, weil sie ihren Gatten so gut im Griff hatte.

»Das ist gewürztes Rindfleisch, das isst man in Irland traditionell nach der Frauen-Weihnacht«, antwortete Annelise.

Und Jamie ergänzte: »Es wird mit Zucker, Gewürzen und Beeren gekocht. Das Rezept stammt noch aus der Zeit, als das Fleisch konserviert wurde.«

»Du weißt, es bringt Unglück, wenn du es nicht tust.«

Sie drückte Jamie einen Kuss auf die Wange. »Auf, auf, meine Damen, meine Freundinnen und der Pub warten.«

***

Sie wurden mit lautem Hallo begrüßt. Drei Frauen standen auf einer Art Podest und spielten irische Musik. Die Stimmung war überschwänglich, im Lokal befanden sich ausschließlich Frauen.

»Women's Christmas, Women's Christmas«, schrien einige von ihnen. Sie hatten sich untergehakt und tanzten aufgedreht.

»Das ist doch die Frau vom Weihnachtsschwimmen, Amy, glaube ich«, sagte Brunhilde. »Schön, sie so ausgelassen zu sehen.«

Annelise war in der Zwischenzeit mit drei Kilkenny an den Tisch gekommen. »Sláinte!«, rief sie fröhlich. »Auf einen gelungenen Abend. Toll, dass Ihr da seid!«

»Die sind ja alle so viel jünger als wir«, flüsterte Brunhilde.

»Wir gehören zwar zum alten Eisen, aber die Schrottpreise sollen doch steigen!« Margarete ließ ihr Bierglas an Annelises und Brunhildes Glas klingen. Im selben Moment kam eine ganze Gruppe von älteren Frauen herein. Sie begannen gleich zu tanzen und lauthals *Molly Malone*, das Lied von den Dubliners, mitzugrölen.

»Siehste, Brunhildchen, die heben jetzt den Altersdurchschnitt an, nicht wir.«

Noch jemand war hinter den Damen durch die Tür gehuscht. Ein Mann! Brunhilde schubste ihre Freundinnen an und deutete zu ihm hinüber. »Darf er das? Ich dachte, heute sind wir Frauen unter uns.«

Eilig schob er sich durch die Menge. »Ist das nicht dieser geizige Nörgler?«

Die drei reckten die Hälse. Und richtig, er steuerte auf Amy zu. Sie konnten beobachten, wie er auf sie einredete und ihr unauffällig eine Thermoskanne in die Hand drückte.

»Ich fasse es nicht«, schnaubte Margarete, »dem ist bestimmt schon wieder das Bier zu teuer!«

Ein paar Frauen packten ihn am Arm. Mit lautem Gejohle wurde er aus dem Pub hinauskomplimentiert.

»Dieser Typ hat echt einen an der Klatsche.« Annelise schüttelte den Kopf. »Das sollte Jamie mal bei mir versuchen.«

Der Abend verging wie im Flug. Sie tanzten, sie sangen und Margarete fand Geschmack an Apple Cider. Selbst Brunhilde ging aus sich heraus und sang lautstark mit.

»Jetzt üben wir *Fröhliche Weihnachten* auf Gälisch.«

Eine Freundin Annelises hatte ihre Hand auf Margaretes Schulter gelegt.

»Dazu bin ich zu alt, das kann ich mir nicht merken.«

»Nichts da, wir sind nicht alt, wir sind retro.«

»Gewonnen! Also wie heißt es?«

»Nollaig Shona Duit, sprich Null-eg hunna gwitch.«

Margarete wiederholte es ein paar Mal. Wahrscheinlich trugen die Biere, der Whiskey und auch der Apple Cider dazu bei, dass die Aussprache immer besser klappte. Zu guter Letzt, die Damen hatten einen Kreis gebildet und sich untergehakt, riefen sie es alle im Chor: »Nollaig Shona Duit.«

Auf einmal entstand ein Tumult. Amy war umgefallen, hatte Schaum vor dem Mund. Sie hielt ihre Hand auf den Bauch, wälzte sich hin und her. Sie stieß gurgelnde Laute aus. Ihr Gesicht war verzerrt.

»Schnell, ruft einen emergency doctor!«, rief Annelise.

Brunhilde sah Margarete an. »Bitte nicht kriminesern«, sagte sie leise.

Margaretes Blick durchbohre ihre Freundin.

»Was flüstert ihre beide da?« Annelise hatte die Bemerkung mitbekommen.

»Margarete will sich schon wieder in polizeiliche Angelegenheiten einmischen.«

»Meine bisherigen Erfolge geben mir recht«, antwortete sie. Dann schränkte sie ein: »Brunhilde war natürlich auch mitbeteiligt. Wir haben schon den einen oder anderen Fall gelöst. Der Schaum vor dem Mund sagt mir, dass sie etwas Giftiges zu sich genommen hat.« Brunhilde bestätigte, indem sie eifrig nickte.

Dann ging alles sehr schnell. Der Notarzt kam, die junge Frau wurde erstversorgt.

»Es scheint sich um eine Vergiftung zu handeln«, bestätigte dieser »Ich muss die *Garda* hinzuziehen.«

Mit Eintreffen der Polizei wurde Margarete zunehmend unruhig.

»Lass es«, sagte Brunhilde noch einmal. »Misch dich bitte dieses eine Mal nicht ein! Du hast schon wieder dieses Kriminesergesicht auf, Margaretchen.«

»Du kennst mich gut. Und ich weiß sogar noch mehr. Aber lass uns erst mal abwarten, wo wir heute noch landen.«

»Wie meinst du das?« Annelise konnte sich zwar ein Lächeln nicht verkneifen, sah ihre Freundin aber fragend an.

»Nun, es könnte sein, dass ich ins Fettnäpfchen trete, auf Hundertachtzig bin, weil mir keiner glaubt, am Rande des Wahnsinns herumturne oder auf Wolke Sieben schwebe!«, schob Margarete nach. Sie ging auf den Polizisten zu.

»Mir schwant Schlimmes.« Brunhilde und Annelise seufzten.

»Das war doch eindeutig ein Mordanschlag auf die junge Frau, oder, Herr Kommissar?«, Margarete zupfte den Polizisten am Ärmel.

Irgendjemand hatte das Licht im Pub angemacht. Die Helligkeit tat in den Augen weh. Die Frauen standen in kleinen Grüppchen beieinander, sprachen leise. Es herrschte eine betrübliche Stimmung.

»Wir waren nahe bei ihr, als Amy mit Schaum vor dem Mund umgefallen ist. Darf ich Sie auf diese Thermoskanne dort aufmerksam machen?« Margarete zeigte auf die Isolierflasche, die unter einen Stuhl gerollt war, neben dem Amy gelegen hatte.

»Die gehört ihr. Ich nehme an, dass da Gift drin

war. Es muss sofort gewirkt haben.«

Der Polizist zog eine Tüte hervor und steckte die Flasche hinein.

»Können Sie sonst noch etwas sagen?«

»Sicher!« Und dann erzählte Margarete alles, was ihr bei diesem seltsamen Paar aufgefallen war. »Das ist vielleicht eine kleinkarierte Krämerseele, kann ich Ihnen sagen.«

»Danke, Sie haben gut beobachtet.« Er nickte in die Runde, murmelte noch einmal *thanks* und bat seinen Assistenten, die Namen und Adressen aufzuschreiben. Er selbst begann, die Anwesenden zu befragen.

***

»Das war doch klar, dass der Ehemann sie umbringen wollte«, meinte Brunhilde am Tag darauf, als sie gemütlich um Annelises Kamin saßen. Sie schlürften Irish Coffee und aßen Mince Pies.

»Da hast du Recht, meine Liebe.« Jamie kam die Treppe herunter. Er hielt den Irish Examiner in der Hand und las laut vor: »*An Women's Christmas brachte Sam B. seiner Frau eine Thermosflasche Saft, den er mit Botox versetzt hatte, in den Pub. Er war als äußerst sparsam, um nicht zu sagen als geizig, bekannt. Er gängelte seine Frau, schrieb ihr vor, wie viel sie ausgeben durfte. Sie war nicht weiter gewillt, sich diesem Diktat zu unterwerfen, und hatte die Scheidung beantragt. Auf die Frage, warum er seine Frau umbringen wollte und nicht in die Scheidung einwilligte, meinte er entrüstet: ›Eine Beerdigung ist wesentlich billiger.‹*«

»Na denn Prost. Mehr gibt's dazu nicht zu sagen.« Margarete hob ihr Glas. »Welch ein Glück, dass du, lieber Jamie, nicht so bist!«

Die Sternsingerinnen

Petra K. Gungl

Österreich – Wien – Dreikönigstag

(Alt)Katholisches Brauchtum zum Sammeln von Spenden seit dem 16. Jh., das 2015 in das Unesco-Weltkulturerbe aufgenommen wurde.

Das weiße Hemd reichte bis zu den Knöcheln und schlotterte um Jolandas dünne Gestalt. Trotz Skiunterwäsche, Winterpulli und Jeans darunter. »Ich mag nicht mitmachen, Mama, bitte!«, jammerte sie unter den Händen ihrer Mutter, die ein Tuch mit einem goldenen Kordelreifen auf Jolandas Kopf befestigte. Das war der gute Teil der Verkleidung, gab Jolanda insgeheim zu. Seit der letzten Läuseplage in der Schule war ihre Lockenpracht zu einem Kohlkopf zusammengestutzt, genau wie ihr Selbstvertrauen. »Ausgerechnet mit den beiden Zicken muss ich singen.«

»Zickig bist du selbst. Und das mit zehn! Es ist eine Ehre, den Balthasar spielen zu dürfen«, verkündete Maria Mazilu. »Der Überlieferung nach war er der Weise mit dem größten Weitblick, was die Geburt des Christuskindes anging.« Sie nahm einen Baumwollschal zur Hand und knotete ihn um Jolandas Mitte. Widerspenstig weigerte sich diese, die Arme zu heben. »Nimm es als Gelegenheit, Sarah und Lily besser kennenzulernen.«

Jolanda verdrehte die Augen zur Decke. »Na klar.« Neuerlich zeigte die Mutter ungewohnte Geduld und reagierte nicht auf die Bockigkeit. »Wieso

›Weiser‹ – ich dachte, Balthasar war ein König.«

Maria stöhnte genervt. »Die Geschichte liegt 2000 Jahre in der Vergangenheit, warum quälst du mich damit? Mal heißt es: ›die Weisen‹, dann ›die Heiligen Drei Könige‹ oder die ›Sterndeuter‹. Kommt wahrscheinlich auf die Übersetzung an.«

»Wenn ich mir das Gesicht schwarz anmalen darf, mach ich mit«, verkündete Jolanda in der Absicht, wenigstens ein bisschen Spaß aus dem unausweichlichen Schicksal herauszuschlagen.

»Von Schminke bekommst du Pickel.« Unbeeindruckt vom Erpressungsversuch ihrer Tochter, drehte sich Maria zur Holzschatulle am Küchentisch und hob den Deckel an. Ein harziger Geruch mit zitroniger Note entstieg dem Kästchen und bewog Jolanda, die Nase zu rümpfen.

»Tolles Geschenk für ein Baby. Eine Holzschachtel vom Flohmarkt und stinkiges Harz. Melchior bringt wenigstens Gold mit, davon können die Eltern was kaufen.« Jolanda sah sich in ihrem eigenen kargen ›Stall‹ um. In der winzigen Wohnung, die sie mit der Mutter teilte, standen die abgenutzten Möbel der Vormieter. Die Folie schälte sich von den Küchenschränken, das zweiflammige Kochfeld splitterte an den Ecken ab, der Küchentisch wies Brandflecken auf und an den Sesselbeinen rieb sie sich ständig die Strümpfe auf. Ihr Blick blieb am Futternapf von Azra hängen. Obwohl der schwarze Kater seit fünf Wochen abgängig war, wehrte Jolanda die Entsorgungsversuche ihrer Mutter erfolgreich ab. Azra kommt zurück, sagte sie jedes Mal und verfluchte die Lücke im Fensternetz. Er kam bestimmt zurück, denn eine Welt ohne Azra konnte sich nicht weiterdrehen. Von einem Tag auf den anderen weckte er sie nicht länger morgens mit einem

Schmuser auf, wartete niemand nach der Schule daheim, ertönte kein Schnurren neben ihrem Kopf, um sie abends ins Traumland zu geleiten. Keinen Vater zu haben war dagegen leicht. Schließlich konnte man nichts vermissen, was man nie gehabt hatte.

Maria strich mit den Fingern durch die Harzkörner. »Du verstehst nicht – Myrrhe war seinerzeit ungeheuer wertvoll.«

Draußen schrillte die Glocke.

»Komme!« Vor der Wohnungstür stand der junge Kaplan mit dem Körper eines Happy Buddhas zwischen den beiden Sternsingerinnen Sarah und Lily und machte einen aufgekratzten Eindruck.

»Guten Morgen, kann's losgehen? Die Grippe hat uns noch weiter dezimiert. Der Sternträger ist ausgefallen, wir müssen es zu viert schaffen, Mädels.«

»Klaro«, meinte Sarah und stopfte eine rote Haarsträhne unter die orientalische Kopfbedeckung. Ihr aufgeklebter Schnurrbart saß eine Spur schief. Lily kicherte übermütig und warf sich den dünnen Zopf über die Schulter, wo er unter ihrem Arabertuch verschwand. Jolanda beneidete sie für das Chinarestaurant, das ihre Eltern führten. Immer Essen im Überfluss zu haben, musste der Himmel sein.

»Bekomme ich Schminke fürs Gesicht, Christian?«, versuchte Jolanda neuerlich ihr Glück. »Sarah hat einen Bart!«

Die runden Backen des Kaplans erröteten. »Wir haben doch darüber gesprochen, Jolanda. In der Bibel gibt es weder Hinweise auf die Zahl der Sterndeuter noch auf ihre Herkunft. Dieser Brauch entstand erst später: Man kannte im Mittelalter nur drei Erdteile: Europa, Asien und Afrika. Die Verkleidung sollte symbolisieren, dass Christus zu allen Menschen der Welt kommt. Wegen der wertvollen Geschenke gingen die Menschen davon aus, nur Könige könnten sie sich leisten. Heute erkennt man an der Hautfarbe längst nicht mehr, woher der Mensch kommt. Das Anmalen des Gesichts ist somit überflüssig und beleidigt Menschen mit schwarzer Haut.«

»Aber mein Vater kommt aus Afrika«, wandte Jolanda ein, bereit zum Kampf. »Ich darf das!«

»Seine Familie ist aus Ägypten«, mischte sich Maria ein. »Und er ist nicht schwarz.« In ihren Augen funkelte Wut. »Es reicht. Zieh die Schuhe an, ich muss zur Arbeit.« Jolanda wollte etwas erwidern, stattdessen biss sie die Zähne zusammen und gehorchte.

»Am Feiertag?«, fragte Christian nach.

»Ich arbeite im Spital. Hygieneteam.« Warum hätte Maria auch diesem 23-jährigen Burschen auf die Nase binden sollen, dass sie für wenig Geld Krankenhausflure wischte. Die Lippen fest aufeinandergepresst, legte sie Jolanda den Umhang um die Schultern und schob das Kind zur Tür hinaus. »Viel Spaß! Und Jolanda darf bis 18 Uhr im Pfarrhaus bleiben. Ist mit der Haushälterin ausgemacht.«

***

Nach drei Stunden Wanderschaft durch Breitensee – jenem kleinen Stadtteil im 14. Bezirk von Wien mit einer hübschen Backsteinkirche im Zentrum – lag die Stimmung der Mädchen im Keller.

»Jolanda krächzt wie ein Rabe – ich glaube, sie hat auch die Grippe«, meinte Sarah. Lily kicherte und stieß Jolanda an.

»Das ist nicht wahr, ich …«, begann Jolanda, wurde aber jäh vom Kaplan unterbrochen.

»Nur noch diese letzte Wohnung«, sagte Christian und bemühte sich um gute Laune. In dem Gründerzeithaus gab es keinen Lift und er war immer noch von den vier Stockwerken außer Puste. »Zeit für ein gutes Mittagessen im Pfarrheim. Ich weiß aus sicherer Quelle, es gibt Schokopudding zum Nachtisch.« Damit drückte er auf die Klingel und setzte ein verklärtes Sternträgergesicht auf.

Die Wohnungstür öffnete sich nach einer gefühlten Ewigkeit. Eine Gestalt trat ihnen entgegen, welche die Mädchen im ersten Moment beinahe für den Weihnachtsmann gehalten hätten, wären seine Gesichtszüge nicht derart mürrisch gewesen. Schlohweißer Vollbart, kugelrunder Bauch und weite Klamotten. Erst schlug den Sternsingerinnen Kampfergeruch entgegen, gleich darauf die grimmige Stimme des Nicht-Weihnachtsmannes.

»Nur Mädchen?«, polterte er. »Die Heiligen Drei Könige waren Männer.«

Christians Wangen färbten sich sogleich tomatenrot, während Jolandas Geduldsfaden lautstark riss.

»Wir singen schöner als die Buben!«

»Nun lass die Kinder doch singen, Herrmann, es zieht doch die ganze Kälte in die Wohnung«, meldete sich eine Frauenstimme aus dem Hintergrund. Sie trat in den Türrahmen, einen Kopf kleiner als der Nicht-Weihnachtsmann und dies trotz der wirren Dauerwelle, die ihr graues Haar einer Schlechtwetterwolke gleich über ihrem Haupt schweben ließ. Im Verhältnis zu ihrer geringen Körpergröße wirkten die Augen hinter den dicken Brillengläsern riesengroß.

»Immer musst du meckern, Frieda!«

Lily stieß Jolanda an und raunte ihr zu: »Ärgere dich nicht, das sind Dinosaurier. Sind eigentlich schon ausgestorben.«

Christian räusperte sich warnend und hob den Stern zum Einsatz. Die Mädchenstimmen erhellten mit ›Wir kommen daher aus dem Morgenland‹ den düsteren Hausgang. Kaum verklang die letzte Strophe, setzte Sarah mit dem Gedicht ein und Christian schloss mit der Erklärung, welchem Hilfsprojekt die heurige Spendenaktion zugutekam. »Wir sammeln für Mädchen in den Slums von Nairobi. Sie brauchen einen sicheren Schlafplatz, medizinische Versorgung, eine Perspektive.« Während er sprach, schüttelte er auffordernd die Spendenbüchse. Eine Menge Geldscheine lagen darin und ein paar Münzen klimperten dazu. Bislang erfreuten sie sich regen Zuspruchs – die Menschen zeigten sich großzügig angesichts des Engagements der Jugend und obwohl ein kostspieliges Weihnachtsfest hinter ihnen lag, zweigten doch viele noch mal etwas für den guten Zweck ab.

»Afrika!«, polterte der alte Herrmann los. »Als gäbe es bei uns daheim keine armen Leut', die Hilfe brauchen.«

Christians aufgesetztes Lächeln entwickelte sich zu einem Gesichtskrampf. »Hier gibt es ein Sozialnetz, in Nairobi sind die Mädchen völlig schutzlos«, bemühte er sich um eine Erklärung. »Jesus kam zu allen Menschen. Die drei Weisen aus dem Morgenland sollen uns daran erinnern.«

Herrmann brummte Unverständliches in den Bart und kramte dabei in den tiefen Taschen seiner Bundfaltenhose. Schließlich zog er zwei Münzen hervor und warf sie in den Schlitz im Dosendeckel.

»Jetzt macht mir noch den ›Caspar, Melchior und Balthasar‹ an die Tür und gut ist's.«

Christians Wangen glühten mittlerweile wie Lava und die Vorderzähne bohrten sich besorgniserregend tief in die Unterlippe. Er zog die Folie mit dem Segensaufdruck aus seiner Umhangtasche und konnte sich eine weitere Belehrung nicht verkneifen. »Die Aufschrift heißt im Übrigen: Christus Mansionem Benedicta – Christus segne dieses Haus.«

»Klugscheißer«, murmelte Herrmann und bekam von seiner Frieda den Ellenbogen in den Wanst gestoßen. Die Mädchen stimmten das Abschiedslied: ›Leuchte Stern von Bethlehem, ein Wunder ist geschehen‹ an, da schob der alte Griesgram seine Frau auch schon in die Wohnung zurück und schloss die Tür. In den letzten Takt des Liedes tönte Jolandas Handyläuten. Die Melodie zerfranste, bis nur noch Christian den letzten Ton aussang.

»Ja?«, meldete sich Jolanda und versuchte dabei, das uralte Handy zu verbergen. Es war weder ein Smartphone noch internettauglich. Sie spürte die Blicke der beiden Mädchen auf sich und drehte sich weg.

»Miau! Miau!«, tönte es aus dem Handy.

»Wer ist da?« Das Herz klopfte Jolanda bis zum Hals, die Brust fühlte sich mit einem Mal wie ein Kühlschrank an.

»Was ist denn los?«, fragte Sarah und auch Lily sah erschrocken drein. Doch Jolanda hörte sie gar nicht, sondern wurde ganz blass.

»Da ist Azra – Miau! Miau!« Lachen erklang und die Leitung brach ab.

Nun machte Lily einen Schritt auf Jolanda zu und fasste sie sachte an der Schulter an. »Du weinst ja …«

»Lass mich!« Jolanda schüttelte die Hand ab und wich ein paar Schritte zurück. Verstohlen wischte sie über die Wangen. Sie hatte die Tränen vor Wut gar nicht gespürt.

»Wir sind Freundinnen, du kannst mit uns reden«, sagte Lily und blickte Hilfe suchend zu Sarah. Diese verzog den Mund zu einem Lächeln und meinte: »Richtig. Und Christian ist ganz okay dafür, dass er ein Bursche ist.«

Der Kaplan unterdrückte pietätvoll sein Grinsen.

Jolanda sah die Mädchen an und spürte das Eis in der Brust schmelzen. »Ich habe überall Steckbriefe wegen meines vermissten Katers aufgehängt und jetzt rufen mich hin und wieder Schwachköpfe an, maunzen mir ins Ohr.« Das Schreckliche auszusprechen half.

»Wie gemein ist das denn?«, rief Sarah und umarmte Jolanda.

»Vergiss die Idioten! Wir helfen dir suchen – mit dem Stern kommen wir in jedes Haus. Vielleicht finden wir deinen Kater.« Und damit breitete Lily ihre Arme aus und umfing die beiden anderen.

Jolanda verstand kaum die aufmunternden Worte, sondern genoss vielmehr die Welle der Freundschaft, die sich in ihr ausbreitete. Ein wohliges Rauschen tönte in den Ohren, vermischt mit leisem Maunzen. Maunzen?

Jolanda seufzte. Wie sehr sie Azra vermisste. Die Art, wie er sie mit dem Köpfchen anstupste, wenn er gekrault werden wollte, das Turboschnurren, wann immer sie traurig war.

»Hörst du das auch?«, fragte Lily, löste die Umarmung und hielt auffordernd den Zeigefinger an ihre Lippen.

Jolanda reckte den Hals, lauschte konzentriert.

Dann hörten sie es alle. Kratz. Kratz. Kratz.

»Was ist das?«, flüsterte Sarah. »Eine Ratte?«

»Das kommt von oben. Vom Dachstuhl«, wisperte Jolanda zurück und umfasste in ihrer Aufregung Lilys Handgelenk. »Wollen wir nachsehen?«

»Ich gehe jetzt nicht auf Rattenjagd. Auf uns wartet ein prima Mittagessen.« Christian wandte sich dem Stiegenabgang zu. »Kommt!« Den Schokoladenpudding im Kopf, wollten ihm Sarah und Lily folgen, als Jolanda neuerliches Kratzen vernahm.

»Ich komme gleich nach«, rief sie und nahm die schmale Treppenflucht ins Dachgeschoss, immer zwei Stufen auf einmal. Vor ihr tauchte eine ramponierte Holztür auf. Nicht nur der graue Lack splitterte ab, es fehlte sogar eine kleine Ecke am unteren Türflügel. Jolanda drückte die Klinke herunter. Versperrt. Sofort ging sie auf die Knie, legte sich auf den Bauch und versuchte, durch den Spalt zu spähen. Doch Christians Keuchen, das sich von der Treppe näherte, lenkte sie ab. »Was ist denn jetzt?«, fragte er, während sich Sarah und Lily neben sie kauerten.

»Schscht, leise!«, zischte Jolanda. Alle hielten den Atem an. Nach einigen Sekunden erklang neuerliches Scharren.

»Ich fürchte mich vor Ratten«, wimmerte Lily und wich zurück.

»Ob das eine Ratte ist, werden wir nie herausfinden, solange du ständig redest!«, herrschte Jolanda sie an. Im nächsten Moment stolperte ihr Herz gegen das Brustbein. Ein Ton drang durch den Spalt. Ein langgezogenes: Mau.

»Da ist eine Katze eingesperrt«, folgerte Christian messerscharf. Schon versuchte er, die Tür zu öffnen, natürlich vergeblich.

»Azra? Bist du das? Azra?« Jolanda schob das Gesicht näher zum Türspalt. Irgendetwas bewegte sich dahinter. Mit den Fingern kratzte sie am Holz, versuchte, den Spalt zu vergrößern. Holzsplitter bohrten sich unter die Fingernägel, aber sie hörte erst auf, als Christian ihre Hände wegzog und sie streng ansah.

»So wird das nichts. Wir brauchen einen Schlüssel. Wartet hier.« Damit verschwand er nach unten und kehrte wenige Minuten später mit dem alten Herrmann zurück.

»Nicht mal am Feiertag hat man seine Ruhe«, grummelte dieser, während er die letzte Stufe zum Dachgeschoss nahm. »Nun geht mal zur Seite, Platz da!« Er pflügte seinen Weg durch die Kinderschar, steckte den Schlüssel ins Schloss und drehte ihn zweimal herum. Kaum ging die Tür auf, zwängte sich Jolanda an ihm vorbei in den Raum.

»Azra?« Staubige Luft stieg ihr in die Nase, Dachbalken über ihr und roher Bretterboden unter den Füßen. Ihr Blick huschte umher auf der Suche nach ihrem ältesten Freund. Im Schatten der Kaminmauer kauerte eine kleine Gestalt. »Azra!«

Er war es wirklich – oder das, was von ihm übrig war. Die Augen eingesunken, das Gesicht schmal, versuchten spindeldürre Vorderpfoten den Körper hochzustemmen. Überzogen von struppigem Fell stachen Hüftknochen hervor. Der erste Schritt löste ein Wanken aus, das den Kater in die Knie zwang. Er hob den Kopf und sein glasiger Blick traf Jolanda mitten ins Herz. Das Maul öffnete sich zu einem stillen Maunzen.

»Azra, oh nein …« Die Vorderpfoten krallten sich in die Holzdielen und zogen den ausgemergelten Körper ein Stückchen weiter, wieder und wieder, näher auf Jolanda zu. Ein Zittern erfasste das Tier, krampfartig verdrehten sich Glieder und Kopf. Jolanda stolperte los, fiel auf die Knie und nahm das Bündel Pelz und Knochen in ihre Arme. Sofort ertönte ein tiefes Schnurren und sie verstand seine Sprache: Ich bin zurück. Jetzt ist es gut. Tränen tropften auf den Kater. Sie konnte fühlen, wie die Wiedersehensfreude Azras letzte Kraft aufzehrte. Ihre Arme umfingen ihn noch enger, drückten das bisschen, was von Azra übrig war, an die Brust.

»Sieht nicht gut aus – hat vielleicht Rattengift gefressen.« Herrmann ragte über ihnen auf, die Hände in die Seiten gestemmt. »Den musst du sofort in die Tierklinik bringen, unten, auf der Hauptstraße. Der Spaß kostet mindesten 1500 Euro. Wir hatten auch eine Katze.«

Jolandas Augen weiteten sich – so viel Geld kostete das? Mutters Konto rutschte so schon jeden Monat tiefer ins Minus.

»Herrmann, du machst dem Kind Angst, siehst du das nicht?« Die kleine Frau mit der Sturmfrisur war unbemerkt herangetreten, knuffte ihren Mann beiseite und bekam freie Sicht auf Azra. »Um Gottes Willen!« Alle standen um Jolanda herum und starrten auf den schnurrenden schwarzen Kater. Der alte Herrmann räusperte sich.

»Beeil' dich lieber, Mädchen. Der Kleine macht's nicht mehr lang.«

***

Der Wartebereich der Tierklinik war menschenleer und roch nach Desinfektionsmittel. Sarah und Lily waren mit Christian rasch ins Pfarrzentrum zum Essen gegangen. Jolanda starrte seit einer halben

Stunde auf die Goldfische im Aquarium und ignorierte geflissentlich das Rumoren im Magen. Wie es Azra ging? Lebte er noch?

»Jolanda Mazilu?«, rief eine weibliche Stimme. Jolanda sah auf. Eine Frau kam auf sie zu, der Arztkittel offen, die gelockten Haare mit einigen Spangen aus dem Gesicht gehalten. »Konntest du deine Mutter verständigen?«

Ein Stich fuhr Jolanda durch den Körper. »Sie kommt, so schnell sie kann.« Zuerst hatte sich die Mutter über die Rückkehr Azras gefreut, im nächsten Augenblick jedoch fügte sie ›sterbenskranker Kater‹ und ›Tierklinik‹ zusammen. In Jolanda klang immer noch die panische Stimme nach. »Wie geht es Azra – darf ich zu ihm?«, fragte sie und hoffte auf eine gute Nachricht.

»Er ist schlimm dehydriert und unterernährt. Wir müssen neurologisch abklären, was seine Krampfanfälle auslöst. Es könnte Rattengift sein, ein Hirntumor, Epilepsie – wenn wir Glück haben, nur ein Mangel an Vitamin D.« Sie lächelte Jolanda aufmunternd zu. »Jetzt bekommt er erst mal Infusionen. Die nächsten Tage muss er bei uns bleiben.«

Jolanda schluckte. »Was kostet das?«

Die Miene der Ärztin verdüsterte sich. »Wenn alles gut geht, werden es ungefähr 1500 Euro sein. Im schlimmsten Fall 3500 Euro.«

Jolandas Magen zog sich auf die Größe eines Tennisballs zusammen.

»Wie viel kostet es bis jetzt?«

Die Ärztin ahnte, worauf die Frage abzielte. »Blutuntersuchung, Ultraschall, Infusion … dazu der Feiertagszuschlag … etwa 350 Euro.«

Tränen traten in Jolandas Augen. Mehr als 300 Euro dürfe die Behandlung auf keinen Fall kosten, hatte Mutter ihr eingeschärft. Aber vielleicht gab es doch noch einen Ausweg? »Kann ich einen Teil gleich bezahlen und den Rest in Raten? Ich bekomme 10 Euro Taschengeld im Monat.« Jolanda hatte keine Ahnung, wie lange die Rückzahlung dauern würde. Zum Rechnen fehlte ihr die Kraft.

Die Ärztin schüttelte den Kopf. »Tut mir leid, das machen wir hier nicht. Warte ab, was deine Mutter sagen wird.«

Doch Jolanda wusste es längst. Mutter würde Azra unter gar keinen Umständen in der Tierklinik lassen. Sie würden Azra heute mit nach Hause nehmen und ihm beim Sterben zusehen. »Ich muss zu ihm«, sagte Jolanda und wusste gar nicht, wie bestimmt und unerbittlich ihre Stimme mit einem Mal klang. Sie durfte keine Minute verpassen, die Azra noch lebte.

Die Schwingtür zu den Behandlungsräumen fiel eben hinter ihr zu, da öffneten sich die Glasschiebetüren am Eingangsportal und eine kleine Frau mit dicker Brille und Haaren, die einer Gewitterwolke glichen, betrat die Tierklinik. Der Assistent am Empfang drehte sich zu ihr. »Frau Frost, schön Sie wiederzusehen! Haben Sie sich zu einer neuen Katze durchgerungen?«

Ein Lächeln ließ das Gesicht der Frau erstrahlen. »Nein, Jimmy, deswegen bin ich heute nicht gekommen. Sag, war eine Sternsingerin mit einem verhungerten Kater bei euch?« Dem verstohlenen Nicken entnahm Frieda Frost, dass sie richtig lag. »Kann sie zahlen?«

Nun schüttelte Jimmy den Kopf und Frau Frieda zog eine Brieftasche aus der Manteltasche, als hätte sie die Antwort auf die Frage ohnehin gewusst. Bedächtig holte sie ein Bündel zerknitterter Geldnoten heraus. Schein für Schein zählte sie auf das Pult und hörte erst auf, als der letzte Hunderter abgelegt war. »1250 Euro«, sagte sie und steckte das Portemonnaie zurück in die Manteltasche. »Die Quittung bekommt die Mutter des Mädchens. Ich verlasse mich auf dich, Jimmy.«

»Ist das dem alten Herrmann recht?«, fragte der Assistent nach.

Die Frau seufzte. »Er war früher nicht so. Erst seit Felix -«, ihre Stimme brach. Sie wandte sich ab, um die aufsteigenden Tränen zu verbergen. »Das ist aus Felix' Sparschwein. Wir hatten jeden Monat etwas für den Notfall eingeworfen, bloß kam für Felix jede Hilfe zu spät.«

Ihr Blick wanderte zum Aquarium und blieb an der Holzschatulle hängen, die dort vergessen stand. Jimmy folgte ihrem Blick.

»Ach, Jolanda hat das Kästchen stehenlassen.« Er ging hinüber und nahm die Schatulle, in der die Myrrhe-Körner rasselten. Die Schwingtür hinter ihm quietschte.

»Wo ist die Toilette?« Jolanda stand im Durchgang und blickte überrascht zwischen Jimmy und Frau Frieda hin und her.

»Das trifft sich wunderbar!«, rief Frau Frieda und strahlte Jolanda an. »Ich brauche dringend Myrrhe und weil ich wusste, du bist hier, wollte ich dich fragen, ob du mir dein Kästchen Myrrhe verkaufen möchtest. Ich gebe dir 1250 Euro dafür.«

»Was? Ich verstehe nicht -«

Zwischen Bauchzwicken und blanker Verwirrung fiel Jolanda nicht ein, was sie auf diese Frage antworten sollte. Erst als der Assistent die Kaufsumme wiederholte, und meinte, das sei ein gutes Geschäft, dämmerte ihr, was das für Azra bedeutete. »Ehrlich?

So viel für die stinkigen Körner?«

Frau Frieda musste lachen. »Aber Jolanda, das ist das Geschenk für unseren Heiland gewesen! Selbstverständlich sind sie wertvoll.« Sie nahm den Stapel Geldscheine vom Pult und hielt ihn Jolanda hin. »Deal?« Die riesigen Augen hinter den Brillengläsern weiteten sich erwartungsvoll.

»Deal«, antwortet Jolanda.

Geldscheine und Kästchen wechselten die Besitzerinnen und gleichzeitig löste sich die frostige Finsternis in Jolandas Brust, um Platz zu machen für einen Hoffnungsschimmer.

»Alles Gute für Azra. Ich werde für ihn beten«, sagte Frau Frieda, drehte sich um und ging zurück zum alten, einsamen Herrmann, den sie morgen ohne Pardon ins Tierheim fahren würde, um aus zwei einsamen Herzen ein vollständiges zu machen.

Rapa Nui nie

Fenna Williams

Osterinsel – Rapa Nui – Tapati

Tapati ehrt das reiche kulturelle Erbe der Insel Weihnachten bis Tapati

»Happy Birthday! Buon Compleanno! Feliz aniversario, liebe Etta!« Schwager Dieter hat offenbar die Aussprachehilfe einer KI genutzt, um sich an ihrem Ehrentag mehrsprachig in Szene zu setzen. Jetzt macht er eine Pause, in der er sich Beifall heischend im Kreise aller Anwesenden umsieht, und fasst dann Etta ins Auge, als wären sie Verbündete: »Oder wie es auf Rapamuni heißt: Ka oho, Riva – Riva!«

Rapanui, die Sprache heißt Rapanui, korrigiert Etta in Gedanken, dann hält sie vor Schreck den Atem an. Die werden doch nicht, oh nein … bitte nein! Sie atmet tief ein und noch länger aus. Lächeln, lächeln, lächeln, befiehlt sie sich. Lächeln heißt: Mundwinkel nach oben, Lippen leicht öffnen und halten, halten, halten, bis diese vermaledeite Feier zu Ende ist und sie wieder in der Welt ihrer Südseeromane abtauchen kann.

Jetzt beordert Dieter seine Frau Lale und Ettas Vater mit einem Kopfnicken nach vorne. Gemeinsam, Dieter selbstverständlich in der Mitte, halten sie einen Gutschein hoch, wie er bei Spendenaktionen dörflicher Sparkassen bei der Übergabe an einen gemeinnützigen Verein prestigeträchtig in die Kameras der Lokalreporter gehalten wird. Auch Dieter zeigt triumphierend auf die Summe, deren Höhe in der Tat alle anderen Geschenke zu runden Geburtstagen der Familie in den Schatten stellt.

»Alle haben etwas beigetragen – und nicht zu knapp, wenn ich das betonen darf. Niemand hat sich lumpen lassen, auch nicht deine Freunde und Angestellten. Ich habe die Sammlung selbst organisiert. Das habe ich mir nicht nehmen lassen.« In Dieters Stimme schwingt dieselbe Genugtuung mit, die er Etta gegenüber äußerte, als die Familie sie zu ihrem Vierzigsten aus einem Flugzeug schmeißen wollte, mit nichts als einem Fallschirm und jeder Menge Panik ausgestattet. Etta war rechtzeitig vor dem Fallschirmsprung in ihrer Schneiderei von der Leiter gefallen und ihr Schwager hatte strahlend ihren Part übernommen, immer wieder darauf hinweisend, wie schade es wäre, wenn das teure Geschenk verfallen würde. Das ist zehn Jahre her, und Etta ist sich sicher, dass das heutige Präsent weit exklusiver ist, wie seither auch Dieters Nassauermentalität immer deutlicher zutage trat. Wer beschenkte hier eigentlich wen?

Etta zwingt sich zu einem Lächeln in Lales Richtung und bedauert zum x-ten Mal, dass ihre Schwester sich bei jeder Gelegenheit Dieters Entscheidungen unterwirft und dabei die ganze Familie mitzieht.

Immerhin nimmt jetzt ihr Vater dem Schwager das Zepter aus der Hand: »Liebe Etta, alles Liebe zum Fünfzigsten! Weil du beim letzten Mal verzichten musstest, wollen wir dir heute einen ganz besonderen Wunsch erfüllen. Quasi als Entschädigung.« Er lächelt sie an und Etta sieht vorher, dass diesmal mehr als drei Leitersprossen über Normalnull nötig sind, will sie dem Geschenk erneut entgehen.

»Du bist die zielstrebigste Person unserer Familie, immer schon gewesen. Solange deine Mutter und ich denken können, hattest du immer Ziele, die du nach und nach erreicht hast: Schneiderin lernen, Meisterin werden, eine eigene Werkstatt aufbauen, deine eigene Kollektion entwerfen. Dafür hast du alles andere hinten angestellt, bis schließlich nur noch ein Ziel übrig blieb, dein Fernziel, sozusagen. Während wir Mallorca unsicher machten, die Kanaren erkundeten oder zusammen mit Lale und Dieter eine Ferienwohnung an der Costa Smeralda abzahlten, bist du zu Hause geblieben. Immer mit dem Hinweis: Amüsiert euch nur, mir geht es gut hier. Ich spare für die eine große Fahrt, die unvergessliche Reise in den Südpazifik. Irgendwann mache ich mich auf nach Rapa Nui. Ab auf die Osterinsel.« Er sieht sie liebevoll an, aber Etta kann neben seinem Lächeln auch den spöttisch verzogenen Mund ihres Schwagers erkennen, der jetzt den Geschenkscheck loslässt und die Arme über der Brust verschränkt, als wolle er sagen: »Na, dann zeig mal, wie du hier rauskommst, Frau Schisserin. Du magst zwar Nadel und Faden beherrschen, aber bei einer Bahnfahrt einmal umzusteigen, ist dir zu riskant.«

Etta erkennt mit diamantenscharfer Genauigkeit, dass Dieter sich nur ins Zeug gelegt hat, um diese besondere Reise selbst abzustauben, und so die Höhe der Stornogebühren nicht mit der Enttäuschung der Schenkenden konkurriert.

Wut gibt Energie und Ettas Zorn auf Dieter ist beträchtlich. Elender Schuft, denkt sie. Du kriegst diese Reise nicht, du fährst nicht auf meine Kosten an die Plätze, von denen ich seit Jahrzehnten lese.

Auch wenn mein Traum am Anfang nichts als ein Schutzschild war, um mich vor realen Reisen zu drücken. Jetzt ist er ein Stück von mir, das ich nicht teile. Nicht freiwillig und nicht unfreiwillig. Und schon gar nicht mit dir.

»Ich danke euch, ich danke euch«, sagt sie mehrmals hintereinander, damit ihre Stimme durch die Wiederholung Festigkeit bekommt. »Dann schauen wir mal, wann ich mich in der Werkstatt loseisen kann, um mich …«

Dieter hebt die Hand. »Was denkst du denn von uns? Ein halb fertiges Geschenk wäre doch nichts. Wir wissen schließlich, dass du zeitlich gebunden bist. Auch daran haben wir gedacht. Deine Angestellten und Heimarbeiterinnen sind bereits eingenordet.«

Jetzt traut sich auch Lale aus der Deckung: »Wir wollen, dass du dich mal richtig ausruhen kannst. Ich springe für dich ein. Ich werde ganztags arbeiten, statt nur zwei-, dreimal die Woche in der Schneiderei aufzutauchen.«

»Du fliegst in fünf Tagen los«, übernimmt Dieter wieder und sieht sie direkt an. »Dann kommst du genau zum richtigen Zeitpunkt an und feierst auf der Osterinsel Weihnachten.« Sein hämisches Grinsen besiegelt Ettas Schicksal. »Du kannst dich glücklich schätzen: Für dich fällt dieses Jahr Weihnachten und Ostern auf einen Tag.«

***

Ein Geräusch will sich zu Etta durchfiltern, ihren unruhigen Schlaf stören. Irgendwas mit Trommeln, Klatschen und Ukulele. Jedes Klatschen, jeder Trommelschlag bringt sie einer Migräne näher. Jetzt bloß nicht aufwachen, sonst übernimmt der Schmerz glatt die Pole Position, denkt Etta im Halbschlaf. Aber dieses Schlagen und Stampfen gibt nicht auf, wird melodischer. Etta ist zu erschöpft, um sich zu wehren. Kurz erwägt sie, sich ein Kissen auf den Kopf zu legen oder nach Ohrstöpseln zu suchen.

Wie hießen doch gleich diese Beruhigungstropfen und wie viel durfte man davon nehmen? Vielleicht können die sie zurück ins Nirwana pusten.

30 Stunden Anreise, von Frankfurt über São Paulo bis Santiago de Chile. Wann immer sie im Flieger die Augen schloss, war dieser Albtraum von Geburtstag und die Panik, die seither ihre ständige Begleiterin ist, augenblicklich greifbar. Dazu die Übernachtung im Flughafenhotel, wo sie aus Angst, nicht rechtzeitig zum Weiterflug am Check-in zu sein, jede Stunde auf die Uhr sah. Dann noch einmal sechs Stunden über den Pazifik, bis dieses winzige Eiland auftauchte.

Freude hatte sie beim Anblick nicht empfunden, nur Erleichterung, endlich angekommen zu sein. Lebend und trotz Hasenherz und Knien aus Butter.

An den Transfer ins Hotel im Inneren der Insel kann sie sich nicht mehr erinnern, auch nicht, ob sie noch etwas gegessen oder getrunken hat. Sie weiß nur, sie war eingeschlafen, bevor ihr Kopf das Kissen berührte. Selbst zum Ausziehen hatte es nicht mehr gereicht.

Seitdem liegt sie in diesem Zimmer, abgedunkelt und voller unbekannter Gerüche, und versteckt sich vor einer Welt, die sie aus Büchern und Filmen besser kennt als ihre eigene. Die schweren Vorhänge können zwar die Sonne aussperren, aber nicht diese Düfte nach reifen Früchten, tropischen Pflanzen und Meereswinden und erst recht nicht die Geräusche echten Lebens.

Musik denkt Etta, ist das letzte, was ich will. Jetzt bloß keinen Tusch auf meine Erbärmlichkeit. Aber der Soundtrack vor ihrer Tür kümmert sich nicht um ihre Ängste, sondern schickt ein Lied ins Zimmer, das seit Jahren auf ihrer Playlist Platz 1 belegt. Etta kann gar nicht anders, sie denkt den Text mit, und ihre Füße bewegen sich im Takt. Sie erinnert einen YouTube-Clip, in dem Tänzerinnen in voller Südseemontur die Hüften schwingen und anmutig ihre Arme und Hände drehen, gleiten und flattern lassen. Es dauerte fast zwei Monate, bis sie jede Bewegung nachmachen konnte. Und plötzlich ist sie da, die Erkenntnis: Das da draußen könnte das echte sein, das wahre, nicht secondhand. Leben zum Anfassen, und sie mittendrin. Teil des Atems.

Einen Moment liegt sie noch da und horcht. »*Sau – sau rewa, sau reho vari*«, singt und schwingt es durch die Tür. Dann springt sie auf und macht die passende Bewegung zu »*Erúa simo – simo – simo.*« Jeder Takt bringt sie näher zur Tür. Bei »*Pou – pou kari, Erúa maki – maki*« reißt sie Vorhänge und Fenster auf und sieht von der erhöhten Position ihres Domizils auf einen Vorplatz hinunter, auf dem gut zwei Dutzend Menschen tanzen. Etta ist kurz enttäuscht. Alle tragen normale Sommerkleidung, keine Kostüme. Sehen aus wie sie – und tanzen Ettas neue Normalität.

»Wenn ich es bis hierher geschafft habe, nur um Dieter und meiner Scham zu entkommen, um Familie, Freunde und Angestellte nicht noch einmal zu enttäuschen, dann kann ich ja auch mal versuchen, mich selbst überraschen«, sagt Etta laut, auch, um sich Mut zuzusprechen. Sie geht barfuß vor die Tür und wie in Trance die Treppen zum Platz hinunter. Sie erinnert sich, wie verzweifelt sie zuhause nach einem Weg gesucht hatte, bleiben zu können. Ihre Fluchtpläne wurden sämtlich vereitelt, weil Dieter jede ihrer Bewegungen überwachte und an Stellen auftauchte, an denen sogar ein Eisbär am Südpol logischer gewesen wäre.

Ihr Schwager machte es ihr unmöglich, irgendwo unerkannt unterzukriechen und nur vorzugeben, sie sei auf Reisen, entfachte damit aber auch gleichzeitig die Glut der Wut gegen ihn und sich selbst zum Feuer unerwarteter Courage. Vor der Bücherei hatte er ihr den Weg verstellt und ungewollt das Richtige gesagt.

»Gib zu Schwägerin«, forderte er. »Du willst alles andere als unseren Antipol besuchen. Du bist nur für die Schwärmereien zwischen zwei Buchdeckel geschaffen, nicht für das wahre Leben. Statt immer nur über die Osterinsel zu lesen, solltest du dir in der Bibliothek Material über Hodophobie ausleihen, um deine Reiseangst besser zu verstehen.«

»Was willst du?«, hatte Etta gezischt.

»Dein Flugticket, meine Liebe und all das, was es verspricht.«

Klar, hatte Etta gedacht, und sein Südseeklischee mitsamt schwingenden Hüften und Baströckchen vor sich gesehen. »Für Menschen wie dich dreht sich die Welt stets rückwärts.«

Jetzt bleibt Etta bei ein paar Zaungästen stehen und gesteht sich ein, dass sie nur aus Trotz auf Dieter hier steht. Dann vergisst sie auch das und lässt sich mitreißen, klatscht, stampft und singt.

»Werden diese Tänze zu Weihnachten irgendwo aufgeführt?«, erkundigt sie sich während einer Atempause bei einer Tänzerin in Englisch und nimmt sich dabei vor, eine Eintrittskarte zu kaufen.

»Stimmt, Weihnachten ist auch! Das kriegen wir nur am Rande mit.« Ihr Gegenüber lacht und schüttelt dann den Kopf. »Wir üben für das Tapatifest. Das größte Ereignis des gesamten Südpazifiks. Jedes Jahr im Februar zeigen wir, was wir können, wer wir sind und warum wir genauso bleiben wollen. Das erfordert viel Übung. In allen Disziplinen. Auch bei Gesang und Tanz.« Sie streckt Etta die Hand hin. »Tiare, ich bin Tiare Tekena und ich konnte mit Erstaunen hören, dass du jedes Lied mitsingen kannst.«

Mit nur einem Handschlag und einem Blick in die Augen beginnt sich das Karussell des Miteinanders zu drehen. Etta brennt für die Geschichte der Osterinsel, liebt ihre Kultur, Musik, Bräuche und spricht sogar ein paar Brocken Rapanui. Die Beschäftigung mit den Traditionen des Eilands schenkt Etta nicht nur Sicherheit, sondern diesen Tropfen Besonderheit, die jede Alltäglichkeit, jede Ängstlichkeit erträglich macht. Tiare tut Ettas ehrliche Anerkennung gut, wie jedem Menschen, der schon das Gegenteil erlebt hat. Angst vor feindlicher Übernahme, Abwertung durch andere, Herabschauen auf ihre Tradition, damit könnten die Menschen der Osterinsel Bücher füllen.

»Wieso Rapa Nui?«, fragt Tiare.

»Ihr wart interessanter als der Rest des Planeten«, sagt Etta trocken. »Und ihr wart weit weg.«

Die beiden lachen zusammen und ziehen damit andere aus der Gruppe an.

Wieso dieser Tag plötzlich 24 lockere Stunden

hat, kann Edda am nächsten nicht erklären. Aber sie will mehr davon.

Deshalb besucht sie das Training zum Haka Pei und staunt, mit welcher Waghalsigkeit die Teilnehmer auf zwei zusammengebundenen Bananenstämmen die Hänge des Puí-Hügels hinunterrasen. Das kniehohe, scharfe Gras stoppt die Schlitten kaum, manche erreichen mühelos 50 Kilometer pro Stunde.

Kurz darauf geht es zum *Tau'a*. Tiare erklärt bereitwillig: »Stell es dir wie Triathlon à la Rapa Nui vor. Wir schwimmen und laufen und paddeln im Kanu rund um den Vulkan Rano Raraku.«

Etta bekommt vom Zusehen Muskelkater.

Ab dann folgt sie jeder Einladung, ganz gleich wohin. Dies ist eine so kleine Insel, was kann ihr schon passieren? Ihr Mut steigt mit jedem Tag, jeder Begegnung, wird nach und nach zu Etta.

»Wer wird beim nächsten Tapatifest die Königin von Rapa Nui?«, fragt sie Tiare, zwei Wochen nach dem ersten Handschlag, da sie von der Wahl in einem Roman gelesen hat.

»Um das zu erfahren, musst du bis Mitte Februar bleiben und selbst sehen, wer die meisten Punkte sammeln kann«, fordert Tiare sie auf.

Zu ihrem eigenen Erstaunen verlängert Etta ihren Aufenthalt sofort, als sie hört, dass Tiares Schwester Rune ihren Clan vertreten wird, weil alle glauben, dass sie den Geist der traditionellen Rapa-Nui-Frau am stärksten widerspiegelt: stark, mutig und eng mit der Insel verwurzelt.

»Rune muss die Inselgemeinschaft dann das gesamte kommende Jahr über repräsentieren?«, fragt Etta und überlegt, ob es in Tiares Familie wohl auch einen Dieter gibt und ob sie selbst so einen Mann überhaupt vertreten wollen würde. Dann fällt ihr auf: Ohne ihn wäre sie nicht hier und entschließt sich zu einem Dankesanruf nach Deutschland. An alle Beteiligten. Ohne Ausnahme.

***

»Magst du eine, magst du alle aus dem Clan«, sagt Etta bei dem Telefonat mit Nachdruck und erklärt ihrer Schwester, was sie hier lernt und wie ihre nächste Kollektion von ihrer neuen Freiheit beseelt sein wird. »Auf der Insel kennen sich alle. Kann auch nicht anders sein, bei weniger als 8000 Einwohnern. Irgendwann begegnet man hier jeder Person wieder. Ich frage mich, wie lange es dauert, bis ich das auch von mir sagen kann.«

Etta hört, wie ihre Schwester scharf die Luft einzieht.

»Wie meinst du das?«

»Ich möchte noch mehr Menschen kennenlernen. Alles sehen und verstehen. Ich bleibe bis nach Tapati hier. Du beweist gerade jeden Tag, Lale, wie gut der Laden ohne mich läuft.«

»Aber deine Probleme …«

Nur nicht mitten in einem Kühnheitsanfall an früher erinnert werden, denkt Etta und unterbricht ihre Schwester. »Genau, auch meine Probleme mit dem Stofflieferanten bekommst du locker allein in den Griff«, spricht sie sowohl ihre Schwester als sich selbst Mut zu. »Außerdem bin ich nur eine Chatroomsitzung von dir entfernt.«

»Bist du sicher?«

Etta antwortet Lale mit ihrem neuen Credo. »Das Leben ist ein Traum zum Anfassen«, sagt sie und beginnt sich selbst mit jedem Wort mehr zu glauben. »Wenn man das mal im wahrsten Sinne des Wortes *begriffen* hat, gibt es kein Halten mehr. Dann will man mehr.«

Lale schickt ein Schnauben durch die Leitung. »Das mag für dich gelten. Da unten in deiner Wunderwelt. Aber hier …«

»Ganz gleich, ob Steinhuder Meer oder Stiller Ozean«, kontert Etta mit neu gewonnener Zuversicht, »hast du eine Leidenschaft, schafft sie auch dein Leiden ab.«

Lale kichert. »Was raucht ihr da unten? Kannst du davon eine Ladung schicken?«

»Verlass dich drauf. Mir fließen die Muster hier wie Honig aus der Hand.« Etta denkt voller Dankbarkeit daran, wie leicht es ihr plötzlich fällt, ihre eigenen, völlig neuen Kreationen zu Papier zu bringen. »Du wirst sie lieben, Lale. Sie enthalten das Blau des Meeres, das Grün der Berge, die Farben des Sonnenuntergangs und einen Schuss Grau als Erinnerung an die berühmten Moai, diese mysteriösen Köpfe, die ein wachsames Auge auf die Osterinsel haben und alle verzaubern, die sie einmal sehen dürfen.«

Dann verabschiedet sich Etta mit Worten, die sie jedem anderen Menschen, den sie kennt, zugetraut hätte, nur nicht sich selbst: »Ich denke, ich bleibe noch eine Weile, gespart habe ich ja lange genug. Und dann fliege ich weiter. Vielleicht bis auf die Christmas Islands. Die Weihnachtsinseln, sagt man hier, sollen zu Ostern ganz zauberhaft sein.«

Die wundersame Monstera

Maria Pourbakhshi

Iran/Deutschland – Chaharshanbe Suri – März

Feuerfest, gefeiert am letzten Mittwoch vor dem persischen Neujahr

Heute ist ein besonderer Tag. Mama und meine Schwester kommen zu Besuch, und mein Herz schlägt schneller, wenn ich daran denke. Ich spüre ein leises Kribbeln, eine Mischung aus Freude und Sorge. Es ist, als würde eine unsichtbare Stimme immer wieder flüstern: »Du hast etwas vergessen.«

Das ist typisch für Chaharshanbe Suri, das Feuerfest am letzten Mittwoch vor dem persischen Neujahr. Dieser Tag bringt immer so viel Trubel mit sich. Es ist nicht nur Tradition, sondern fast schon ein Ritual: Das Haus muss glänzen, alte Dinge werden entweder repariert oder symbolisch verbrannt, und wir schaffen uns eine endlose Liste von Aufgaben, um den letzten Mittwoch des Jahres in Perfektion zu begehen.

Ich beginne mit den Blumen. Die Monstera in der Ecke zieht meinen Blick auf sich. Ihre großen, tropischen Blätter verleihen meinem Zimmer ein kleines Stück Natur, aber der Staub des vergangenen Jahres hat sich auf sie gelegt. Vorsichtig fahre ich mit meinen Fingern über die Blätter und wische sie mit einem Tuch ab. Doch dann halte ich inne. Überall ist Staub! Es ist, als hätte dieses Haus einen Pakt mit dem Chaos geschlossen. Vor mir liegt eine hoffnungslose Schlacht gegen die Zeit – so fühlt es sich an. Ich seufze tief und gebe den Gedanken auf, rechtzeitig fertig zu werden.

Plötzlich kommt mir eine Idee. Wir könnten alle zusammen aufräumen, kochen und die Feuerzeremonie feiern! Es sind ja keine Fremden, die zu Besuch kommen. Es ist Familie. Und selbst wenn das Haus ein einziges Durcheinander ist, werden wir einfach gemeinsam Ordnung schaffen – so wie früher. Die Vorstellung bringt mich zum Lächeln, und bald kann ich mein Kichern nicht mehr zurückhalten. Es schüttelt mich regelrecht, und ich greife nach meinem Handy. Mama wird bestimmt schon wach sein – sie ist immer wach, immer erreichbar.

»Hallo Mama, wie geht's dir?«, frage ich mit dieser gewohnten Mischung aus Aufregung und Zuneigung.

»Hallo, mein strahlendes Mädchen! Alles gut bei mir. Was gibt's?« Ihre Stimme klingt so warm und vertraut, dass es sich anfühlt, als wäre ich schon in ihrer Nähe.

»Was hältst du davon, wenn ihr früher kommt und mir helft? Mein Haus sieht aus wie ein Schlachtfeld!«

Am anderen Ende höre ich, wie Mama laut lacht. Dieses Lachen ist wie eine Umarmung, die selbst durch die Telefonleitung tröstet.

»Du freches Mädchen! Na gut, wir helfen dir. Was soll ich mitbringen?«

»Nichts, Mama. Alles, was wir brauchen, besorgen wir gleich. Hauptsache, wir gehen jetzt raus in die Stadt.«

»Wir sind schon unterwegs, seit einer ganzen Weile. Beeil dich, mein Kind, und komm zu uns!«

Ein warmes Gefühl breitet sich in mir aus. Wie schön es ist, an Chaharshanbe Suri miteinander einkaufen zu gehen! Bestimmt kaufen wir einen neuen Spiegel, einen Kamm und unbedingt Espand.

Ich stelle mir schon den Moment vor, wenn ich die wilde Raute ins Feuer werfe, um böse Energien zu vertreiben. Und ich kann direkt sehen, wie die Funken tanzen, während ich über das Feuer springe und sage: »Deine Röte für mich, meine Blässe für dich.«

Die Mächtigen fürchten die Kraft des Feuers und der Freude, die außer Kontrolle geraten könnte. Doch egal wie oft versucht wird, uns das Fest zu verbieten, wir feiern es weiter. Es ist mehr als nur ein Ritual – es ist ein unsichtbarer Neuanfang. Mit den Flammen verbrennen wir die Sorgen, Krankheiten und Traurigkeiten des vergangenen Jahres. Es fühlt sich an wie eine magische Reinigung, wie ein Versprechen, dass das neue Jahr uns mit offenen Armen empfangen wird.

Ich schließe die Augen, atme tief durch und spüre, wie die Vorfreude langsam alle Sorgen verdrängt. Heute ist ein Tag voller Tradition, Familie und Lachen – ein Tag, an dem die Welt ein kleines bisschen heller scheint.

Nur einen Wimpernschlag später bin ich schon in der Stadt.

In dem Moment, als ich Mama und meine Schwester Marisa sehe, fühlt es sich an, als wäre ich Jahre von ihnen getrennt gewesen. Ich stürze in ihre Arme und will sie am liebsten nie wieder loslassen. Ihre Wärme, ihr Lachen, ihre Stimmen – all das lässt mich die Welt um uns herum vergessen.

Wir reden aufgeregt durcheinander und genießen die goldenen Sonnenstrahlen, die sich wie ein Segen über uns legen. Es ist einer dieser seltenen Augenblicke, in denen alles richtig erscheint, als hätte das

Universum für uns angehalten.

Zuerst gehen wir zu einem Juwelier. Mama kauft mir eine Halskette mit einem Morgh-e Ameen und legt sie mir liebevoll um den Hals. »Wann immer du einen Wunsch hast, sag ihn laut«, erklärt sie. »Der Morgh-e Ameen ist immer bei dir, auch wenn ich es nicht bin. Er wird *Amen* zu deinen Wünschen sagen, und sie werden in Erfüllung gehen.«

Der kleine Vogel fühlte sich warm an auf meiner Haut. Ich kann meine Freude kaum verbergen, aber was mich noch glücklicher macht, ist dieser besondere Ausflug mit meiner Mutter und meiner Schwester. Natürlich sehen wir uns fast täglich nach der Arbeit, aber heute ist es anders. Marisa ist unglaublich lustig. Jede Kleinigkeit, die sie sagt, verwandelt sich in den besten Witz des Jahres. Wir lachen so laut, dass die Passanten uns genauso neugierig ansehen wie früher in Rasht im Iran. Mama, die immer darauf bedacht ist, uns gute Manieren beizubringen, kann nicht anders, als uns zu ermahnen: »Lacht leiser! Haltet eure Hände vor den Mund – man sieht sonst noch eure Zwölffingerdärme! Seid ihr von Geistern besessen, dass ihr lacht wie Verrückte?«

Und wie immer finden wir ihre Ermahnungen zum Schreien komisch. Wir setzen uns in ein Café unter großen Bäumen und bestellen Kuchen und Getränke.

»Du bist immer so perfekt, Mama!«, sage ich schließlich.

»Danke, mein Schatz«, antwortet sie mit einem Hauch von Stolz.

»Sie macht sich über dich lustig, Mama!« Marisa bricht in schallendes Gelächter aus, während auch ich mich kaum noch halten kann.

»Ihr respektlosen Kinder!« Mama rollt die Augen und schüttelt den Kopf, aber ein Lächeln huscht über ihr Gesicht.

»Mama, du bist so ordentlich, dass man Angst hat, dich anzufassen – als würde man dich zerbrechen. Dein Haus ist so sauber, dass man sich schmutzig fühlt, wenn man es betritt!«, sage ich.

»Ich bin nicht besonders sauber«, kontert Mama mit gespielter Gelassenheit. »Ihr seid einfach schmutzig, meine lieben Töchter.«

»Ach so!« Marisa tut überrascht. »Deshalb hast du uns im Badezimmer fast die Haut abgezogen? Du hast uns so geschrubbt, dass ich bei der bloßen Erinnerung weinen könnte!«

»Was weiß ich?« Mama muss nun selbst lachen. »Ich wollte einfach, dass ihr strahlt, damit die ganze Verwandtschaft sagt: ›Die Kinder von Mahrokh glänzen vor Sauberkeit!‹«

»Ein bisschen Glitzer hätte gereicht, Mama. Mein Gott, meine Haut brennt immer noch von deinen ›Wellness-Behandlungen‹. Ich glaube, ich habe ein Badezimmer-Trauma! Du hast uns zwei Schichten Haut abgezogen!«

»Schau, diese Stelle hier – die ist immer noch frisch!«, ruft Marisa theatralisch. Wir zeigen uns gegenseitig die imaginären Narben von damals, was uns schon wieder zum Lachen bringt.

Schließlich steht Mama auf und klatscht energisch in die Hände: »Genug jetzt! Wir müssen dein Haus in Ordnung bringen, bevor dort noch ein Baum wächst!« Aus Schmutz kann ein ganzer Dschungel entstehen, behauptet sie immer, wenn es ihr bei jemandem zu unordentlich ist. »Ach, wir müssen vorher auch noch einen Spiegel und einen Kamm kaufen!«, fügt sie schnell hinzu.

Das löste einen weiteren Lachanfall aus, denn wir stellen uns vor, wie Mama uns mit dem neuen Kamm die Haare kämmt – genauso gründlich und rigoros wie in unserer Kindheit. Unsere widerspenstigen, lockigen Haare, die wir später verstecken mussten, um nicht festgenommen zu werden. Aber heute tragen wir sie offen und jeder kann sie sehen.

»Ich habe in eurer Erziehung wirklich versagt«, murmelt Mama leise vor sich hin.

Es ist so schön, zusammen zu sein, dass ich sonst kaum etwas wahrnehme. Alles um uns herum wirkt unscharf und ist völlig unwichtig.

»Erinnerst du dich an die eine Chaharshanbe Suri, als du mich mit einem Besen aus dem Haus gejagt hast, Mama, weil du dachtest, ich würde dadurch einen Mann finden?«

Mama lacht laut auf. »Ja, das hat normalerweise bei allen bis zum Neujahr desselben Jahres funktioniert. Aber bei dir hat es erst sieben Jahre später Wirkung gezeigt. Die ganze Zeit habe ich gedacht, vielleicht war der Besen kaputt.«

»Mama, findest du nicht, dass du ein bisschen wie eine Hexe klingst?« Marisa nutzt die Steilvorlage und kostet den Moment aus. »Bist du damals auch auf deinem Besen geflogen?«

»Es reicht jetzt, Mädchen!«, ruft Mama streng und verliert ihre Geduld. »Wir haben noch so viel zu tun. Los, wir müssen uns beeilen!«

Während sie, leicht genervt, vorneweg geht, schaffen Marisa und ich es gerade noch, den nächsten Kicheranfall zu unterdrücken. Leise schütteln wir vor Lachen die Schultern, bis wir vor meiner Tür ankommen.

Ich öffne und bleibe drinnen wie angewurzelt stehen. Meine Monstera – die Pflanze, die ich so liebevoll gepflegt habe – ist auf wundersame Weise riesig geworden. Sie ist jetzt größer als ich und steht majestätisch in der Ecke, ihre breiten Blätter werfen einen wunderschönen Schatten. Sie sieht aus wie die Feigenbäume im Garten hinter dem Haus meines Großvaters. Unter ihrem Schutz habe ich als Kind oft gespielt. Langsam stelle ich die Einkäufe auf den Boden und starre die Pflanze an, unfähig, ein Wort zu sagen. Sie kann nur durch Magie so schnell gewachsen sein. Mit zitternder Stimme wende ich mich an Mama: »Als ich gegangen bin, war sie noch nicht so groß. Wie kann das sein?«

Mama sagt kein Wort. Sie bleibt still, ihre Augen fixieren den Baum, scheinen eine Bedeutung darin zu suchen, die nur sie versteht.

Marisa hingegen kann sich nicht zurückhalten und lacht laut. »Mama hat es dir doch gesagt: In deinem schmutzigen Haus wächst ein Dschungel!« Dann fügt sie mit einem schelmischen Grinsen hinzu: »Trotzdem ist dein Zuhause wirklich wunderschön, Schwester.«

»Warum sagst du das, Marisa? Du warst doch schon oft bei mir. Warum klingt es, als wärst du zum ersten Mal hier?«

Mama schweigt weiterhin, sie hebt nur ihre Hand und zeigt auf den Baum. Schließlich sagte sie leise und zugleich eindringlich: »Wenn die Monstera größer wird als du, dann kommen wir.«

In diesem Moment begann alles um mich herum zu verschwimmen. Mama, Marisa, die Einkäufe – alles löste sich in Rauch auf. Selbst die Halskette mit dem Morgh-e Ameen, die Mama mir so liebevoll um den Hals gelegt hatte, verschwand plötzlich.

Ich schrie und wurde in meinem Bett wach. Mein Herz raste, während ich aufsprang und zum Baum lief. Die Monstera war wieder klein, kaum bis zu meiner Hüfte gewachsen!

Ich ließ mich neben ihr auf den Boden sinken, meine Knie zitterten, und Tränen liefen über mein Gesicht. Ich war in Deutschland, aber meine Familie war es nicht. Sie waren im Iran geblieben. Nur ich war mit meinem Mann fortgegangen.

Jetzt kam Hami zu mir und fragte sanft: »Was ist passiert?«

Zwischen meinen Schluchzern erzählte ich ihm von meinem Traum. Er hörte geduldig zu und wischte mir dann die Tränen weg. »Der Baum wächst gut, weil du ihm eine gute Umgebung gibst«, sagte er mit ruhiger Stimme. »Irgendwann wird er wirklich größer sein als du. Möglicherweise hast du im Traum die Zukunft gesehen, und das ist doch etwas Positives.«

Ich atmete tief ein und ließ seine Worte auf mich wirken. Vielleicht hatten meine Träume wirklich eine Botschaft für mich. Vielleicht war dies ein Zeichen, das ich verstehen sollte. Ich legte meine Hand sanft auf eines der Blätter und flüsterte: »Wachse groß, meine kleine Monstera.«

***

An Chaharshanbe Suri begann ich mit dem Frühjahrsputz. Ich kaufte einen neuen Spiegel, einen Kamm und eine Kerze für das persische Neujahrsfest. Am Abend räucherte ich das ganze Haus mit Esfand aus und vertrieb alle bösen Energien. Danach entzündete ich im Garten ein kleines Feuer in einer Schale und sprang über die Flammen, während ich sagte: »Deine Röte für mich, meine Blässe für dich.«

Später zog ich ein neues Kleid an, trat mit einem geheimen Wunsch in meinem Herzen in die stille Nacht hinaus. Dort lauschte ich – so wie es die Tradition verlangt – auf die Stimmen der Fremden, die vorübergingen, um aus ihren ersten Worten zu deuten, ob sich mein Wunsch erfüllt. Vielleicht würde ich hören, dass unser Wiedersehen nahe ist.

Und bis dahin würde ich weiter träumen, unter dem Schatten meiner wachsenden Monstera – von einem Wiedersehen voller Liebe und einem neuen Anfang.

Die Autorinnen

Mischa Bach

geboren und aufgewachsen in Neuwied am Rhein, danach Studium in Bonn und Promotion in Essen, wo sie bis heute lebt, Kurzgeschichten, Romane, Theaterstücke, Drehbücher und Lyrik schreibt und dafür Nominierungen und Preise erhalten hat. Wenn sie nicht schreibt, malt sie. Oder sie unterrichtet, es sei denn, sie liest, gut und gern auch vor. Manchmal übersetzt sie, hauptsächlich aber lebt sie. Sinterklaas ist sie allerdings so noch nie begegnet …
Als Ideenhebamme begleitet sie die Arbeit anderer Autor*innen in Workshops und Tutorien sowie als Lektorin und Coach.
Mehr von ihr hier ist hier zu lesen: https://mischabach.de & https://schreibarbeiterin.de

Ulrike Bliefert

Schauspielerin, Sprecherin, Drehbuch- und Roman-Autorin (Krimi, auch historisch/Thriller/Jugendbuch), widmet sich im wohlverdienten Ruhestand ganz ihrem Lieblingsgenre, der Kurzgeschichte. Sie lebt mit 3 Katzen, 2 Hunden und 1 Ehemann in Penzlin/Mecklenburgische Seenplatte und ist die „Mutter" des Stadtmaskottchens, der kleinen Hexe „Penzline" (www.hexe-penzline.de ab 2026), außerdem arbeitet sie derzeit am ersten Penzline Mal- und Reimbuch.

Susanne Brügmann
wurde in Hamburg geboren und lebt seit einigen Jahren in einem Dorf in Dithmarschen/Schleswig-Holstein. Seit ihrer Jugendzeit schreibt sie Gedichte, Märchen und Kurzgeschichten. Ab 2008 kam das Schreiben von Romanen – bevorzugt Krimis – hinzu. Inzwischen arbeitet sie auch als Lektorin und Schreibcoach, was sie als sehr sinnvolle Ergänzung und Bereicherung empfindet.
Aufenthalte in Schweden und insbesondere in Uddevalla haben sie mit Land und Leuten vertraut gemacht. In ihrer Geschichte »Immerhin lag Schnee« sind ein paar eigene Erlebnisse verarbeitet, die genau so passiert sind. Welche das sind, verrät sie aber nicht.
Weitere Informationen zur Autorin und ihre Veröffentlichungen finden Sie im Internet unter:

www.susanne-bruegmann.de

Beatrix Erhard
ist studierte Historikerin und ausgebildete Journalistin. Sie schreibt vorwiegend in den Genres Krimi, Thriller, Horror und historische Fiktion. Seit 2015 veröffentlicht sie Kurzkrimis und Erzählungen. 2022 erhielt sie ein Stipendium des »Förderkreises der Schriftsteller:innen in Baden-Württemberg« für ihr erstes Romanprojekt. Auch im Drehbuchbereich ist die Autorin tätig.
Im Jahr 2024 verbrachte sie mehrere Monate in Österreich und entdeckte dort das Eisbaden für sich, sowie die faszinierende Perchtentradition, mit ihren Wurzeln im keltischen Naturglauben an die Fruchtbarkeits- und Schicksalsgöttin »Perchta«, die über Leben, Tod und Wiedergeburt wacht.

Später wurde sie im Volksglauben zu einer Wintergestalt, die in den Rauhnächten umgeht.
Wenn die Autorin nicht gerade schreib-arbeitend in der Weltgeschichte unterwegs ist, lebt sie im schönen Hohenlohe-Franken.
www.beatrix-erhard.de

Mana Jay
schreibt in verschiedenen Genres und lebt in einem idyllischen Londoner Stadtteil, der oft die Hauptrolle in ihren Erzählungen spielt. Sie hat in Cambridge ein Zertifikat und ein Diplom in kreativem Nicht-Fiktionalem-Schreiben erworben, ist aber auch in der Belletristik zu Hause. Vom gemeinschaftlichen Geschichtenerzählen bis hin zu Soloprojekten – Mana nutzt sich bietende Gelegenheiten, um überall und jederzeit kreativ und gestaltend tätig zu sein. Nachdem sie bereits an mehreren veröffentlichten und kommenden Anthologien in deutscher und englischer Sprache mitgewirkt hat, schreibt sie derzeit an ihren sehr persönlichen, berührenden und manchmal schmerzhaften Lebenserinnerungen, eine Arbeit, von der sie hofft, dass sie einigen Trost und anderen Erkenntnis bringen wird.
www.manajay.ink

Petra K. Gungl alias Petra Liebkind
lebt in Wien – und fürs geschriebene Wort. Zu Beginn noch als Juristin, mittlerweile hauptberuflich als Autorin, Herausgeberin und professionelle Sprecherin. Für die Autorin ist – gleich nach ihrer Familie und Katze Avalon – das Kung Fu-Training die wichtigste Kraftquelle, was zur romantischen Komödie »Kung Fu Mama«, PIPER Verlag, führte.

Daneben ist Gungl Initiatorin und Organisatorin von MORD VOR ORT, Krimifest Purkersdorf, Sprecherin der »Österreichischen KrimiautorInnen e. V.« und leidenschaftliche »Mörderische Schwester« (Mörderische Schwestern e. V.).
Nach Romanen aus verschiedensten Genres (Krimi, Romcom, Urban Fantasy) und unzähligen Kurzgeschichten gibt es brandaktuell die »Diabolische« Hörbuch-Trilogie: Diabolische List 1, Diabolisches Spiel 2, Diabolischer Engel 3, auf allen großen Portalen zum Download.
Mehr Infos zur Autorin: www.petrakgungl.com

Ivonne Keller
lebt und schreibt in der Nähe von Frankfurt am Main. Als Autorin psychologischer Spannung hat sie mehrere Romane in renommierten Publikumsverlagen veröffentlicht und ist zudem in zahlreichen Krimi-Anthologien vertreten. Die ausgebildete Bankkauffrau war viele Jahre im Personalwesen tätig, bevor sie den Schritt in die Selbstständigkeit wagte und sich ganz dem Schreiben widmete. Unter dem Pseudonym Stina Jensen eroberte sie auch das Liebesroman-Genre und pendelt seither zwischen Krimi und Romantik. Sie ist Mitglied der Autorenvereinigungen Mörderische Schwestern, Delia und Syndikat.
www.ivonne-keller.de & www.stina-jensen.de

Thea Lehmann
wurde in Bayern geboren, studierte Germanistik und Geschichte, arbeitete als Journalistin und PR-Beraterin. Das Fernweh zog sie früh hinaus in die Welt und sie verbrachte viele Monate in Asien und im südlichen Afrika. Geschichten zu schreiben war

schon als Kind ihr Traum und auch wenn es lange gedauert hat, ihn zu verwirklichen, heute ist sie hauptberuflich Schriftstellerin. Neben Kurzgeschichten schreibt sie Dresden-Krimis und historische Romane. Am glücklichsten ist Thea Lehmann am Schreibtisch oder auf Reisen, um neue Eindrücke zu sammeln und in Erzählungen aufzuschreiben. Sie lebt mit Familie und Hund in der Nähe von München.
www.thealehmann.de

Monja Luz
wuchs in Bacharach am Rhein auf – zwischen Burgen, Nebeln und den Geschichten, die der Fluss mit sich trägt. Heute lebt sie in Stuttgart, wo sie ihrer Leidenschaft für das Schreiben Raum gibt. Hauptberuflich Bilanzbuchhalterin, findet sie in den Worten ein Gegengewicht zur Welt der Zahlen. Stift, Papier und eine Idee sind ihre Schreibwerkzeuge – überall einsetzbar und überall wirksam. Ihre Texte führen an die Ränder der gesellschaftlichen Wahrnehmung. In ihren Kriminalromanen wie auch in ihren Kurzgeschichten lauscht sie dem Ungesagten und gibt jenen eine Stimme, die oft überhört werden. Schreiben ist für sie nicht nur Ausdruck, sondern Haltung – zwischen Zeile und Zwischenton, mit Gespür für Atmosphäre, Zwischenmenschliches und besondere Orte.
www.monjaluz.com

Edda Minck
*1958, lebt in Bochum. Nach einem mäandernden Berufs- und Arbeitsleben zwischen Medizinlabor, Fernsehstudio, Theaterbühne und Restaurantküche arbeitet sie als freie Schriftstellerin, Autorencoach

und Lektorin. Einer großen Leserschaft ist sie durch die schwarzhumorige Ruhrpott-Krimireihe um ihre Heldin Maggie Abendroth bekannt (»totgepflegt«, »abgemurkst«, »umgenietet«, »ausgeträllert«, »totgequatscht«). Bisweilen beschäftigt sie sich in ihren Romanen und Geschichten, neben kriminellen Machenschaften, auch mit Vampiren (»Biss zum letzten Schluck«), dem Tod (»Trudy ist nicht tot, nur anders«) und Erscheinungen zwischen Himmel und Erde, die die Wissenschaft (noch) nicht erklären kann (»Die Sache mit Jo«). Hauptsache, das Thema ist skurril und sie kann dabei ihrem schrägen Humor freien Lauf lassen, wie in ihrem letzten Werk »Wüüstes Treiben – Drei Meilen hinter dem Wind, dann links«. (https://insel-wueuest.jimdosite.com)

Brigitte Pons
kam als Leseratte zur Welt, die nichts mehr wollte, als selbst Bücher zu schreiben. Auf dem Weg dorthin erweiterte sie stetig ihren Erfahrungshorizont – als Thekenkraft, Aushilfsköchin, beim Tandemsprung oder bei einer Alpenüberquerung. Heute lebt sie als Autorin bei Frankfurt/Main und bietet anderen kreative Schreibbegleitung an. Für diese Anthologie ist sie erstmals als Herausgeberin und Übersetzerin tätig. 2025 ist sie eine der StadtschreiberInnen des Wein- und Kulturvereins Eltville. Sie ist Mitglied im Verein Mörderische Schwestern e. V., schreibt Kriminalromane wie die Frank-Liebknecht-Reihe, Liebesromane, Crossover, Kurzgeschichten und Experimentelles. Für ihre Barcelona-Krimis nutzt sie das Pseudonym Isabella Esteban und entführt ihre Leser*innen als Margherita Giovanni mit Nostalgie-Krimis nach Italien. Ihre Identitäten verbindet

der Wunsch, gut zu unterhalten und die Suche nach dem Unerwarteten unter der Oberfläche.
www.brigittepons.de

Isabell Pons
lebt in der Nähe von Frankfurt in Südhessen und schreibt schon seit ihrer Kindheit Geschichten. Damals noch über sprechende Ponys und Cowboys, heute taucht sie in Fantasy, Crime und Romance ein. Nach ihrer ersten Veröffentlichung in einer Anthologie folgt nun ihre Zweite. Derzeit bastelt sie an ihrem Debütroman und erstellt parallel Playlists für ihre Geschichten. Denn jedes ihrer Werke verdient einen eigenen Soundtrack.

Maria Pourbakhshi
stammt aus Raschd im Iran. Dort begann sie ein IT-Studium, war Taekwondo-Kämpferin, Trainerin und Kampfrichterin – bis ihr all das verboten wurde. Nach mehreren Verhaftungen entschloss sie sich gemeinsam mit ihrem Mann zur Flucht, um in Freiheit leben zu können. Zehn Monate unter schwierigsten Bedingungen und Lebensgefahr lagen vor ihnen, ehe sie im Herbst 2014 Deutschland erreichten. Heute arbeitet sie als examinierte Krankenschwester und ist wieder als Trainerin und nationale Kampfrichterin tätig, zudem engagiert sie sich im Ausländerbeirat ihrer Gemeinde. Ihre Erlebnisse hat sie in ihrem autobiographischen Buch »Mein Ziel war die Freiheit« festgehalten und schreibt bereits an der Fortsetzung.

Andrea Schilken-Raulf
Jahrgang 1964, ist im Münsterland aufgewachsen und schreibt, seit sie einen Stift halten kann. Konsequenterweise ist sie heute Inhaberin eines Schreibbüros/Korrektorates sowie Autorin für Auftragsarbeiten – und natürlich für eigene Kurzgeschichten. Nach einem 25-jährigen Intermezzo in Köln lebt und arbeitet sie heute im Niederbergischen, auf einem grünen Hügel zwischen Essen und Wuppertal.
Ihr Alter Ego Henni Schulze Lütkens ist für die langen Sachen zuständig: Ihr erster Krimi »Westfälische Schlachtplatte« ist im Gmeiner Verlag erschienen. Seit vielen Jahren ist sie Mitglied im »Mörderische Schwestern e. V.«. – denn in guter Gesellschaft mordet es sich gleich nochmal so gut.
www.henni-und-andrea.de

Ursula Schmid-Spreer
ist (Mit-)Herausgeberin von über 40 Anthologien. Mehrere Kurzgeschichten wurden vertont und eine fürs Theater adaptiert. Neben Kurzgeschichten schreibt sie auch Kriminalromane. So hat sie ihrer zweiten Heimat Irland bereits zwei mörderisch kulinarische Krimis gewidmet und die Legende Molly Malone bearbeitet, fünf Nürnberg-Krimis geschrieben und das Kaffeehausbuch »Zuckergoscherl - Ein Streifzug durch Wiener Cafés«, herausgebracht.
Ihre Arbeiten wurden unter anderem mit dem Publikumspreis der Akademie für Autoren in Berlin und dem zweiten Preis beim »Totentanz« in Wien ausgezeichnet. Sie ist Mitglied bei den Mörderischen Schwestern und beim Bundesverband junger Autoren, sie arbeitet beim Online-Newsletter »The Tempest« mit und organisiert Seminare.
www.schmid-spreer.de

Meike Schwagmann
arbeitet als freie Autorin und Lektorin. Die gebürtige Lübeckerin lebt seit vielen Jahren mit ihrer Familie in Osthessen. Unter ihrem Klarnamen hat sie Romane im historischen Krimi-Genre und mehrere Kurzgeschichten veröffentlicht. Unter ihrem Pseudonym Meta Friedrich schreibt sie unterhaltsame Gartenkrimis. Im Jahr 2015 wurde sie für den Literaturpreis HOMER nominiert.
Mehr über die Autorin auf www.schwagmann.com

Caryn Solomon
ist Südafrikanerin und lebt seit fast dreißig Jahren in London. Mit ihrem Doktortitel in Psychologie, BA in englischer Literatur, Diplom als Hochschullehrerin und Abschlüssen im Schreiben kreativer Sachliteratur an der Universität Cambridge sowie dem Rückblick in ihre Kindheit – sie erfand Lieder und Geschichten, ehe sie schreiben konnte – erarbeitete sie einzigartige Ansätze zur Team- und Führungsentwicklung durch erfahrungsbasierte Lernprozesse für Organisationen und Universitäten weltweit. Viele ihrer Geschichten und Texte sind in Anthologien erschienen, z. B. »Our Mothers Ourselves«, »Slàinte Mhath: Eine literarische Reise durch Schottland«, »É Voilà: Eine literarische Reise durch Frankreich«, »Hiraeth: Tiefe Sehnsucht« und in Kürze: »Sawubona: Ich sehe dich« und »Flüchtige Begegnungen«.
»Ich habe mein ganzes Leben lang Theater gespielt, unterrichtet, therapiert und beraten und dabei gelernt, wie sich Geschichten sowohl beim Erzählen als auch beim Hören verändern. Jetzt schreibe ich sie. Und manchmal schreiben sie mich.«

Friederike Amara Sonnenberg
geboren 1983 in der Nähe von Hannover in Niedersachsen, ist freie Rednerin und Ritualleiterin für Übergangsriten. Nach vielen Jahren des biographischen Entwickelns von Lebensreden hat sie mit der vorliegenden Kurzgeschichte begonnen, auch literarisch zu schreiben und arbeitet gerade an einem Roman, der sich um »Das Herz des Winters« entwickelt hat. Die Themen Queerness, Spiritualität und ein neuer Umgang mit Trauer, insbesondere mit Suiziden, liegen ihr am Herzen und begleiten sie in ihrem täglichen Arbeiten und Sein.
Mehr über die Autorin: www.wandelworte.net

Judith Strußenberg
sagte von sich selbst, dass sie Gebrauchstexte schreibt, was auch nicht falsch ist, denn von Anleitungen bis Zeitungsartikel war schon alles dabei. Inzwischen muss es aber nicht mehr nur nützlich oder informativ sein, denn ihre Kurzgeschichten laden zum Entspannen und Abschalten ein, was auf seine eigene Weise auch wieder hilfreich sein kann. Beruflich forscht sie im Bereich IT-Sicherheit. Weil sich die Begeisterung für das Thema nicht so ohne weiteres abschütteln lässt, sind Veranstaltungen wie die, über die sie in ihrer aktuellen Kurzgeschichte schreibt, fester Bestandteil ihres Jahres. Daneben dürfen kleinere und größere Projekte aller Art nicht fehlen.

J. Monika Walther
stammt aus einer jüdischen-protestantischen Familie, aufgewachsen in Leipzig, Berlin, am Bodensee – und kreuz und quer in der ganzen Westrepublik; lebt seit 1966 im Münsterland und den Niederlan-

den, arbeitet seit 1976 als Schriftstellerin. Sie schrieb zahlreiche Hörspiele, Erzählungen, Gedichte und Romane wie »Das Gewicht der Seele«, »In der Traumwäscherei ist Arbeit«, »Nachtzüge«, »Dorf – Milch und Honig sind fort«, 2020. Zuletzt »Fluchtlinien – Wie die Welt sich in Innen und Außen teilte« – ein Roman über ihre Familiengeschichte.
www.jmonikawalther.eu

Fenna Williams

lebt und arbeitet als freie Autorin, Reise- und Seminarleiterin wo es ihr gefällt – am allerliebsten auf Inseln. Mehr als dreihundert hat sie weltweit besucht und zwölf davon in »Die Inselsammlerin« beschrieben.
In ihrem Lateinamerikanistik-Studium an der FU Berlin befasste sie sich mit der Osterinsel, ihren Bräuchen, der Musik und Geschichte. Rapa Nui schließlich zu besuchen, war das Tüpfelchen auf dem i ihrer Studien. In dieser Anthologie verbeugt sie sich literarisch vor ihrem absoluten Insel-Liebling.
Fenna studierte später kreatives fiktionales und nicht-fiktionales Schreiben in Seattle und an der Cambridge University. Sie coacht mit Hingabe Kolleg*innen aller Genres, schreibt Drehbücher, Kurzgeschichten, Kriminalromane, Romane und Reiseessays.
Fenna wurde 2024 von den Mörderischen Schwestern (e. V.) die »Goldene Auguste« verliehen. Die Auszeichnung ehrt alle drei Jahre eine Person, die sich national oder international für den von Frauen geschriebenen, deutschsprachigen Kriminalroman stark macht.
www.Fenna-Williams.com

www.karinaverlag.at
Karina Publishing
Vienna